BASTEI
LÜBBE

Über die Autorin

Linda Lael Miller wurde in Spokane, Washington geboren und begann im Alter von zehn Jahren zu schreiben, nachdem ein Lehrer einen besonders fantasievollen Aufsatz von ihr gelobt hatte. Ihren ersten Roman veröffentlichte sie 1983 – seitdem hat sie über 25 Bücher geschrieben, die sich in den USA insgesamt über sechs Millionen Mal verkauft haben. Linda Lael Miller lebt während des Sommers in Port Orchard, Washington und im Winter in Scottsdale, Arizona.
Von Linda Lael Miller sind zahlreiche Bücher in der Verlagsgruppe Lübbe erschienen, darunter *Leidenschaft, die dich verführt* (Bd. 18 237), *Wenn das Glück dich erwählt* (Bd. 18 239), *Küsse, die voll Sehnsucht sind* (Bd. 18 274), *Wunsch des Herzens* (Bd. 18 283) und *Sieg der Herzen* (Bd. 18 286).
Mehr Informationen finden Sie im Internet unter
http://www.lindalaelmiller.com.

LINDA LAEL MILLER

Wildes Lied der Liebe

ROMAN

Ins Deutsche übertragen von
Katja Thomsen

BASTEI LÜBBE

Bastei Lübbe Taschenbuch
Band 18297

1. Auflage: April 2002

Vollständige Taschenbuchausgabe

Bastei Lübbe Taschenbücher ist ein Imprint der Verlagsgruppe Lübbe

Deutsche Erstveröffentlichung
Titel der amerikanischen Originalausgabe:
The Women of Primrose Creek. Bridget/Christy

Titelillustration: Pino Daeni/Agentur Schlück
Einbandgestaltung: Beate Stefer
Satz: KCS GmbH, Buchholz/Hamburg
Druck und Verarbeitung: AIT Trondheim, Norwegen
Printed in Norway
ISBN: 3-404-18297-9

Sie finden uns im Internet unter
http://www.luebbe.de

Der Preis dieses Bandes versteht sich einschließlich
der gesetzlichen Mehrwertsteuer.

Teil I:
BRIDGET

Für Anita Carter,
der süßesten Stimme in jedem Chor,
in Liebe

1

Primrose Creek, Nevada
Hochsommer 1867

Als sie Trace wiedersah, ging er zu Fuß und trug einen Sattel über der Schulter. Den Hut hatte er in den Nacken geschoben, und das Sonnenlicht schimmerte in seinem blonden Haar. Seine blaugrünen Augen funkelten, während auf seinen Lippen das ironische Lächeln lag, das sie nur allzu gut kannte. O ja, selbst von der anderen Seite des Primrose Creek her konnte Bridget deutlich erkennen, wer dieser Mann war – einer, der nichts als Ärger bedeutete.

Am liebsten wäre Bridget auf der Stelle in die Hütte gelaufen und hätte die Flinte ihres Großvaters geholt, um Trace zum Teufel zu jagen. Sie hätte es wohl getan, wenn ihr nicht bewusst gewesen wäre, dass sich der Kerl außer Schussweite befand. Offenbar hatte der Halunke ihre Gedanken erraten, denn auf seinem Gesicht erschien für wenige Augenblicke ein breites Grinsen, bevor er sich dann wieder alle Mühe gab, ernst auszusehen. Er wusste genau, dass er sich in Sicherheit wiegen durfte, solange er nur genügend Abstand hielt.

Bridget verschränkte die Arme. »Es wäre am gesündesten für dich, Trace Qualtrough, wenn du auf dem Absatz kehrtmachen und wieder dahin verschwinden würdest, wo du hergekommen bist«, rief sie zu ihm hinüber.

Ohne Erfolg. Ja, das war der alte Trace, teuflisch gut aussehend und mit einer beneidenswert dicken Haut gesegnet. Er tippte nur grüßend an die Krempe seines schäbig aussehenden Hutes und legte dann den Sattel am Flussufer ab, als wäre er leicht wie eine Feder. Die junge Witwe Bridget wusste es besser, war sie doch drei Monate lang von St. Louis aus gen Westen gezogen – ohne die Hilfe eines Mannes, der ihr die grobe Arbeit abgenommen hätte.

»Aber Bridget«, rief Trace, »ist das etwa die Art, einen alten Freund zu begrüßen?«

Tief im Innersten dieses so überaus attraktiven Mannes steckte sicher noch immer der Junge, den sie einst gekannt und geliebt hatte. Der Freund, der sie schwimmen gelehrt und der ihr beigebracht hatte, auf Bäume zu klettern und wie ein Indianer zu reiten. Der junge Mann, mit dem sie gelacht und den sie mit einer Inbrunst geliebt hatte, die sie auch jetzt, mehr als zehn Jahre später, nachts manchmal keinen Schlaf finden ließ.

Bridget blieb standhaft und abweisend, obgleich sich ein Teil von ihr danach sehnte, durch den Fluss zu waten und sich ihm an den Hals zu werfen. Sie würde niemals nachgeben. Denn dies war nicht der Trace, mit dem sie so schöne Erinnerungen verband. Der Mann, den sie hier vor sich sah, hatte den Tod ihres Ehemannes auf dem Gewissen, so sicher, als hätte er Mitch eigenhändig erschossen. »Mach, dass du von hier verschwindest! Auf der Stelle!«

Er besaß die bodenlose Frechheit zu lachen, während er sich bückte und sich den Sattel wieder über die Schulter legte. Bridget fragte sich, was wohl mit seinem Pferd geschehen sein mochte, rief sich jedoch gleich zur Ordnung. Es kümmerte sie nicht. Ihretwegen hätte er den ganzen Weg zurück nach Virginia zu Fuß laufen können. Solange er nur wieder verschwand.

»Ich bleibe«, erklärte Trace. Ohne auch nur seine Stiefel auszuziehen, begann er, durch das knietiefe Wasser zu waten, auf dem das Sonnenlicht glitzerte. »Selbstverständlich würde ich es lieber sehen, wenn ich hier willkommen wäre. Doch auch deine Ablehnung wird mich nicht umstimmen.«

Bridgets Herz klopfte zum Zerspringen. Nichts als blanke Wut, sagte sie sich im Stillen, während sie aufgebracht am Flussufer auf und ab lief. »Kaum zu fassen! Du bist noch immer so unmöglich wie früher!«, rief sie anklagend.

Lachend nickte er. »Ja, Ma'am.« Aus der Nähe bemerkte Bridget, dass Trace gealtert war, seit sie ihn zuletzt gesehen hatte – damals, als er und Mitch die Uniform der Nordstaaten angezogen hatten und in den Krieg gezogen waren. Seine blaugrünen Augen waren inzwischen von Lachfalten umgeben, und seine Züge wirkten markanter und härter als früher. Doch die Wirkung, die er auf Bridget ausübte, war unverändert geblieben. Sie fühlte sich seltsam schwach in seiner Nähe, auf eine nicht unangenehme Weise. Eben dies trieb sie zur Weißglut.

Mitch, dachte sie und schwankte kaum merklich. Er war ihr Ehemann und Geliebter gewesen und der Vater ihres drei Jahre alten Sohnes Noah. Überdies hatte sie nie einen besseren Freund besessen. Ebenso wenig wie Trace. Mitch war seinem Freund in die Schlacht gefolgt, leichten Herzens und mit der Gewissheit, an seiner Seite Ruhm und Ehre zu erlangen. Und diese jungenhafte Heldenverehrung hatte Mitch das Leben gekostet.

»Ich habe dir nichts zu sagen«, erklärte Bridget schroff.

Trace nahm den Hut ab und schlug damit leicht gegen seinen Oberschenkel. Ob diese Geste nun Ärger oder Enttäuschung ausdrücken sollte, vermochte Bridget nicht zu entscheiden. »Nun«, antwortete Trace, »dafür habe ich dir umso mehr zu sagen.« Seine Stimme klang ruhig und beherrscht. Sollte es darauf ankommen, würde er alles daransetzen, Bridget an

Halsstarrigkeit zu übertrumpfen. »Und du wirst mich anhören, Bridget McQuarry!«

Er blickte über ihre Schulter hinweg zur Hütte hinüber. Die Steinmauern standen noch, doch das Dach war eingebrochen, schon lange bevor Bridget, ihre jüngere Schwester Skye und der kleine Noah in Primrose Creek eingetroffen waren. Zuvor hatten sie in Fort Grant überwintert, einer Kavalleriegarnison am Fuße der Sierra. Gleich nach ihrer Ankunft vor zwei Monaten hatte Bridget das Verdeck des Planwagens abgenommen und an den Stützbalken der Hütte befestigt, doch dieses Behelfsdach taugte nicht viel. Der Regen hatte die Plane gefährlich tief heruntersinken lassen, und oft tropfte es durch schadhafte Stellen auf die Betten, den Tisch oder den Herd.

Trace stieß einen leisen Pfiff aus. »Es scheint, als wäre ich gerade rechtzeitig zurückgekommen.«

In diesem Augenblick kam Skye um die Ecke der Hütte gelaufen. Sie trug einen alten Weidenkorb und strahlte vor Freude übers ganze Gesicht. Die sechzehnjährige Schwester war neben Noah alles, was Bridget von ihrer Familie geblieben war, ihre beiden hochnäsigen Cousinen nicht mitgerechnet, die es vorgezogen hatten, die Kriegsjahre in England zu verbringen. Zweifellos hatten Megan und Christy den Fünf-Uhr-Tee genommen, seidene Abendroben anprobiert und Tennis gespielt, während sie, Bridget, Seite an Seite mit ihrem Großvater vergeblich um den Erhalt der Farm gekämpft hatte und von den Yankees und den Rebellen gleichermaßen bedroht worden war.

Wenigstens sind wir die beiden los, dachte Bridget bitter. Bei ihrer letzten Begegnung mit Christy hatten sie sich wie zwei kämpfende Katzen im Staub gewälzt. Solange sie denken konnten, waren Bridget und Christy einander spinnefeind gewesen und hatten immer um irgendetwas gestritten.

»Trace!«, jubelte Skye, und ihre dunklen Augen glänzten.

Er lachte, nahm sie in die Arme und drehte sich einmal mit ihr um die eigene Achse. »Schön, dich zu sehen, Äffchen«, sagte er sanft und küsste sie auf die Stirn.

Bridget stand schweigend daneben, beobachtete die beiden und fühlte sich ein wenig betrogen. Sie und Skye standen einander so nahe, wie es Schwestern überhaupt möglich war, sahen einander jedoch überhaupt nicht ähnlich. Die beinahe einundzwanzigjährige Bridget war klein und zierlich, mit blondem Haar und einem hellen Teint. Ihre Augen leuchteten in einem dunklen Veilchenblau, einer Farbe, die Mitch immer als »irisches Blau« bezeichnet hatte. Sie glich einer zerbrechlichen Porzellanpuppe, obwohl dieser Eindruck nicht trügerischer hätte sein können. Bridget war flink und zäh wie eine Raubkatze und auch genauso wenig zimperlich.

Skye dagegen war groß und so schlaksig wie ein junges Füllen. Ihr Haar leuchtete kastanienfarben, ihre weit auseinander stehenden Augen waren von einem lebhaften Braun und ihre Lippen sinnlich und voll. Die verträumte und ein wenig ungelenke Skye half Bridget eifrig, wo sie nur konnte, diese jedoch erledigte die meiste Arbeit selbst. Das war einfacher, als Skye alles ausführlich zu erklären und zu zeigen, nur um dann die Arbeit ein zweites Mal zu tun, wenn das Mädchen nicht hinsah.

»Du bleibst doch bei uns, nicht wahr?«, fragte Skye aufgeregt. »Bitte, Trace, sag, dass du bei uns bleibst!«

Er warf nicht einmal einen flüchtigen Blick auf Bridget – sie hätte es ihm auch nicht raten wollen –, sondern antwortete: »Ich gehe ganz gewiss nicht mehr fort.«

Hinter der Hütte hatte Bridget einen Pferch aus alten Fässern und dicken Ästen gebaut, in dem ihr neues Pferd graste. Sie setzte große Hoffnungen auf den stattlichen schwarz-weißen Hengst, der den Namen »Windfall« trug. Erst vor knapp einer Woche hatte sie ihn gegen das Ochsengespann eingetauscht, als ihr einige Paiute-Indianer einen Angst einflößenden Besuch abgestattet hatten. Mit dem Besitz von Windfall war ihr ein Handel gelungen, auf den ihr Großvater mit Recht stolz gewesen wäre.

Die anderen Farmer würden viel Geld dafür bezahlen, ihre Stuten von einem so schönen, kräftigen Hengst decken zu lassen.

Im Schatten einer Eiche in der Nähe graste Bridgets kleine Stute Sis, die gerade freundschaftlich auf das Wiehern des Hengstes antwortete.

Ein Muskel zuckte in Traces Wange. Selbst nach all den Jahren und den Schwierigkeiten, die sie miteinander erlebt hatten, vermochte Bridget in seinem Gesicht noch zu lesen wie in einem offenen Buch. Er hatte sich schon immer zu Pferden hingezogen gefühlt und stand in dem Ruf, selbst die schwierigsten Tiere bändigen und sogar ihr Vertrauen und ihre Zuneigung erringen zu können. Umso mehr wunderte sich Bridget darüber, dass Trace zu Fuß hierher gekommen war.

»Wo ist der Junge?«, fragte er. »Ich würde ihn gern sehen.«

Bridget seufzte. Vielleicht würde Trace wieder seiner Wege ziehen, wenn er Noah gegenübergestanden hatte. Wenn es auf der Welt noch Gerechtigkeit gab, dann sollte die große Ähnlichkeit zwischen Noah und seinem Vater ausreichen, um selbst Trace Qualtrough zu beschämen. »Er hält drinnen seinen Mittagsschlaf«, erklärte sie schroff und deutete auf die Hütte.

»Was ist denn mit deinem Pferd geschehen?«, erkundigte sich Skye neugierig. Das Mädchen verfügte über eine Vielzahl guter Eigenschaften, doch Diplomatie und Taktgefühl gehörten nun einmal nicht dazu.

»Das ist eine lange Geschichte«, antwortete Trace, während er bereits auf die offene Tür der Hütte zuging. Skye eilte neben ihm her. »Außerdem hat sie ein unerfreuliches Ende.« An der Türschwelle blieb Trace stehen und zog sich die schmutzigen Stiefel aus.

»Erzähl sie mir«, verlangte Skye. Ihre Begeisterung hatte für Bridget einen bittersüßen Beiklang. Ihre Schwester war seit dem Tod des Großvaters oft schwermütig gewesen und hatte sich ganz in sich selbst zurückgezogen. Nachdem sie Großvater zu Grabe getragen hatten, waren sie nach Westen aufgebrochen, um ihr Erbe anzutreten: zweitausendfünfhundert Morgen Land zu beiden Seiten des Primrose Creek mitten in den Bergen Nevadas. Zu viel Kummer … Sie hatten beide zu viel Kummer und Schmerz erlitten.

Trace trat so selbstverständlich über die hohe Türschwelle in die kleine Hütte, als wäre es sein gutes Recht. Die Hütte war kaum groß genug für Noah und die beiden Frauen. Allein deshalb würde Trace weiterziehen müssen, selbst wenn er Bridget willkommen gewesen wäre. Und das war nicht der Fall. »Es ist mir davongelaufen. Nichtsnutziges Tier.«

Bridget folgte den beiden ins Haus. Sie glaubte ihm kein Wort, schwieg aber, da sie keinen Streit heraufbeschwören wollte. Trace war zu klug, um sich mit einem dummen Pferd abzugeben. Was die Frauen in seinem Leben anging, war sich Bridget allerdings nicht so sicher. Vermutlich hatte er sein Pferd beim Kartenspiel oder einer Wette verloren. Sein Leben lang war Trace leichtsinnig gewesen und würde es wohl auch bleiben.

Noah war ein scheuer, aber starrköpfiger Junge, wie Mitch es gewesen war. Mit dem welligen dunklen Haar und den haselnussbraunen Augen glich er auch äußerlich seinem Vater. Immer wenn Bridget ihn betrachtete, gab es ihr einen Stich. Der Kleine setzte sich im Bett auf, rieb sich die Augen und blinzelte im Zwielicht der Hütte zu Trace empor.

»Papa«, sagte er, »das ist mein Papa.«

Es herrschte betretenes Schweigen. Bridget schluckte schwer und blickte zur Seite. Liebend gern hätte sie ihren Sohn berichtigt, konnte aber kein Wort über die Lippen bringen.

Trace ging zum Bett und streckte die Hände nach dem Jungen aus, der sich bereitwillig von ihm umarmen ließ. Der kleine Verräter.

»Guten Tag, Noah«, erwiderte Trace mit rauer Stimme.

»Er nennt jedes männliche Wesen ›Papa‹«, erklärte Bridget und wandte sich beschämt zum Herd um. Übertrieben geschäftig hantierte sie mit Töpfen und Pfannen, denn Trace sollte keinesfalls ihren Gesichtsausdruck bemerken.

Leise lachend stülpte Trace dem kleinen Noah seinen Hut auf, der diesem bis zu den Schultern reichte. Der Junge kicherte. »Tut er das tatsächlich?«

»Die meisten Leute in der Stadt glauben, Bridget sei ein gefallenes Mädchen«, verkündete Skye. »Schließlich heißt sie noch immer McQuarry, obwohl sie doch mit Mitch verheiratet war. Ich habe ihr geraten, allen zu erklären, dass Mitch ein entfernter Verwandter war, aber sie …«

»Skye!«, rief Bridget warnend, ohne sich jedoch umzudrehen. Es war noch viel zu früh, um das Abendessen vorzubereiten, und doch gab sie bereits Bärenfett in eine Pfanne, in dem sie Gemüse und Zwiebeln braten wollte, zusammen mit dem Maisbrei, der vom Frühstück übrig geblieben war.

Trace ging zu ihr hinüber. Noch immer trug er Noah auf dem Arm, dem es ein diebisches Vergnügen zu bereiten schien, von dem riesigen Hut gleichsam verschluckt zu werden. »Er gleicht Mitch aufs Haar«, bemerkte er leise.

Bridget wagte nicht einmal, zu ihm aufzublicken. »Und er wird ihm von Tag zu Tag ähnlicher«, antwortete sie, um einen heiteren Tonfall bemüht. »Allerdings ist Noah weit weniger gelassen als sein Vater. Er hat einen starken Willen und ein hitziges Temperament.«

»Zweifellos von dir geerbt.«

»Skye«, erklärte Bridget knapp, als hätte sie Trace nicht verstanden, »geh bitte hinaus und versuche, ein Huhn zu fangen. Und nimm Noah mit.«

Skye gehorchte wortlos, obwohl ihr der Hinweis auf der Zunge lag, dass diese beiden Aufgaben in direktem Widerspruch zueinander standen. Noah quengelte ein wenig, als wollte er sich nur ungern von Trace trennen – oder von dessen Hut.

Dann waren sie plötzlich allein in der kleinen, schummrigen Hütte. Bridget spürte, dass Trace sie unverwandt ansah, doch es kostete sie einige Überwindung, seinem Blick zu begegnen. Sein Anblick hatte eine seltsame Wirkung auf sie. Sie hatte jedes Mal das Gefühl, sich hinsetzen und frische Luft zufächeln zu müssen – wie eine kleine dumme Gans auf ihrem ersten Ball.

»Warum bist du hergekommen?«, fragte Bridget.

Seine Züge wirkten ernst und ausdruckslos zugleich. »Ich habe es Mitch versprochen«, antwortete er. »Zwei Tage bevor er ertrank, erhielt er deinen Brief und erfuhr von Noahs Geburt. Mitch war überglücklich, doch es bereitete ihm große Sorgen, so weit von euch entfernt zu sein.« Trace zögerte und rieb sich den Nacken. »Schließlich ließ er mich schwören, dass ich mich um euch kümmern würde, falls er nicht mehr nach Hause käme.«

Bridget kannte die genauen Umstände von Mitchs Unfall. Trace hatte sie ihr in einem Brief so deutlich geschildert, dass es ihr manchmal schien, als hätte sie die Tragödie mit eigenen Augen gesehen. Dennoch stiegen ihr bei der Erwähnung seines Todes die Tränen in die Augen. »Zur Hölle mit dir«, flüsterte sie. »Hast du denn nicht schon genug Unheil angerichtet?«

Er nahm ihr den Kochlöffel aus der Hand, packte sie bei den Schultern und drehte sie sanft zu sich herum. »Was meinst du damit?«, fragte er rau.

»Das weißt du ganz genau«, zischte Bridget hasserfüllt. »Wenn du nicht gewesen wärst, hätte sich Mitch niemals zur Armee gemeldet, und Noah und ich müssten nun nicht ohne ihn weiterleben. Wie kannst du es wagen, hier zu erscheinen wie ein strahlender Held, wo doch alles ...«

»Wo doch alles nur meine Schuld war?«, beendete Trace den Satz. Seine Stimme klang beherrscht, doch es schwang ein gefährlicher, messerscharfer Unterton in ihr mit.

Es wäre ohnehin sinnlos gewesen, die Tränen verbergen zu wollen, also versuchte Bridget es erst gar nicht. Seltsam, es erschien ihr ganz natürlich, in Traces Gegenwart zu weinen, obwohl sie all die Jahre seit Kriegsbeginn immer die Einsamkeit gesucht hatte, wenn sie ihre Gefühle nicht mehr hatte beherrschen können. »Ja!«, schluchzte sie. »Ja! Mitch war nicht wie du. Er war freundlich und arglos und glaubte, alle anderen Menschen müssten auch so sein: freundlich, ehrlich und gut. Er hätte alles getan, was du von ihm verlangtest. Verdammt, Trace, das muss dir doch bewusst gewesen sein!«

Trace fuhr sich mit der Hand durch das von der Sonne gebleichte Haar. Er brauchte saubere Kleidung, ein Bad und eine Rasur – und trotzdem spürte Bridget wieder diese unwiderstehliche Sehnsucht nach ihm, die ihr die Schamesröte ins Gesicht trieb. Niemals hatte sie einer Menschenseele ihre Gefühle für Trace offenbart – sie gestand sie sich ja kaum selbst ein.

»Mitch hatte seinen eigenen Kopf«, erwiderte er rau, und in seinem Blick flackerte die Erinnerung an hunderte gefallener Soldaten auf. Einer von ihnen war sein bester Freund gewesen.

»Du stellst ihn ja geradezu als Einfaltspinsel hin. Ich habe ihn nicht dazu gezwungen, in den Krieg zu ziehen. Mitch wusste, dass es seine Pflicht und Schuldigkeit war, so wie wir alle.«

Ihre Blicke trafen sich, sie maßen einander wie zwei kampflustige Raubtiere. Die Spannung schien beinahe hörbar in der Luft zu knistern, und Bridget spürte ihren rasenden Herzschlag im ganzen Körper. Ich bin wütend, sagte sie sich, nichts weiter. *Nichts weiter!*

»Er verließ Frau und Kind«, bemerkte sie schließlich mit zittriger Stimme. »Seine Hilfe fehlte Großvater auf der Farm. Wir alle brauchten ihn.«

»Großer Gott, Bridget«, entgegnete Trace erschöpft, »jeder Soldat hat seine Familie zurücklassen müssen, Nord- und Südstaatler gleichermaßen. Glaubst du etwa, du hättest als Einzige Opfer gebracht?«

Opfer? Was wusste Trace schon davon – Trace mit seinem unbeschwerten Lächeln und dem Leben, das noch vor ihm lag? Bridget hätte ihn am liebsten geohrfeigt, widerstand der Versuchung aber, um ihre Würde zu bewahren. Wenn sie jetzt Gewalt anwendete, wäre sie ein schlechtes Vorbild für Skye und Noah. Sie schnaubte voller Abscheu. »Ich hätte wissen müssen, dass du deine Schuld nicht eingestehen würdest.«

Er beugte sich vor, bis sein Gesicht nur noch wenige Zentimeter von dem ihren entfernt war. »Ich übernehme die Verantwortung für Fehler, die ich begangen habe«, flüsterte er zornig. »Aber, verdammt noch mal, ich werde nicht zulassen, dass du mir die Schuld an diesem Krieg in die Schuhe schiebst!«

»Ich möchte wissen, wie du mich davon abhalten willst«, meinte Bridget. »Ferner wäre ich dir dankbar, wenn du in meinem Haus nicht fluchen würdest.«

Zornesröte stieg in Traces Wangen auf. »Du hast dich überhaupt nicht verändert, weißt du das eigentlich?« Doch so plötzlich, wie sie gekommen war, verschwand alle Wut aus seinen Zügen, und er lachte gutmütig. »Es ist wirklich beruhigend, dass sich manche Dinge – und manche Menschen – niemals ändern.«

Bridget war versucht, die Entscheidung, Trace keine Ohrfeige zu verpassen, noch einmal zu überdenken. »Du kannst nicht hier bleiben«, erklärte sie. »Das kommt nicht infrage.« Sie blickte sich in der kleinen Hütte um und betrachtete ihre spärlichen Besitztümer mit einiger Verzweiflung. Selbst das Bett hatten sie irgendwo am Wegesrand aufgelesen, wo eine andere Familie es offenbar zurückgelassen hatte. »Das Haus bietet kaum genug Platz für Skye, Noah und mich. Außerdem wird es Gerede geben.«

»Ich schlage unten am Fluss ein Zelt auf«, erwiderte Trace. »Und wenn die Leute in der Stadt ihre Meinung über meine Anwesenheit verbreiten wollen, dann schick sie einfach zu mir.« Er seufzte tief. »Wenn du gestattest, würde ich jetzt gern hinausgehen und mir deine Pferde ansehen.«

»Als würdest du dich auch nur im Mindesten um meine Erlaubnis scheren«, murmelte Bridget grimmig.

Trace grinste noch immer. Dieses entwaffnende Lächeln verschaffte ihm einen ungerechten Vorteil, denn es war so freundlich und warm wie die Sonnenstrahlen, die mittags auf dem klaren Wasser des Flusses glitzerten. »Ich habe dich vermisst«, sagte er und wandte sich um.

Als Bridget es endlich wagte, ihm nachzusehen, war er bereits verschwunden.

Wenn das nicht sein Pferd Sentinel war, das dort hinter Bridgets baufälliger Behausung graste. Als er Trace erblickte, warf der Hengst den Kopf zurück und trabte ans Gatter, um seinen Herrn mit einem Nasenstüber zu begrüßen.

Trace streichelte die Blesse auf der Stirn des Pferdes und sprach leise mit ihm. »Ich hatte schon befürchtet, dass sich unsere Wege nie wieder kreuzen würden, mein Junge«, gestand er. Die schmerzende Beule am Hinterkopf erinnerte Trace an den Morgen vor zehn Tagen, an dem ihn eine Bande von abtrünnigen Paiutes überfallen hatte. Bevor er überhaupt gewusst hatte, wie ihm geschah, hatte ihn einer der Indianer bereits bewusstlos geschlagen, vermutlich mit dem Kolben eines Armeegewehrs. Immerhin musste er noch dankbar sein, dass die Halunken ihn nicht auch noch um seine Stiefel, den Sattel und die Taschenuhr erleichtert hatten, während er am Boden lag. Von seinem Skalp ganz zu schweigen.

Sentinel schnaubte zärtlich, und Trace lachte leise. »Scheint, als hätte Miss Bridget sich alle Mühe gegeben, dich hier einzusperren«, bemerkte er und betrachtete die Äste und Fässer, aus denen das Gatter des Pferchs bestand. »Wir sollten ihr lieber nicht verraten, dass du dieses Hindernis mit einem Tritt hättest beseitigen können. Du hast auf mich gewartet, nicht wahr, mein Junge?«

Der Hengst wieherte leise, als wollte er die Frage seines Herrn bejahen.

Trace blickte zum Haus hinüber. Selbst aus dieser Entfernung konnte er noch hören, wie Bridget heftig mit Töpfen und Pfannen hantierte. Er drehte sich um und beobachtete lächelnd Skye und Noah, die ein gackerndes Huhn durch das hohe Gras scheuchten. Gut gemacht, Mitch, dachte er. Dein Noah ist ein feiner Bursche.

»Skye!«, rief Bridget. Sie stand vermutlich an der Tür, doch Trace konnte sie vom Pferch aus nicht sehen. »Lass den Unsinn, bevor der Vogel vom Laufen völlig abgemagert ist!«

Den Blick zum Himmel gewandt, versprach Trace im Stillen: Ich werde mein Bestes tun. Dann tätschelte er den kräftigen

Hals seines Hengstes. »Wir zwei werden für eine Weile so tun, als wären wir einander fremd«, meinte er leise.

Der Schecke scharrte mit dem Huf und warf den Kopf zurück, doch Trace wusste, dass er sich an die Abmachung halten würde, soweit ein Pferd das eben konnte.

Gehorsam näherte sich Skye dem Huhn, fing es und hielt es schließlich im Arm. Auch aus der Entfernung vermochte Trace den traurigen Ausdruck in ihren Augen zu erkennen. Er ging zu ihr.

»Ich will es nicht töten«, gestand sie und biss sich auf die Unterlippe. Für Trace würde sie wohl immer ein kleines Mädchen bleiben, dennoch wusste er schon jetzt, dass sie eines Tages irgendeinem glücklichen Mann eine wunderbare Ehefrau sein würde.

»Ich werde es tun«, bot er an. »Bring jetzt den Jungen ins Haus, bevor er hier im Gras noch auf eine Klapperschlange stößt.«

Skye nickte und lächelte ihn erleichtert an. »Danke, Trace«, sagte sie leise, beugte sich hinunter und nahm Noah bei der Hand. Dann berührte sie schüchtern Traces Arm. »Ich bin froh, dass du bei uns bist. Bridget freut sich ebenso, wenn sie es auch nie zugeben würde. Du wirst nicht zulassen, dass sie davonläuft, nicht wahr?«

Trace blickte hinüber zur Hütte mit ihrem Mitleid erregenden Leinwanddach. Bridget war wieder hineingegangen, um noch ein wenig mit den Töpfen zu klappern. Diese Frau schien keinerlei Mitleid mit Eisenwaren zu haben. »Macht sie immer solchen Lärm, wenn sie kocht?«

Lachend schüttelte Skye den Kopf. »Nein, Sir. Diesen Radau veranstaltet sie nur zu deinen Ehren.« Mit diesen Worten ging sie durch das hohe Gras auf die Hütte zu, während der kleine Noah hinter ihr herstolperte.

An diesem Abend saßen sie zu viert auf Baumstämmen und Holzkisten unter dem Sternenhimmel und aßen gebratenes Huhn mit Gemüse und Maisfladen. Trace konnte sich nicht daran erinnern, je besser gegessen zu haben. Die letzte Hausmannskost hatte er genossen, bevor er zur Armee gegangen war, obwohl er schon von Kindesbeinen an daran gewöhnt war. Als Junge war er oft von den McQuarrys zum Essen eingeladen worden, denn schon damals hatte sich seine eigene Mutter nicht um ihn gekümmert. Tillie Qualtrough war ein loses Frauenzimmer gewesen und hatte bereits lange vor Kriegsbeginn ihren Lebensunterhalt damit verdient, Soldaten die eine oder andere Nacht im Feldlager zu versüßen.

Wenn man es recht bedachte, hatte es trotz allem keinen Sinn, Tillie wegen ihres Lebenswandels Vorwürfe zu machen. Sie war eine allein stehende Mutter gewesen, die als Kapital nur ihre Schönheit einzusetzen hatte. Trotz der widrigen Lebensumstände war sie eine warmherzige Frau geblieben, die gern lachte und tat, was sie tun musste.

»Einen schönen Hengst hast du da«, bemerkte Trace, als ihm der Anstand gebot, mit dem Essen aufzuhören. Das Pferd schien ein unverfängliches Gesprächsthema zu sein, hatte es doch weder mit Mitch zu tun, noch mit der Tatsache, dass er, Trace, auf Primrose Creek zu bleiben gedachte. »Woher hast du ihn?«

Bridget lächelte, als sie an den Hengst dachte. Schon als kleines Mädchen hatte sie Tiere geliebt, wie andere Menschen die Künste, Musik oder den sonntäglichen Kirchgang liebten. »Ich habe ihn gegen mein Ochsengespann eingetauscht«, sagte sie mit hörbarem Stolz. »Ich will meine kleine Sis von ihm decken lassen und noch einige weitere Stuten. Und eines Tages habe ich dann meine eigene Pferdezucht.«

Trace führte den blau emaillierten Kaffeebecher zum Mund, nicht um zu trinken, sondern um sein Lächeln zu verbergen. Er hatte schon zu viel von dem Gebräu zu sich genommen und würde ohnehin die halbe Nacht wach liegen und sich von den Erinnerungen heimsuchen lassen. »Ich verstehe«, sagte er. »Vermutlich kommt schlichter Ackerbau für dich nicht infrage.«

Bridget vergaß ihren halb vollen Teller auf dem Schoß und richtete sich kerzengerade auf. »Farmarbeit«, wiederholte sie abfällig und zog ein Gesicht. »In dieser Gegend gibt es nur Holzfäller, Minenarbeiter und Rancher.«

»Immerhin haben wir einen sehr schönen Gemüsegarten«, warf Skye ein. Sie schien verhindern zu wollen, dass Trace und Bridget miteinander in Streit gerieten. »Kartoffeln, Kürbisse ...« Sie verstummte unsicher.

»Du wirst für lange Zeit kein Geld mit der Ranch verdienen«, erklärte Trace und blickte Bridget aufmerksam an. »Wovon willst du euch in diesem Winter ernähren?«

Er hatte den wunden Punkt getroffen, obwohl Bridget bemüht war, diese Tatsache mit ihrer üblichen forschen Art zu verschleiern. »Wir werden etwas von unserem Waldbestand verkaufen. Mr. Jack Vigil baut am Stadtrand eine Sägemühle. Er wird Holz brauchen.«

Trace betrachtete die mächtigen Ponderosa-Kiefern und Fichten, die Haus und Hof umgaben und sich jetzt als blauschwarze Silhouetten gegen den Nachthimmel abzeichneten. »Mir scheint, dass Mr. Vigil sich wohl mehr als genug Bauholz beschaffen kann.« Er hatte damit zwar nicht sagen wollen, dass kein Bedarf an McQuarry-Holz bestand, doch Bridget fasste es so auf und war so voll gerechter Empörung, dass Trace wieder seinen Kaffeebecher bemühen musste.

»Wir haben Mehl und Salz. Ferner besitzen wir ein Gewehr zum Jagen und dank eines Freundes genug Hühner, die uns mit Eiern und einem gelegentlichen Festbraten versorgen. Wir kommen schon zurecht, danke der Nachfrage.«

Trace unterdrückte einen Seufzer. Ihm war von Anfang an bewusst gewesen, dass es nicht leicht sein würde, sich mit Bridget auseinander zu setzen. Doch er hatte einen langen Weg hinter sich, anfangs zu Pferde und in der letzten Woche dann zu Fuß. Erschöpft wie er war, fühlte er sich nicht in der Stimmung, mit der starrköpfigen kleinen Wildkatze Bridget McQuarry zu streiten.

Du hast es versprochen, mahnte ihn die Erinnerung an Mitch.

Ja, verdammt, und ich werde mein Wort halten.

»Ich werde Holz für das Dach brauchen«, sagte er mühsam beherrscht. »Hast du eine Säge? Oder wenigstens eine Axt?«

Bridget presste trotzig die Lippen zusammen, sah aber noch immer bildhübsch aus. Die Mutterschaft hatte ihr eine gewisse Sanftheit verliehen, die kein Mann übersehen konnte, so sehr er sich auch anstrengen mochte. »Wir können unser Dach selbst decken«, entgegnete sie. »Skye und ich schaffen das schon.«

Trace rollte die Augen gen Himmel, verlor aber nicht die Geduld. Skye sagte nichts, sondern nahm nur den quengelnden Noah bei der Hand und brachte ihn ins Bett. »Ja, und du hast bereits ausgezeichnete Arbeit geleistet«, bemerkte er trocken und deutete auf die Plane, die über die Dachbalken gezogen war. »Die Dachdeckerei scheint dir zu liegen.«

Selbst im Halbdunkel sah er, dass Bridget die Demütigung deutlich ins Gesicht geschrieben stand. Statt zu antworten, stand sie jedoch nur schweigend auf und stellte das Essgeschirr zusammen.

»Warum gibst du denn nicht einfach zu, dass du Hilfe brauchst?«, fragte er kaum hörbar.

Sie richtete sich auf, und Trace glaubte beinahe, Tränen in ihren Augen schimmern zu sehen. »Oh, das gebe ich gern zu,

Mr. Qualtrough«, erwiderte sie. »Ich habe einen kleinen Sohn und eine Schwester zu kleiden und zu ernähren. Mir gehört dieses Haus, das Land, auf dem es steht, und zwei Pferde. Sonst besitze ich nichts auf der Welt. Sicher brauche ich Hilfe, nur ganz gewiss nicht von dir.«

»Hasst du mich denn so sehr?«

»Nein«, antwortete sie und schob das Kinn vor. »Du bist mir völlig gleichgültig.«

»Du brauchst ein Dach über dem Kopf, Bridget. Und meine Anwesenheit bedeutet Schutz für Skye und Noah, wenn du ihn schon nicht für dich selbst in Anspruch nehmen willst. Außerdem muss jemand den Hengst einreiten. Du kannst wirklich gut mit Pferden umgehen, aber für dieses Tier bist du nicht kräftig genug. Und das weißt du auch genau.«

Bridget schwieg.

Trace nutzte seinen Vorteil. »Mitch hat es so gewollt«, erklärte er ruhig. »Wie könnte ich seine Wünsche missachten? Kannst du es?«

Die Teller klapperten in Bridgets Händen, und die junge Frau blickte ihn nicht an. »Du reitest den Hengst ein, deckst das Dach und baust vielleicht eine Scheune?«

»All das und mehr«, versicherte er.

Sie biss sich auf die Lippe, wie sie es schon getan hatte, solange er denken konnte. Viele Jahre waren vergangen, seit Trace sie zum ersten Mal gesehen hatte, damals, als die Farm der McQuarrys an das Niemandsland gegrenzt hatte, auf dem er und seine Mutter in einer ehemalige Sklavenhütte gehaust hatten.

»Nein, nichts weiter. Wenn du diese Dinge für uns erledigst, kommen wir zurecht. Damit kannst du dein Gewissen beruhigen und dann weiterziehen, wie du es eigentlich schon jetzt tun solltest.«

Trace stand auf und stellte sich dicht vor sie. Mit einer Hand umfasste er ihr Kinn. »Wovor hast du solche Angst, Bridget? Du weißt doch, dass weder du noch Skye etwas von mir zu befürchten habt.«

Ihre Augen funkelten im Licht der Sterne. Zunächst glaubte Trace, sie wolle ihn kränken und tatsächlich behaupten, Angst vor ihm zu haben, doch nach einer Weile nickte sie. »Ich weiß. Es ist nur … wenn ich dich ansehe, muss ich an Mitch denken und daran, dass er noch bei mir sein könnte.«

Trace gab sie frei und trat einen Schritt zurück. »Und was hätte er zu Hause getan?«, fragte er mühsam beherrscht. »Kartoffeln und Mais gepflanzt und Kühe gemolken?«

»Es hat keinen Sinn, darüber zu reden«, erwiderte Bridget trotzig. Dann nahm sie Trace den Becher aus der Hand und ging ins Haus. Hätte Noah nicht bereits geschlafen, wäre sie sicher der Versuchung erlegen, die Tür hinter sich zuzuschlagen.

Kurze Zeit später beobachtete Trace, wie in der Hütte die Lampen gelöscht wurden, erst die eine, dann die andere. Plötzlich fühlte er sich unendlich einsam, gleichsam ausgeschlossen von aller Wärme und Behaglichkeit. Nicht zum ersten Mal empfand er so. Schon als Kind hatte er sich danach gesehnt, ein Mitglied der Familie McQuarry zu sein, und nicht der uneheliche Sohn eines Fremden, der längst das Weite gesucht hatte. Auch auf den Schlachtfeldern, weit entfernt von dem Land und den Menschen, die er liebte, war er nur von dem Wunsch beseelt gewesen, ins Shenandoah-Tal zurückzukehren. Und mit dem Tag, an dem Mitch im Fluss ertrunken war, weil man sein Pferd unter ihm erschossen hatte, war alles nur noch viel schlimmer geworden.

Lange saß Trace regungslos da und trauerte. Doch schließlich kehrte er der Hütte den Rücken zu und ging zu dem notdürftigen Zelt, das er in der Nähe errichtet hatte, im Schutz einiger mächtiger Eichen, die am Flussufer wuchsen. Aus seinen Satteltaschen förderte Trace ein Stück Seife und ein sauberes Hemd zu Tage und zog dann seine noch immer leicht feuchten Stiefel aus. Ein Stück weiter flussabwärts, außer Sichtweite des Hauses, entkleidete er sich und stieg zähneklappernd in das eisige Wasser des Primrose Creek. Er nahm ein kurzes Bad, trocknete sich dann mit seinem schmutzigen Hemd ab und zog die Hosen wieder an. Die ganze Zeit über ging ihm Bridget nicht aus dem Sinn.

Was würde sie wohl sagen, wenn er ihr erst eröffnete, dass er sie zu heiraten gedachte?

2

Bridget nahm die Nachricht alles andere als gefasst auf.

»Heiraten?«, fragte sie am nächsten Morgen so ungläubig, als hätte Trace von ihr verlangt, auf dem Scheunendach entlangzulaufen und dabei einen Milcheimer auf der Nase zu balancieren. Sie suchte das hohe Gras nach Eiern ab und legte die gefundenen vorsichtig in einen alten Weidenkorb. »Lieber lasse ich mich einem Berglöwen an die Hinterbeine binden und ihn die Stricke durchbeißen.«

Zornesröte stieg Trace ins Gesicht. Es gab sicher einige Frauen – vielleicht sogar viele, bedachte man die Zahl der gefallenen Soldaten auf beiden Seiten –, die ihn als gute Partie betrachten würden. Schließlich war er erst vierundzwanzig und weder ein Feigling noch ein Schürzenjäger, dafür aber ein Mann, der hart arbeitete. Auf dem Grund seiner Satteltaschen lagen ein paar Dollar in wertbeständigem Gold, und überdies machte er selbst alles andere als eine schlechte Figur. Trace warf einen bedauernden Blick hinüber zum Pferch. Vor einigen Tagen hatte er sogar noch ein gutes Pferd besessen.

Bridget lächelte, zweifellos belustigt von seiner Sprachlosigkeit. »Man sollte meinen, du hättest schon längst mit dem Dach begonnen«, bemerkte sie, legte schützend die Hand an die Stirn und blickte in den Himmel, als betrachtete sie abschätzend die Morgensonne. »Wir vergeuden wertvolles Tageslicht, und das Frühstück ist in einer halben Stunde fertig.«

Trace schluckte schwer und fand seine Stimme wieder. »Ich

habe bereits den Ring«, sagte er und zog zum Beweis einen schmalen goldenen Ehering aus der Hosentasche. Das Schmuckstück glänzte im Sonnenlicht, als er es zwischen Daumen und Zeigefinger nahm und Bridget hinhielt.

Sie hob ein Ei auf, betrachtete es prüfend, zog ein Gesicht und warf das Ei mit Schwung weg. Es zerplatzte am Stamm einer Birke in der Nähe. »An Selbstvertrauen hat es dir nie gefehlt«, bemerkte Bridget leichthin, ohne Trace dabei anzusehen. Ihr Gesichtsausdruck machte deutlich, dass sie längst jegliches Interesse an seinen Worten verloren hatte. »Nimm diesen Ring, Trace Qualtrough und …« In diesem Augenblick rannte Noah aus der Hütte, erst zur Hälfte angezogen – und überdies noch zur oberen Hälfte. Skye hatte die Verfolgung des Ausreißers bereits aufgenommen. Deshalb wandte sich Bridget nun wieder Trace zu. »... gib ihn einer anderen«, beendete sie ihren Satz.

»Ich habe nicht die Absicht, eine andere zu heiraten«, erwiderte Trace leise, damit Skye und Noah nichts von dieser Unterhaltung hören konnten. »Du wirst meine Frau, verdammt noch mal, mehr gibt es nicht zu sagen.«

Bridget biss die Zähne zusammen und lächelte mit gespielter Freundlichkeit, während Skye den Jungen einfing und zurück ins Haus schaffte. »Es mag sein, Mr. Qualtrough«, meinte sie dann, »dass Frauen in diesem Land nur über wenige Rechte verfügen. Doch bislang habe ich noch nie davon gehört, dass man sie zu einer Ehe zwingen kann, die sie nicht eingehen wollen.«

Er beugte sich zu ihr hinunter und atmete den frischen Duft ihrer Haut ein. So wütend sie ihn im Augenblick auch machte, so konnte er sich doch nur mit Mühe davon zurückhalten, sie in die Arme zu nehmen und leidenschaftlich zu küssen. Tatsächlich hatte sie diesen Wunsch in ihm geweckt, seit sie dreizehn Jahre alt war und damit begonnen hatte, sich das Haar aufzustecken. Bisher war er der Versuchung erst einmal erlegen. »Du bist sehr wählerisch für eine Frau, die allein in einem Indianergebiet lebt.« Seine Bemerkung erfüllte ihren Zweck, denn Bridgets blaue Augen weiteten sich vor Schreck. Dennoch war Trace nicht stolz auf seinen Triumph.

»Wenn du unbedingt heiraten willst, dann geh doch in die Stadt und such dir eine Frau aus.« Bridget hatte sich schon immer schnell von einem Schrecken erholt. »Mal sehen, da wäre Berta, die Schwester des Ladenbesitzers. Sie ist ein ausgesprochen schweres Kaliber, hat einen Bart und spricht nur Deutsch, aber ich vermute, dass sie wenigstens kochen kann. Oder vielleicht gefällt dir Shandy Wheaton besser. Das arme Geschöpf ist übersät mit Pockennarben, und es fehlen ihr einige Zähne, aber dein gutes Aussehen wird schon für euch beide reichen.«

Zwar stand Trace schon förmlich auf Bridgets Zehen, musste aber dennoch den Drang unterdrücken, noch einen Schritt näher zu treten. »Hör mir gut zu. Mitch war der beste Freund, den ich je hatte. Keinen Augenblick hätte ich gezögert, an seiner Stelle zu sterben. Er bat mich, auf dich und Noah aufzupassen, und hier draußen bedeutet das, dich so schnell wie möglich zu heiraten, ganz gleich, was du davon hältst. Also fang besser an, dich an den Gedanken zu gewöhnen, Bridget. Du wirst diesen Ring tragen, noch bevor es in Nevada Herbst wird.«

Sie blickte ihn so wütend an, dass er schon damit rechnete, sie würde ihm eine Ohrfeige versetzen. Beinahe wünschte er es sich, denn ein Schlag hätte zumindest die schier unerträgliche Spannung gelöst. Doch stattdessen machte Bridget auf dem Absatz kehrt und lief ins Haus.

Trace fluchte leise, trat nach einem Klumpen Erde und ging dann zum Flussufer, um sich etwas kaltes Wasser ins Gesicht zu spritzen. Der Ehering in seiner Tasche schien sich glühend heiß durch den Stoff seiner Hose zu fressen, als wäre er ein winziges Brandeisen. Jeder andere vernünftige Mann hätte sein Pferd zurückgefordert, Bridget etwas Geld zurückgelassen und sich aus dem Staub gemacht. Doch Trace war nicht wie jeder andere Mann – und wenn es um Bridget ging, durfte er auch nicht als besonders vernünftig gelten.

Während er noch immer am Ufer hockte, mit nassem Gesicht und tropfendem Haar, wandte er sich um und blinzelte im gleißenden Sonnenlicht zur Hütte hinüber. Ich habe noch nie in meinem Leben eine Sache aufgegeben, erklärte er Bridget stumm, und ich werde jetzt bestimmt nicht damit anfangen.

Skye saß auf einer umgedrehten Holzkiste am Tisch, der einmal eine Drahtseilspule gewesen war. Sie hatte das Kinn in die Hände gestützt und blickte verträumt vor sich hin. »Ich würde Trace heiraten, wenn er mich gefragt hätte«, sagte sie. Von Bridget hatte sie nichts über diesen lächerlichen Antrag erfahren, also musste sie gelauscht haben. Dieses Kind steckte seine Nase immer in anderer Leute Angelegenheiten!

»Unfug. Du bist erst sechzehn, viel zu jung, um schon eine Braut zu sein.«

»Du hast Mitch mit siebzehn geheiratet.«

»Ich war …« Bridget versagte die Stimme. Ich war jung, dachte sie. Nichts als Träume und Flausen hatte ich im Kopf. Sie seufzte. Ich wollte Mitch davon abhalten, in den Krieg zu ziehen.

Doch bevor sich Skye für das Thema erwärmen konnte, klopfte Trace an die Tür und trat ein, ohne auf Antwort zu warten. Das sah ihm ähnlich.

»Guten Morgen, Äffchen«, sagte er und strich Skye übers

Haar. Noah stand wenige Schritte entfernt und betrachtete Trace schüchtern, doch mit einem so hoffnungsvollen Gesichtsausdruck, dass es Bridget einen Stich versetzte. »Hallo, Cowboy«, begrüßte Trace ihn.

Noah strahlte. »Hallo«, antwortete er so tief und ernsthaft wie nur möglich. »Hast du ein Pferd? Man kann ohne Pferd kein Cowboy sein.«

Aus den Augenwinkeln beobachtete Bridget, dass Trace ihr einen flüchtigen Blick zuwarf. »Nein, Sir«, antwortete er und hockte sich vor dem Kleinen hin, »schätze, das kann man nicht. Genau genommen braucht man auch Kühe dazu, meinst du nicht?«

Noah runzelte die Stirn. »Wir haben Pferde, zwei sogar. Aber Mama holt unsere Milch immer in der Stadt, also haben wir keine Kühe nicht.«

»Wir haben keine Kühe«, berichtigte Bridget ihn unwillkürlich. Mochte Noah auch dazu bestimmt sein, in der Wildnis aufzuwachsen und nur über wenige Spielkameraden oder Ausbildungsmöglichkeiten zu verfügen – trotzdem würde er nicht als einfältiges Landkind aufwachsen. Sie selbst hatte auf der Farm der wohlhabenden McQuarrys Hauslehrer gehabt, ebenso wie Skye und ihre beiden Cousinen Megan und Christy. Sogar die Schulbücher hatte sie aufgehoben und mitgebracht, um Noah Lesen und Schreiben beibringen zu können, wenn es an der Zeit war.

»Das habe ich doch gesagt, Mama«, erwiderte Noah geduldig, »wir haben keine einzige Kuh nicht.«

Trace lachte und zauste dem Jungen das Haar. Skye lächelte mit glänzenden Augen, doch Bridget drehte ihnen nur den Rücken zu und begann, das Frühstück zuzubereiten.

Trace fuhr sich mit dem Arm über die Stirn und betrachtete dann bedauernd den feuchten, schmutzigen Ärmel. Damit durfte das Ende seines Ersatzhemdes endgültig gekommen sein. Er war gerade im Begriff, eine mächtige Zeder zu fällen, mit deren Holz er das Dach decken wollte, und wollte danach den Stamm zurechtsägen. Doch spätestens dann würde er in die Stadt gehen und sich einige neue Hemden kaufen müssen. Sonst wäre er womöglich gezwungen, sich auszuziehen, seine Kleidung zu waschen und umherzulaufen, wie Gott ihn geschaffen hatte, bis die Sachen getrocknet waren. Trace lächelte bei diesem Gedanken – ein lohnender Einfall, denn Bridget würde sich sehr darüber aufregen.

Schließlich war der Zedernstamm beinahe durchgesägt. Trace versicherte sich, dass niemand in der Nähe stand, gab dem Baum einen kräftigen Stoß und beobachtete, wie er langsam zu Boden sank. Der frische Holzduft erfüllte die Luft, und die Äste wogten wie die Röcke einer Tänzerin. Kurz gedachte Trace des gefällten Baumes, legte die Axt beiseite und machte sich dann daran, die Äste abzusägen. Dazu bediente er sich einer Säge, deren Griff die Initialen Gideon McQuarrys trug.

Bei der Arbeit dachte Trace an den alten Mann, der Bridgets und Skyes Großvater gewesen war, und lächelte. Gideon, ein wahrhaftiges Original wie Adam im Garten Eden, war ein großer, schlaksiger Mann gewesen, dessen scharfen Augen kaum etwas entging. Ebenso wenig wie seinem wachen Verstand. Obwohl er sich immer wie ein wortkarges Raubein gebärdet hatte, schlummerte in der Tiefe seines Herzens ein weicher Kern. Gideon hatte Trace und Mitch das Reiten und Schießen gelehrt und es später sogar Bridget beigebracht. Zu dieser Zeit war seine über alles geliebte Frau Rebecca bereits gestorben und seine Söhne – J.R., Bridget und Skyes Vater, und Eli, Megan und Christys Vater – hatten sich in einem Duell um ihre gemeinsame Geliebte gegenübergestanden. Die Folge des Duells waren zwei Schulterwunden und zwei einsame Ehefrauen gewesen. Eli und J.R. hatten ihre Familien am selben Tag verlassen, und Gideon war froh gewesen, dass seine Rebecca nicht hatte mit ansehen müssen, wie sich ihre Söhne zum Gespött machten.

Bridgets Mutter Patricia, schon immer leidend, verlor allmählich jeglichen Lebensmut und starb schließlich. Jenny, die Mutter von Meagan und Christy, zeigte dagegen mehr Rückgrat. Sie lachte sich einen wohlhabenden Engländer an, reichte die Scheidung wegen böswilligen Verlassens ein und kehrte Virginia für immer den Rücken.

Gideon hatte sie nur sehr ungern gehen lassen. Zwar war er von der Charakterstärke seiner Schwiegertochter nicht eben überzeugt, doch er fürchtete, Megan und Christy nie mehr wiederzusehen. Und er sollte Recht behalten. Trace hatte nahezu ein Jahr in einem Veteranenhospital zugebracht und war von einer Verletzung genesen, die ihn beinahe ein Bein gekostet hätte. Als er endlich nach Virginia zurückgekehrt war, hatte man Gideon bereits neben seiner Frau begraben. Auch Eli und J.R. waren neben ihren Eltern beigesetzt. Einer war für die Union gefallen, der andere für die Konföderierten. Trace erfuhr, dass Bridget sich auf den Weg nach Westen gemacht hatte, um in Primrose Creek in Nevada das Stück Land in Besitz zu nehmen, das Gideon ihr und Skye hinterlassen hatte. Die einst so blühende Farm der McQuarrys war inzwischen Fremden in die Hände gefallen.

Trace richtete sich auf und wischte sich wieder den Schweiß von der Stirn. Dankbar beobachtete er Skye, die mit einem Eimer und einer Kelle auf ihn zulief.

»Ich dachte, du hättest vielleicht Durst«, meinte sie.

Trace lachte. Er hatte wirklich Durst, war Skye aber auch dankbar dafür, dass sie ihn von den düsteren Gedanken an Virginia ablenkte. Gideon und Mitch waren tot, Bridget auf und davon und die Farm, auf der er seine Kindheit verbracht hatte, war auf ewig verloren. Es schien Trace, als müsste die Welt aufhören, sich zu drehen. Er hatte sich erst von dem überwältigenden Verlust erholen müssen, bevor er sich schließlich auf den Weg nach Nevada gemacht hatte, um sein Versprechen zu erfüllen.

»Danke«, sagte Trace und trank eine Kelle voll Wasser. Die zweite Füllung goss er sich zur Erfrischung über den Nacken.

Skye sah aus, als bemühte sie sich, all ihren Mut zusammenzunehmen. Er kannte diesen Gesichtsausdruck nur zu gut, denn Skye war schon als kleines Mädchen ständig ihm, Mitch und Bridget nachgelaufen. Er machte sich auf alles gefasst.

»Wenn Bridget dich nicht heiraten will«, erklärte sie hastig, »dann nehme ich dich.«

Was auch immer er von dem Mädchen erwartet hatte, auf diese Äußerung war er nicht gefasst gewesen. Zunächst sah er sie nur schweigend an und suchte verzweifelt nach Worten, die nicht allzu verletzend klangen. »Wenn du einige Jahre älter wärst«, erwiderte er schließlich, »würde ich dich auf der Stelle beim Wort nehmen. Aber wenn du eines Tages erwachsen bist, wirst du in mir nur noch den guten alten Trace sehen und all die jungen Kerle abwehren müssen, die Nacht für Nacht unter deinem Fenster stehen und dir ein Ständchen bringen.«

Skyes Unterlippe zitterte leicht, und ihre Augen wirkten auf einmal dunkler. »Also willst du mich nicht«, stellte sie anklagend fest.

Nicht weinen, flehte Trace stumm. Bitte nicht weinen. Er konnte es nicht ertragen, ein weibliches Wesen in Tränen ausbrechen zu sehen.

»Nein«, antwortete er, weil er sich nicht anders zu helfen wusste. »Nein, Kleines, ich will dich nicht. Und wenn es anders wäre, sollte man mich besser erschießen.«

Skye presste die Lippen zusammen und wandte den Blick ab. Doch dann sah sie Trace wieder an, und ihre Augen funkelten herausfordernd. Sie ist ebenso leidenschaftlich wie Bridget, dachte Trace, hat das gleiche Feuer. Er sah im Geiste schon Scharen von Jünglingen vor sich, die sich unter Skyes Fenster auf ihre romantischen Serenaden einstimmten.

Mit schierer Willenskraft unterdrückte Trace bei diesem Gedanken ein Lächeln. Ein drittes Mal füllte er die Kelle mit Wasser und trank, während er Skye beobachtete. Diese stemmte nun empört die Hände in die Hüften. »Du willst Bridget ja gar nicht um Mitchs willen heiraten, sondern weil du sie liebst. Schon damals, als dein bester Freund sie umwarb, hast du sie geliebt. Und auch, als sie längst seine Frau war ...«

»Das genügt jetzt, Skye«, unterbrach Trace sie warnend. Sie hatte Unrecht. Er mochte Bridget und hielt sie für eine schöne Frau. Aber Liebe? Nein, er war klug genug, um nicht in diese Falle zu tappen.

Skye blinzelte und schob trotzig das Kinn vor. »Ich habe gesehen, wie du sie am Tag vor ihrer Hochzeit draußen im Küchengarten geküsst hast.«

Diesen Vorwurf vermochte Trace nicht abzustreiten. Weder er noch Bridget hatten seinerzeit bemerkt, dass sie beobachtet wurden. Ja, er hatte sie wahrhaftig geküsst – und sie ihn. Fraglich war jedoch, ob Bridget sich überhaupt noch daran erinnerte. Er rechtfertigte sich nicht, obwohl es so einfach gewesen wäre, Skye zu erklären, er habe Bridget nur alles Gute für die Zukunft mit seinem Freund wünschen wollen. Die Worte wären ihm schlichtweg im Halse stecken geblieben, denn er hatte damals durchaus nicht in dieser Absicht gehandelt. Welcher

Teufel ihn allerdings an jenem Tag geritten hatte, war ihm noch immer rätselhaft.

Tränen glitzerten plötzlich in Skyes Augen, und das junge Mädchen seufzte auf. »Verzeih mir«, flüsterte es und legte sich kurz die Hand auf den Mund. »Das … hätte ich nicht sagen dürfen.«

»Ebenso wenig hättest du im Garten herumschleichen und uns beobachten sollen«, wies Trace sie sanft zurecht.

»Lieber Himmel, ich war erst zwölf Jahre alt!«

Er lachte leise.

»Manchmal wundere ich mich über mich selbst«, gab Skye niedergeschlagen zu.

Trace strich ihr eine dunkle Haarsträhne aus dem Gesicht. »Du verhältst dich gar nicht so außergewöhnlich«, erwiderte er begütigend. »Eines Tages, mein Äffchen, wirst du bei dem Gedanken erröten, mich gebeten zu haben, dich zu heiraten. Falls du dich dann überhaupt noch daran erinnern solltest.«

Der Zukunft vorauseilend, stieg Skye auf der Stelle das Blut in die Wangen. »Ich schäme mich jetzt schon dafür«, gestand sie und setzte sich auf einen Baumstumpf. »Du wirst es doch niemandem erzählen?«

»Es bleibt unser Geheimnis«, versprach Trace.

Sichtbar erleichtert lächelte Skye ein wenig unsicher. Der Anblick war so schön wie Sonnenschein nach einem Gewitter oder der Schein einer Kerze in dunkler Nacht. »Du bist wirklich ein Gentleman. Warum will Bridget das nur nicht einsehen?«

»Sie wird ihre Meinung eines Tages ändern.«

»Liebst du sie?«

Trace fragte sich ernsthaft, ob wohl je ein taktvolles Mitglied der Familie McQuarry das Licht der Welt erblickt hatte. Er bezweifelte es. »Ich empfinde etwas für sie. Freundschaft vielleicht oder Bedauern, weil sie ihren Ehemann verloren hat und ich meinen besten Freund. Was auch immer es ist – mit der Zeit könnte sich dieses Gefühl durchaus in Liebe verwandeln.«

Skye stützte die Ellenbogen auf die Knie und ließ nachdenklich das Kinn in den Händen ruhen. »Bridget hat damals geweint, weißt du? Nachdem du sie geküsst und sie dich weggeschickt hatte, saß sie auf der alten Steinbank in Großmutters Küchengarten und weinte bitterlich. Ich wollte schon mein Versteck verlassen, um sie zu trösten, doch da ertappte mich Großvater und brachte mich ins Haus. Er hielt mir eine gewaltige Strafpredigt, weil ich gelauscht hatte, und ich musste Caney den ganzen Nachmittag beim Kartoffelschälen helfen.« Caney Blue war die Köchin der McQuarrys gewesen. Auch sie hatte Trace nicht mehr angetroffen, als er nach Virginia zurückgekehrt war. Wann immer ihm irgendwo der Duft von frischem Apfelkuchen in die Nase stieg, musste er unwillkürlich an die temperamentvolle schwarze Köchin denken.

»Dein Großvater war schon ein prächtiger Mann.«

Skye seufzte. »Ich vermisse ihn sehr. Er war für mich mehr wie ein Vater, als Daddy es je gewesen ist.«

»Ich weiß«, antwortete Trace leise. Auch an ihm hatte Gideon McQuarry Vaterstelle vertreten.

»Ist dir bewusst, was er erreichen wollte, indem er uns und Megan und Christy das Land zu gleichen Teilen hinterließ?«

Trace nickte. »Abgesehen vom Tod deiner Großmutter hat ihm nichts mehr Kummer bereitet, als dass die Familie so jäh auseinander gerissen wurde. In euren Adern fließt dasselbe Blut, auch wenn es zwischen euch nicht zum Besten steht. Gideon wünschte sich, dass ihr vier Frauen eure Streitigkeiten beilegt und hier Seite an Seite lebt.«

Skye nickte, sah aber plötzlich sehr traurig aus. »Ich glaube kaum, dass unsere Cousinen je aus England zurückkehren werden. Wahrscheinlich haben sie zahllose Verehrer und die schönsten Kleider, die man sich denken kann.« Sie seufzte theatralisch. »Ich möchte wetten, dass sie jeden Abend ausgehen und tanzen.«

Trace gestattete sich nicht mehr als den Anflug eines Lächelns. »Ist es das, was du dir von deinem Leben erträumst, Äffchen?«

Sie überlegte. »Manchmal schon«, gestand sie dann, zuckte jedoch gleich darauf die Schultern. »Aber meistens möchte ich einfach für den Rest meines Lebens hier bleiben.« Skye betrachtete die eindrucksvolle Landschaft, die Bergketten und die Wälder, und breitete die Arme aus, als wollte sie die Welt umarmen. »Es ist wunderschön hier, findest du nicht?«

Zwar vermisste Trace die sanften grünen Hügel Virginias, doch Nevada war von ganz eigener, majestätischer Schönheit, wild und kaum erschlossen, wie geschaffen für einen Neubeginn. »Ja«, antwortete er aus tiefstem Herzen, »es ist ein großartiges Stück Schöpfung.«

Blitzschnell sprang Skyes beweglicher Geist zu einem anderen Gedanken. »Wir hatten keine Ahnung davon, dass Großvater diese zweitausendfünfhundert Morgen überhaupt besaß.«

Trace dachte nach. »Nein, auch ich kann mich nicht daran erinnern, dass er es erwähnt hätte.«

»Der Anwalt sagte, das Land sei an Großvater gefallen, als einer seiner alten Freunde eine Schuld nicht begleichen konnte. Wahrscheinlich gehörte die Hütte, in der wir jetzt wohnen, diesem armen Kerl, wer auch immer er gewesen sein mag.« Skye stand mit einem Seufzer des Bedauerns auf und strich ihren Rock glatt. »Ich muss jetzt gehen. Bridget wollte mit dem Pferd arbeiten, und ich habe ihr versprochen, Noah zu beschäftigen, damit er nicht versucht, ihr zur Hand zu gehen.«

Trace hatte die Kelle wieder in den Eimer getaucht und griff gerade nach der Axt, als Skyes Bemerkung ihn innehalten ließ. »Wie bitte?«

»Ich sagte …«

»Nicht etwa mit dem Hengst?«, fragte er entsetzt. Verdammt, er hätte Bridget warnen sollen! Sentinel war von seinem letzten Besitzer misshandelt worden und hatte bereits etliche erfahrene Cowboys verletzt. Nur er, Trace, hatte es vermocht, das Vertrauen des Tieres zu gewinnen. »Sie kann doch unmöglich den Hengst einreiten wollen?«

»Warum denn nicht?«, fragte Skye, von der Frage verblüfft. »Was sollte sie denn wohl Sis beibringen wollen? Schließlich reitet sie die Stute schon, seit Großvater sie ihr zum fünfzehnten Geburtstag schenkte.«

Trace eilte bereits zum Haus. Im Geiste sah er schon Schreckensbilder von Blut und gebrochenen Knochen vor sich. Er sprang über herumliegende Äste, stolperte, als er sich mit der Stiefelspitze in einer Baumwurzel verfing, und sein rasender Herzschlag rauschte ihm in den Ohren. Sentinel war ein großartiges Pferd, aber auch gefährlich und launisch. Deshalb hatten die diebischen Paiutes so bereitwillig die beiden mageren Ochsen gegen das Tier eingetauscht; sie waren auch nicht in der Lage gewesen, Sentinel zu bändigen. Und wenn es diese Krieger nicht vermocht hatten, die geradezu auf dem Pferderücken groß geworden waren, dann würde Bridget erst recht an der Aufgabe scheitern.

»Bridget!«, rief er immer wieder, während er über die Wiese lief. Tatsächlich stand sie am Gatter, ein Halfter in der Hand. Noah hielt sich an ihrem Rock fest und blickte neugierig auf das Pferd.

Sie drehte sich um, als sie ihren Namen hörte. Ausgerechnet in diesem Augenblick, in dem es weiß Gott um Wichtigeres ging, bemerkte Trace, dass sie ihr Kleid geändert hatte. Vom

Rock fehlte in der Mitte ein v-förmiges Stück Stoff, das Bridget herausgeschnitten und umsäumt hatte, um im Herrensattel reiten zu können. Wieder rief Trace ihren Namen.

Bridget beobachtete ihn verwundert, als erwartete sie, er würde im nächsten Augenblick mit den Armen wedeln und vom Boden abheben, dann wandte sie sich Noah zu und scheuchte ihn fort. Zögernd, einen Finger im Mund, ging der Junge auf Skye zu, die Trace in deutlich langsamerem Tempo folgte.

Bridget entfernte den Ast, der als improvisiertes Gatter diente, und ging auf den Hengst zu. Sie hob das Halfter. Selbst aus der Entfernung konnte Trace sehen, wie das Tier aus Furcht oder Wut mit den Augen rollte. Als Sentinel sich zuletzt so gebärdet hatte, war ein Mann von seinen Hufen getroffen worden. Der Hengst hatte ihm etliche Rippen gebrochen und hätte ihn vermutlich getötet, wenn Trace nicht eingegriffen hätte.

»Bridget!«, schrie Trace aus Leibeskräften. Es schien ihm, als befinde er sich in einem Albtraum, in dem er durch ein Schlammloch lief und trotz aller Anstrengung keinen Schritt vorwärts kam.

Wieder drehte sich Bridget zu ihm um. Der Hengst bäumte sich auf, trat mit den Vorderhufen in die Luft und stieß ein schrilles Wiehern aus, das Trace schier das Blut in den Adern gefrieren ließ.

Nein, schrie er wieder, musste jedoch feststellen, dass er keinen Laut von sich gegeben hatte. *Nein*.

Als Sentinel mit den Vorderhufen ausschlug, verfehlte er Bridget nur um Zentimeter. Dann scheute er wieder, sprang geradewegs über Bridget hinweg und galoppierte auf den Fluss zu. Sie stürzte zu Boden, und einen entsetzlichen Augenblick lang glaubte Trace, sie sei doch von Sentinels Hufen getroffen worden. Noah rannte weinend auf seine Mutter zu, und Trace und der Junge erreichten sie gleichzeitig.

Es war kein Blut zu sehen. Bridget sah Trace verwirrt an. Sie war blass geworden.

Dann setzte sie sich auf und zog Noah in ihre Arme. »Sei ganz ruhig, mein Liebling«, flüsterte sie in sein weiches Haar, »mir ist ja nichts geschehen.« Über Noahs Kopf hinweg blickte sie Trace in die Augen und versicherte: »Es geht mir gut.«

Trace kniete sich ins Gras und hätte Bridget am liebsten geschüttelt. Gleichzeitig wünschte er sich, sie an sich drücken zu dürfen, wie sie es mit Noah tat.

»Bist du von allen guten Geistern verlassen? Der Hengst hätte ...«

»Doch er tat es nicht«, unterbrach Bridget ihn leise. »Fang ihn bitte wieder ein, Trace, und bring ihn zurück, ja?«

Er hatte ihr noch nie einen Wunsch abschlagen können, nicht einmal als sie noch Kinder gewesen waren, und Bridget wusste das genau. »Diese Angelegenheit ist für mich noch nicht erledigt«, erklärte er wütend, stand jedoch auf und ging dem Hengst nach.

Sentinel hatte sich etwa eine Meile flussabwärts in einem Dornengestrüpp verfangen. Trace brauchte eine Stunde, um den Hengst zu befreien, und führte ihn dann ins Wasser, um ihm die zerkratzten Beine abzuwaschen und etwa ein Dutzend Dornen zu entfernen. Währenddessen wies er das Tier zurecht, hielt seine Stimme jedoch ruhig und sanft. Als sie sich auf den Rückweg machten, ging Sentinel lammfromm neben Trace her.

Bridget wartete vor dem Haus und beobachtete, wie Trace und der Hengst den Primrose Creek überquerten.

»Wie stellst du das nur an?«, fragte sie verwundert. Ihr Tonfall klang nicht gerade wie der einer Närrin, die versucht hatte, einem Wildpferd ein Halfter anzulegen.

Trace atmete tief durch, bevor er antwortete. Seine Stiefel waren voll Wasser, die Hose durchnässt, und um Haaresbreite hätte er die Frau verloren, die zu beschützen er geschworen hatte – von einem erstklassigen Hengst ganz zu schweigen. Er befand sich keinesfalls in einem wohlwollenden Gemütszustand. »Wie stelle ich *was* an?«

Sie wich einen Schritt zurück, war sich dessen vermutlich aber nicht einmal bewusst. »Du bist wütend«, stellte sie überrascht fest.

»Da hast du verdammt Recht«, erwiderte Trace. »Tatsächlich bin ich so außer mir vor Wut, dass es besser wäre, wenn wir nicht miteinander redeten.«

»Aber …«

»Bridget, wenn ich jetzt anfange zu schreien, weiß ich nicht, ob ich wieder damit aufhören kann.« Trace ging an ihr vorbei und führte Sentinel hinter sich her, der Bridgets Stute mit einem fröhlichen Wiehern begrüßte.

Den Hengst wieder in den Pferch zu sperren hatte keinen Sinn, also rammte Trace einen Pflock in die Erde und band das Tier dort an. Da er sich Bridgets Gegenwart noch immer nicht gewachsen fühlte, ging er zu dem Zedernstamm zurück und hieb mit neuer Energie darauf ein.

Schweißgebadet und der Erschöpfung nahe bemerkte Trace einige Stunden später, dass er nicht allein war. Zu seiner Überraschung kam jedoch nicht etwa Skye mit einem Wassereimer zu ihm, sondern Bridget.

»Das Abendessen ist fertig«, erklärte sie leise. »Du hast doch sicher Hunger.«

Trace fuhr sich über den Mund und überprüfte im Stillen, ob sich sein Ärger gelegt hatte. Er würde in der Lage sein, mit Bridget zu reden, ohne sie anschreien zu wollen. »Ja«, sagte er zunächst nur vorsichtig.

»Danke, dass du mein Pferd zurückgebracht hast.«

Heftig musste Trace sich auf die Zunge beißen, um Bridget nicht darüber aufzuklären, wer der Eigentümer des Hengstes war. »Wir hatten eine Abmachung getroffen, Bridget. Ich wollte das Pferd einreiten.«

Sie legte sich die Arme um den Körper, als fröstelte sie, und seufzte. »Wie machst du das nur, Trace? Wie freundest du dich so schnell mit einem so wilden Tier an?«

Wenn er ihr jetzt erklärte, dass Sentinel ihm gehörte, würde sie ihm zweifellos glauben. Doch dann gab es einen Grund weniger für ihn, hier auf der Farm zu bleiben. Ihr Stolz, der ihr den Mut und die Tapferkeit verlieh, war gleichzeitig auch die Quelle vieler ihrer Schwierigkeiten. Sie würde vielleicht sogar jede weitere Hilfe ablehnen. Und wenn er sie verließ, würden sie, Skye und Noah im Winter entweder erfrieren, verhungern oder von kriegerischen Indianern verschleppt werden.

»Ich weiß es nicht«, antwortete er ehrlich. »Es ist wohl eine Begabung. Gideon sagte immer, ich hätte Zigeunerblut.« Er lächelte wehmütig und zuckte die Schultern, als er an die skandalösen Umstände seiner Geburt dachte. »Wer weiß, vielleicht hatte er Recht damit.«

Bridgets blaue Augen weiteten sich leicht, und sie schien ihm gegenüber ein wenig zugänglicher zu werden. Hoffentlich geschah dies nicht aus Mitleid. Es gab viele Dinge, die sich Trace von ihr wünschte – zum Beispiel das freundschaftliche Verhältnis, das sie früher einmal verbunden hatte –, doch Mitleid gehörte nicht dazu. »Denkst du manchmal an ihn? An deinen Vater?«

Trace schüttelte den Kopf und verschränkte die Arme vor der Brust. »Nein«, log er. Unzählige Male hatte er über seinen Vater nachgedacht und sogar Gideon gefragt, wer der Mann gewesen war. Gideon hatte ihm die Hand auf die Schulter gelegt und in zwei Sätzen Traces größte Hoffnung zerstört und ihm gleichzeitig die schlimmste Furcht genommen. *»Ich bin es nicht«*, hatte er erklärt. *»Und es ist auch keiner meiner Söhne.«*

»Ich hörte einmal, wie sich Daddy und Onkel Eli über ihn unterhielten. Über deinen Vater, meine ich. Sie meinten, er sei ein Nordstaatler gewesen.« Bridget zögerte, blickte Trace dann jedoch offen an. »Er ist bei einem Kampf in einer Bar umgekommen, als du noch klein warst.«

Trace schien sich der Magen zusammenzuziehen. »Das wusstest du? Warum hast du es mir nie erzählt?«

Sie breitete die Hände aus. »Wie konnte ich? Du hegtest all diese Träume, dass dein Vater eines Tages zurückkommen und deine Mutter heiraten würde …«

Trace kehrte ihr den Rücken zu und wandte sich damit gleichzeitig von den Träumen eines einsamen kleinen Jungen ab. Kaum merklich zuckte er zusammen, als Bridget ihm leicht die Hand auf die Schulter legte.

»Glaubst du, wir könnten noch einmal von vorn beginnen?«, fragte sie leise. »O Trace, wir waren früher doch einmal gute Freunde.«

Gute Freunde? Er hätte sich das Herz herausgeschnitten und es ihr zu Füßen gelegt, wenn sie es von ihm verlangt hätte. Geradezu ironisch, dass die sechzehnjährige Skye in ihrer Unschuld in die Tiefen seiner Seele geblickt hatte, sodass auch er nicht umhinkonnte hineinzusehen. Wenn er Miss Skye McQuarry nicht wie eine Schwester geliebt hätte, wäre er ihr sehr böse gewesen.

»Trace?«

Er zwang sich dazu, sie anzusehen und ihr die Hand hinzustrecken. »Freunde«, sagte er und dachte an den Ehering, der in seiner Hosentasche steckte – und vermutlich auch dort bleiben würde.

3

Der Waffenstillstand hielt bis zum Mittag an, als Trace verkündete, in die Stadt reiten und Noah mitnehmen zu wollen. Falls Bridget nichts dagegen habe, würde er sich die Stute ausleihen.

Was Sis anging, erhob sie keine Einwände, ihren Sohn jedoch außerhalb ihrer Sichtweite zu wissen, war eine ganz andere Angelegenheit. Bridget saß Trace kerzengerade auf einer umgedrehten Holzkiste am Tisch gegenüber und wirkte so würdevoll, als säße sie am Kopf des Mahagonitisches im eleganten Esszimmer ihrer Großmutter. »Mein Sohn bleibt hier«, entschied sie, und ihre blauen Augen funkelten herausfordernd. »Primrose Creek ist kaum mehr als eine Zeltstadt, mit Saloons, betrunkenen Vagabunden und leichten Mädchen. Wahrhaftig kein geeigneter Ort für ein Kind.«

Skye stöhnte angesichts dieses strengen Urteils auf, und aus den Augenwinkeln sah Trace, dass Noah ein überaus enttäuschtes Gesicht machte. Unter anderen Umständen hätte Trace nur über Bridgets Äußerung gelacht, so aber erwiderte er ruhig: »Der Junge wurde im Krieg geboren und hat den beschwerlichen Weg nach Westen wohlbehalten überstanden. Abgesehen davon steht wohl kaum zu befürchten, dass er sich mit den leichten Mädchen abgeben wird. Wenigstens jetzt noch nicht.«

Zornig blickte Bridget ihn an. Offensichtlich gefiel es ihr nicht, in Noahs Beisein über einen Besuch in Primrose Creek zu sprechen, doch Trace hatte nicht die Absicht, ohne weiteres klein beizugeben. Noah gehörte nicht Bridget allein, er war auch Mitchs Sohn gewesen. Und dieser hätte nicht gewollt, dass Noah als schüchterner, verhätschelter Junge aufwuchs, insbesondere nicht an einem Ort, der jedem Menschen, Mann, Frau oder Kind, das Äußerste an Mut und Tatkraft abverlangte.

»Ich möchte kein weiteres Wort darüber verlieren müssen«, erklärte Bridget kühl.

Trace stand auf. »Ich reite jetzt in die Stadt und nehme Noah mit.« Selbstverständlich bluffte er nur, denn falls Bridget auf ihrem Standpunkt beharrte, würde er sich ihren Wünschen nicht widersetzen. Doch es handelte sich um eine wichtige Angelegenheit, und er konnte es an Sturheit jederzeit mit Bridget aufnehmen. »Vermutlich sind wir zurück, ehe du mich verhaften lassen könntest.« Mit diesen Worten trug er Teller und Besteck zur Waschschüssel, stellte das Geschirr hinein und ging zur Tür.

Skye blickte zwischen ihrer wütenden Schwester und Trace hin und her. »Ich möchte auch mitkommen«, meinte sie und stand auf. In ihrer Stimme schwang ein trotziger Unterton mit. »Darf ich dich begleiten, Trace?«

Er nickte, streckte Noah einladend die Hand entgegen und wartete.

Zögernd blickte der Junge seine Mutter an und ging dann langsam auf Trace zu.

Bridget erhob sich. Zornesröte stieg ihr in die Wangen, doch gleich darauf setzte sie sich wieder. »Ich erwarte euch vor Sonnenuntergang zurück«, sagte sie.

»Komm doch mit uns«, schlug Skye vor. Am liebsten wäre sie zu ihrer Schwester gegangen und hätte ihr tröstend die Hand auf die Schulter gelegt, doch sie bewegte sich nicht. »Der Weg in die Stadt ist nicht weit, und wir könnten zu Fuß gehen. Vielleicht finden wir sogar einige Wildblumen für den Tisch …«

Bridget schüttelte nur den Kopf. Obwohl sie nichts erwiderte, konnte Trace ihrem Gesichtsausdruck ansehen, dass sie ihm die Hölle auf Erden bereiten würde, wenn Noah oder Skye irgendetwas zustieße.

Draußen zäumte er die Stute und half Skye beim Aufsitzen. Dann hob er Noah vor ihr in den Sattel. Das Mädchen war verblüfft. »Es macht mir nichts aus zu laufen, Trace«, versicherte Skye. »Ich gehe überallhin zu Fuß.« Sie biss sich auf die Lippe und wandte den Blick ab. Sie sah so schuldbewusst aus, dass Trace vermutete, dass Skye bereits mehr als einmal ohne Bridgets Wissen in die Stadt gegangen war. »Ich meine …«

»Ich weiß schon, was du meinst«, entgegnete er streng. »Es ist schon in Ordnung, ich werde den Hengst nehmen.«

Skye schaute ihn erstaunt an. »Aber er ist noch nicht einmal eingeritten!«

»Wir haben ein Abkommen miteinander, er und ich«, behauptete Trace leichthin. Anstelle eines Zaumzeugs legte er dem Hengst nur ein Halfter an, schwang sich auf Sentinels Rücken und trieb ihn mit sanftem Schenkeldruck an.

Skye blieb vor Verblüffung der Mund offen stehen. »Wie ist das nur möglich?«, fragte sie. »Dieses Pferd hat sich bisher wie eine Ausgeburt der Hölle aufgeführt, und bei dir benimmt es sich so zahm wie ein Jahrmarktspony!«

Trace lachte. »Lass uns aufbrechen«, mahnte er. »Du hast deine Schwester gehört. Wenn wir bei Einbruch der Dunkelheit nicht zurück sind, wird sie mir das Fell über die Ohren ziehen.«

Auf seiner Suche nach Bridget und Noah war Trace bereits am Tag zuvor in Primrose Creek gewesen, hatte sich dort jedoch nicht lange aufgehalten. Es war ein Ort wie alle anderen Holzfäller- und Goldgräberstädte im Westen: Der Whisky floss in Strömen, und die Gemüter erhitzten sich leicht. Selbst wenn ein Mann eine Waffe bei sich trug, so wie Trace es tat, befand er sich im Nachteil, wenn er nicht zu Pferd unterwegs war. Trace scheute zwar Auseinandersetzungen nicht, legte es aber auch nicht darauf an.

»Ihr bleibt an meiner Seite«, befahl Trace, als er und Skye vor dem *General Store* absaßen. Das Gebäude wirkte so improvisiert, als könnte es innerhalb weniger Augenblicke abgebaut und auf einen Wagen geladen werden, um es an einem anderen Ort wieder aufzubauen. Die Waren – und die Kundschaft – waren durch die Ritzen in den Wänden deutlich zu sehen.

Skye nickte und wandte sich um, um Noah aus dem Sattel zu helfen, als dieser bereits mit einem Fuß im Steigbügel stand und versuchte, aus eigener Kraft abzusitzen. Trace empfand einen seltsamen Stolz angesichts von Noahs Unternehmungsgeist, als hätte er etwas mit Noahs Erziehung zu tun gehabt.

Trace wartete ab und hielt Skye zurück, die ihren Neffen vom Pferd heben wollte. Schließlich hatte Noah festen Boden unter den Füßen und sah Trace an. In diesem Augenblick ähnelte er Mitch so sehr, dass es Trace die Sprache verschlug. Er schluckte schwer und wandte kurz den Blick ab, bevor er in das strahlende Gesicht des Jungen sah. »Hör mir gut zu, mein Freund«, sagte er freundlich, aber in bestimmtem Tonfall, »ich möchte nicht, dass du allein in der Stadt umherstreunst. Wir Männer müssen die junge Lady hier beschützen und deshalb zusammenhalten.«

Skye rollte die Augen gen Himmel. »Ich komme oft allein hierher«, flüsterte sie.

»Und wenn ich dich dabei erwische«, antwortete Trace ebenso leise, »setzt es eine Tracht Prügel.«

Zornesröte stieg ihr ins Gesicht, und Trace fühlte sich an Bridget erinnert. Er fragte sich, wie lange sie ihm diese kleine

Eskapade wohl vorhalten würde, trotz all der schönen Worte über die Freundschaft, die sie früher verbunden hatte.

»Das würdest du nicht wagen«, behauptete Skye.

»Lass es nicht darauf ankommen.«

Der *General Store* erwies sich als erstaunlich gut sortiert. Es gab Decken und Stiefel, Hemden und haltbare Arbeitshosen. Skye ging zu einem Regal mit Büchern und nahm so ehrfürchtig einen Band nach dem anderen zur Hand, als handelte es sich um kostbare Schätze. Während Noah sich auf den Boden hockte und die Sägespäne mit der Hand beiseite fegte, um einen rot und blau bemalten Kreisel tanzen zu lassen, wählte Trace einige Kleidungsstücke aus und legte sie auf den Verkaufstresen, der aus zwei rauen Brettern bestand, die auf großen Holzfässern ruhten.

Der Ladenbesitzer, ein kräftiger, grauhaariger Mann mit weißem Bart, lächelte Trace freundlich an und begrüßte ihn. Man hörte deutlich den starken deutschen Akzent des Mannes, und Trace dachte an die Frau, die Bridget beschrieben hatte. Ob er sie wohl zu Gesicht bekommen würde? Immerhin wäre eine Frau, die kein Englisch sprach, nicht die schlechteste Wahl und würde einen Mann sicher seinen Frieden finden lassen. Es sei denn, sie redete so viel, wie Frauen es im Allgemeinen taten. Es war zuweilen schlimm genug, wenn man verstehen konnte, was sie sagten. Doch Nörgeleien in einer fremden Sprache über sich ergehen lassen zu müssen, wäre sicherlich eine weit größere Zerreißprobe.

»Darf es sonst noch etwas sein?«, fragte der Ladenbesitzer und unterbrach Traces Überlegungen. Der ältere Mann hatte sich ihm zuvor als Gus vorgestellt.

Trace deutete auf Skye und den Jungen, die beide mit den feilgebotenen Waren beschäftigt zu sein schienen. »Ich hätte gern das Spielzeug dort«, antwortete er. »Und eines der Bücher.« Er zögerte und dachte daran, dass Bridget es sich früher an warmen Sommernachmittagen in Virginia gern mit einem guten Buch auf der Veranda bequem gemacht und sich in eine spannende Geschichte vertieft hatte. Es war Mitch und ihm dann nie gelungen, sie zum Reiten oder Angeln zu überreden, gleichgültig, was sie auch angestellt hatten.

Trace lächelte bei der Erinnerung an Zeiten, in denen Bridgets Leben – wie auch das seine – einfach und sicher gewesen war. »Zwei Bücher«, berichtigte er sich.

Gus strahlte und deutete auf das Regal. »Treffen Sie Ihre Wahl.«

Trace nickte und trat neben Skye. »Welches?«

Sie sah ihn verwirrt an. »Wie bitte?«

»Welches Buch, Äffchen?«, fragte er lächelnd. »Oder nimmst du keine Geschenke von Männern an, die deine Heiratsanträge ablehnen?«

Hitze stieg Skye in die Wangen, doch sie erwiderte sein Lächeln. »Geschenke? Aber es ist weder Weihnachten noch …«

Seufzend betrachtete Trace die Bücher. Für einen Ort wie Primrose Creek war die Auswahl überraschend groß. Offenbar gaben nicht alle Arbeiter ihren Lohn einzig für Frauen und Alkohol aus. »Such dir eins aus«, forderte er Skye auf.

Sie zog ein blau gebundenes Buch aus dem Regal und presste es so fest an ihre Brust, als fürchtete sie, Trace könne seine Meinung ändern und es ihr wieder wegnehmen. Er wählte ein zweites Buch aus, eines mit rotem Einband und goldfarbener Schrift auf dem Rücken. Es handelte sich um eine Liebesgeschichte, in der auch ein Pferd vorkam. Bridget würde das Buch gefallen.

»Wir … wir mussten Großvaters Bücher zurücklassen, als wir uns auf den Weg machten«, erklärte Skye, und in ihren Augen schimmerten Tränen. »Nur die Familienbibel haben wir mitgebracht, in der alle Namen der McQuarrys verzeichnet sind. Sie reichen bis zu den Zeiten des ersten Krieges mit England zurück. Bridget sagte, wir müssten nützliche Dinge auf den Wagen laden, Lebensmittel, Decken, warme Kleidung ...«

Trace berührte Skyes Nasenspitze sanft mit dem Finger. »Es muss sehr schwer gewesen sein, von zu Hause fortzugehen«, vermutete er.

Sie nickte, blinzelte und wandte den Blick ab.

Verständnisvoll ließ Trace ihr etwas Zeit, die Fassung wiederzugewinnen, und suchte derweil Mehl, Hefe, Zucker, Kaffee und andere Vorräte zusammen. Er vereinbarte mit Gus, dass dieser die Lebensmittel in seinem Wagen bis zum Fluss bringen würde, und sie verließen den Laden.

Ein stattlicher Mann mittleren Alters, der einen Metallstern an der Weste trug, bewunderte den Hengst. »Ein prächtiges Pferd haben Sie da«, bemerkte er. »Würden Sie es verkaufen?«

»Nein«, antwortete Trace unwillkürlich. »Ich meine, da müssen Sie mit Bridget McQuarry sprechen. Es ist ihr Pferd.«

Der Marshal streckte die Hand aus. »Mein Name ist Flynn, Sam Flynn. Ich habe Sie bisher nie in Primrose Creek gesehen.«

»Trace Qualtrough«, antwortete Trace. »Ich bin erst gestern hier angekommen.«

Flynn musterte ihn nachdenklich. »Sind Sie auf der Durchreise?«

Trace schüttelte den Kopf. »Ich bin hier, um die Witwe McQuarry zu heiraten«, antwortete er. Es konnte nicht schaden, die Nachricht zu verbreiten. Die Ehe würde geschlossen werden, und früher oder später würden die Leute ohnehin von seinen Absichten erfahren.

Der Gesetzeshüter lachte. »Nun, das ist für viele Gentlemen in dieser schönen Stadt eine schlechte Nachricht.« Er warf einen verlegenen Blick auf Skye, zupfte an der Krempe seines Hutes, und Trace hätte schwören können, dass Flynn ein wenig errötete. »Ich wollte mich nicht respektlos über Ihre Schwester äußern, Miss«, fuhr er fort. »Es ist nur, dass sie hier von vielen Männern bewundert wird, ob sie es nun wahrnimmt oder nicht.«

Skye nickte und wandte sich mit blitzenden Augen an Trace. »Es scheint, als müsstest du einige Rivalen aus dem Feld schlagen.«

In diesem Augenblick hob Noah über einer Pfütze von Pferde-Urin den Fuß und trat kräftig hinein.

Skye rümpfte die Nase, hob den Jungen hoch und setzte ihn in den Sattel der Stute. »Nun sieh sich das einer an!«, schimpfte sie. »Ich stecke dich gleich in die Badewanne, wenn wir nach Hause kommen, Noah McQuarry. Und wie du stinkst!«

Trace grinste. Der Junge roch streng, daran gab es keinen Zweifel, doch solche Streiche durfte man nicht zu tragisch nehmen. »Freut mich, Sie kennen zu lernen, Marshal«, sagte er, befestigte das Paket mit seiner Kleidung, den Büchern und Noahs Spielzeug am Sattel der Stute und schwang sich auf Sentinels Rücken.

»Sie scheinen sich auf Pferde zu verstehen«, bemerkte Flynn. »Es gibt hier viel Arbeit für einen Mann, der ein Ende eines Tieres vom anderen zu unterscheiden weiß.«

»Ich muss zuerst das Dach neu decken«, antwortete Trace. »Danach allerdings könnte ich sicher eine Arbeit gebrauchen.«

Der Marshal hob grüßend die Hand. »Ich sorge dafür, dass es sich herumspricht. Obwohl man Ihre Ankunft natürlich schon bemerkt hat. Warten Sie nicht allzu lange mit der Hochzeit, Mr. Qualtrough. In Primrose Creek leben überwiegend Männer, doch es gibt einige Ladys, die entschlossen sind, unsere sündigen Seelen vor dem Fegefeuer zu bewahren. Man könnte ein vorschnelles Urteil über Sie fällen.«

Skye schnaubte verächtlich. »Diese alten Krähen«, brummte sie leise. »Dabei können sie von Glück sagen, wenn es ihnen gelingt, ihre eigenen Seelen zu retten.« Trace hatte ihre Worte gehört und war sich sicher, dass auch Marshal Flynn sie verstanden hatte. Das Lächeln des Mannes bestätigte die Vermutung.

»Ich werde Ihren Rat befolgen«, versprach Trace, und die drei machten sich auf den Heimweg. Sie überquerten den Fluss, gerade als die sinkende Sonne das Wasser in orangefarbenes und scharlachrotes Licht tauchte.

Bridget stand an der Tür der Hütte, die Hände in die Hüften gestemmt, und wirkte aufgebracht und verwirrt. Aufgebracht hatte sie der Gedanke, dass die drei vermutlich die halbe Nacht in den Saloons von Primrose Creek verbringen würden. Überdies verblüffte sie Traces Anblick; er ritt den Hengst, den sie für unbezähmbar gehalten hatte.

»Noah braucht dringend ein Bad«, verkündete Skye. »Er ist in eine Pfütze mit … eine Pfütze getreten. Und Trace hat mir ein Buch geschenkt. Noah bekam einen Kreisel, und …« Sie sah Trace an, bemerkte seinen warnenden Blick und verstummte. Vermutlich tat sie es aus Dankbarkeit für das Buch und aus Angst, Trace könne ihrer Schwester verraten, dass sie, Skye, sich schon mehrmals allein nach Primrose Creek geschlichen hatte.

Bridget schüttelte lachend den Kopf, als ihr der beißende Geruch ihres Sohnes in die Nase stieg. »Setz bitte einen Kessel mit Wasser auf«, bat sie fröhlich, »ich werde Noah noch vor dem Abendessen abschrubben.«

Skye nickte, nahm das kostbare Paket mit den Einkäufen von Sis' Sattel und brachte Noah in die Hütte. Bridget griff nach dem Wangenriemen am Zaumzeug der Stute und bedachte Trace mit einem langen, forschenden Blick, den er schweigend erwiderte.

»Noah hat den Ausflug sehr genossen«, stellte sie schließlich leise fest. »Ich habe ihn nicht mehr so strahlen sehen seit … seit dem letzten Weihnachtsfest in Fort Grant, als einer der Soldaten ein Holzpferdchen für ihn schnitzte.«

Trace antwortete nicht. Wenn Bridget etwas zu sagen hatte, war es klüger, sie ausreden zu lassen.

»Er vermisst es sehr, einen Mann im Haus zu haben«, fuhr sie fort, ohne den Blick von ihm abzuwenden, »doch ich hatte so große Angst davor, ihn in die Stadt gehen zu lassen. Ich könnte es nicht ertragen, ihn zu verlieren.«

»Es ist schon in Ordnung, Bridget«, erwiderte Trace, »ich hätte das Gespräch in Noahs Beisein nicht auf den Ausflug lenken dürfen. Es tut mir Leid.« Er stand inzwischen dicht vor ihr, obwohl er sich nicht daran erinnern konnte, auf sie zugegangen zu sein. Sie duftete nach grünem Gras und frischem Flusswasser, und Trace verspürte in ihrer Nähe eine eigentümliche Wehmut, teils Freude, teils Schmerz, deren Ursprung er nicht zu erforschen gedachte. »Ich halte es jedoch noch immer für falsch, den Jungen allzu sehr zu behüten. Mitch hätte es nicht so gewollt.«

Sie erwiderte nichts darauf, sondern sagte nur: »Du warst sehr freundlich zu Skye und Noah, und dafür möchte ich dir danken.«

Schweigend nickte er. Jede Antwort, die ihm in diesem Augenblick in den Sinn kam, hätte Bridget nur erneut zum Widerspruch gereizt. So blieben sie eine Weile nebeneinander stehen und hingen ihren Gedanken nach.

»Ich kümmere mich jetzt um Sis«, entschied Bridget schließlich und ging davon. Trace blickte ihr noch nach, als sie die Stute bereits abgesattelt und zum Grasen auf die Koppel gebracht hatte. Erst ein kräftiger Nasenstüber von Sentinel, der Trace beinahe zu Fall gebracht hätte, riss ihn schließlich aus seinen Gedanken.

Gus, der Ladenbesitzer, tauchte in der Abenddämmerung mit seinem Wagen am Flussufer auf, winkte fröhlich und begann, Kisten und Säcke abzuladen. Bridget lächelte ein wenig unsicher und ging auf den Fluss zu. Sie besaß kein Geld, um für die Vorräte zu bezahlen, und wollte keinesfalls bei Gus anschreiben lassen. Vermutlich würde sie während der Wintermonate darauf angewiesen sein, das Notwendigste auf Kredit einzukaufen, daher war es wichtig, im Augenblick keine Schulden zu machen.

Da Gus über einen unaussprechlichen Familiennamen verfügte, wurde dieser kaum je verwendet. Dieser Umstand brachte eine seltsame Vertraulichkeit mit sich, die anderenorts fehl am Platz gewesen wäre. »Gus«, rief Bridget übers Wasser, »was tust du denn da?«

»Ich liefere die Lebensmittel, Missus«, antwortete er. Sein Gesicht war so rund wie ein Teller, und seine Augen leuchteten in einem strahlenden Himmelblau. Mit dem langen weißen Bart ähnelte er ein wenig dem Weihnachtsmann. »Ich würde sie zu Ihnen hinübertragen, aber meine Schwester Berta bleibt nicht gern allein, wenn es dunkel ist. Ich muss schnell zu ihr zurückfahren.«

»Aber ich habe keine Vorräte bestellt«, rief Bridget verwirrt.

Gus stellte die letzte Kiste auf den steinigen Boden und stieg wieder auf den Kutschbock. Das Gefährt schwankte Besorgnis erregend, und Bridget hatte Mitleid mit dem angeschirrten Muli. Gus musste mindestens ebenso viel wiegen wie das Tier. »Ihr junger Mann hat das Geschäft gemacht. Gute Nacht, Missus.«

»Aber …«

»Ich werde Berta Grüße von Ihnen bestellen«, rief Gus über die Schulter und machte sich winkend auf den Heimweg.

Nach dem Abendessen, das aus Brot und kaltem Hühnerfleisch bestand, machte sich Trace wieder daran, die gefällte Zeder zu zerkleinern. Er nahm eine Laterne mit hinaus in die Dunkelheit, die ihm das nötige Licht spendete. Skye hatte das Geschirr abgewaschen und den frisch gebadeten Noah in den Schlaf gesungen und saß nun am Tisch, den Kopf über ihr neues Buch gebeugt. Bridget hatte nicht vor, in den Wald zu gehen, da der Gedanke an eine Begegnung mit Trace sie zu sehr verstörte, und keinesfalls wollte sie Skye in ihrer Lektüre stören.

Bridget war nicht die Frau, die eine Arbeit unerledigt ließ, wenn sie etwas Zeit erübrigen konnte. Also setzte sie sich am Flussufer nieder, zog sich Schuhe und Strümpfe aus und band ihre Röcke in Kniehöhe zu einem dicken Knoten zusammen. Gleich darauf watete sie durch die Furt ans andere Ufer, um die Vorräte in die Hütte zu bringen. Sie würden sonst ohnehin nur gestohlen werden.

Dreimal überquerte Bridget den Primrose Creek, dann hatte sie die Lebensmittel in Sicherheit gebracht. Trace stand im Hof und beobachtete sie. Ein verbotener, aufregender Schauer durchlief Bridget, als sie sich ihrer nackten Beine bewusst wurde. Schnell, jedoch nicht schnell genug entknotete sie ihr Kleid und schüttelte den Rock aus. Sie war dankbar für die Dunkelheit, die sie einhüllte. Zwar mochte Trace ihre Beine gesehen haben, doch ihre Verwirrung und die Röte ihrer Wangen blieben ihm glücklicherweise verborgen.

»Das hättest du nicht tun sollen«, sagte sie.

»Was denn?« Seine Stimme klang rau, und er schien ehrlich erstaunt zu sein.

»Du hättest nicht all diese Lebensmittel kaufen sollen. Ich kann dir das Geld nicht zurückzahlen und fühle mich anderen Menschen nicht gern verpflichtet.«

Er seufzte. »Von Verpflichtung kann nicht die Rede sein,

Bridget. Ich dachte, wir wären Freunde? Hatten wir uns nicht erst heute Morgen darauf geeinigt?«

Bridget konnte ihm nicht böse sein, denn sie wusste, dass Großzügigkeit in seiner Natur lag. Außerdem hatte er Skye und Noah mit dem Ritt in die Stadt sehr glücklich gemacht. »Ja«, stimmt sie zu, »das hatten wir.« Trace gab ihr die Laterne und hob mit einem übertriebenen Ächzen eine der Lebensmittelkisten auf. »Du hast doch tatsächlich all diese Sachen allein über den Fluss geschafft. Erinnere mich daran, dass ich mich niemals von dir zum Armdrücken herausfordern lasse.«

Lachend erwiderte Bridget: »Das will ich dir gern versprechen.«

Trace trug die Kiste ins Haus und stellte sie neben dem Herd ab. Während er wieder hinausging, um die restlichen Vorräte zu holen, machte Bridget sich daran, die Schätze zu verstauen – Zucker, Kaffee, Mehl, Salz. Tee, Gewürze und Butter. Getrocknete Erbsen, Pökelfleisch und sogar einige Dosen mit Gemüse und Obst. Zwei Stück Seife, eines für die Wäsche, das andere zum Baden. Kerosin für die Lampen. Bridget hatte all diese Dinge schon so lange entbehren müssen, dass der Anblick der gefüllten Regale sie schier überwältigte.

Skye hatte nicht ein einziges Mal von ihrem Buch aufgeblickt. Bridget lächelte. Auch sie hatte das Lesen schmerzlich vermisst. Seit sie von Virginia fortgezogen waren, hatte Bridget zweimal die Bibel durchgelesen, dabei allerdings schlechten Gewissens das Vierte Buch Mose und die Klagelieder übersprungen, in der Hoffnung, der Herr würde es verstehen. Nun sehnte sie sich nach einer Geschichte, die sie noch nie gehört, gelesen oder am Lagerfeuer erzählt bekommen hatte. Vielleicht würde Skye ihr das hübsch gebundene Buch mit den epischen Gedichten ausleihen, sobald sie es zwei- oder dreimal gelesen hatte.

Plötzlich bemerkte sie Trace, der am Eingang der Hütte stand und sie zu beobachten schien, obwohl sie ihn nicht mit der letzten Kiste hatte hereinkommen hören. Nach kurzem Zögern drehte sich Bridget zu ihm um.

Er stand genauso da, wie sie es vermutet hatte, und der Schein von Skyes Leselampe verlieh seinem blonden Haar einen goldenen Schimmer.

Schuldbewusst gestand Bridget sich ein, welch sündige Empfindungen sein Anblick in ihr wachrief, insbesondere da sie untrennbar mit dem unaussprechlichen Zorn verquickt zu sein schienen, der in ihrem Innern wütete. Sie überlegte, wie es wohl sein mochte, Trace ihre tiefsten Geheimnisse anzuvertrauen und endlich an seiner Schulter weinen zu dürfen, weil Mitch und Großvater nicht mehr lebten und ihr Haus, ihr Erbe und ihre Heimat unwiederbringlich dahin waren. Bridget wollte ihm gestehen, wie oft sie Todesängste ausgestanden hatte, sie aber nicht zu zeigen gewagt hatte, weil Skye und Noah außer ihr niemanden hatten, auf den sie sich verlassen konnten. Nicht einmal an dem Tag, als die Paiutes auf ihren kurzbeinigen, zotteligen Ponys angeritten gekommen waren, bewaffnet mit Äxten und Pfeil und Bogen. Bridget war nahe daran gewesen, vor Angst die Besinnung zu verlieren, als sie vom Waschbrett aufgeblickt und die Indianer auf der anderen Seite des Flusses entdeckt hatte, die sie mit unbewegten Gesichtern beobachtet hatten.

So verängstigt war sie, dass sie nicht einmal den stattlichen Schecken bemerkte, den die Wilden mit sich führten. Nur an ihren Sohn und ihre Schwester konnte sie denken – und an all die schrecklichen Geschichten über Frauen und Kinder, die sich in der Gewalt von Indianern befunden hatten.

Einer der Männer ritt durch die Furt und deutete mit seinem Speer auf das Ochsengespann, die beiden ausgemergelten

Tiere, die den Planwagen von Virginia bis in die Berge Nevadas gezogen hatten.

»Nehmt sie«, sagte Bridget. »Wenn ihr die Ochsen haben wollt, dann nehmt sie.« Sie hatte Skye die strikte Anweisung gegeben, sich keinesfalls blicken zu lassen, falls es je zu einer Begegnung mit Indianern kommen sollte. Sie sollte sich mit Noah im Kartoffelkeller hinter der Hütte verstecken, bis die Indianer wieder abgezogen waren. Doch Skye gehorchte nicht. Seelenruhig kam sie auf Bridget zu und reichte ihr Großvaters Schrotflinte. Selbst in ihrer Angst dachte Bridget voller Stolz: Sie wird erwachsen. Und gleich darauf: Lieber Gott, lass sie bitte erwachsen werden.

Die Paiutes betrachteten das Gewehr mit Verwunderung, trugen sie doch neben ihren Messern, Speeren und Bogen auch Armeekarabiner bei sich. Sie sprachen in einer eigentümlich schroff klingenden Sprache miteinander und brachen dann in Gelächter aus.

Bridget entsicherte die Flinte und forderte die Indianer auf, die Ochsen zu nehmen und zu verschwinden.

Wie durch ein Wunder zogen die Indianer tatsächlich in Frieden ab und ließen für das Ochsengespann den gescheckten Hengst zurück.

»Bridget?« Traces Stimme riss sie aus ihren beunruhigenden Erinnerungen.

Sie blinzelte. »Ja?«

»Ich wollte dir nur Gute Nacht sagen.« Lieber Himmel, er war wirklich ein gut aussehender Mann. Seit Kindertagen hatte Trace wie eine Mischung aus einem Schurken und einem Erzengel ausgesehen, und das hatte sich nie geändert.

Bridget biss sich auf die Lippen und bemühte sich, an Mitch

zu denken. Daran, wie sehr er sie geliebt und ihr vertraut hatte, und daran, dass er gestorben war, um sie und Noah und all seine Ideale zu verteidigen. »Gute Nacht«, flüsterte sie kaum hörbar. Dann schloss sich die Tür, und Trace war fort.

Mit einem tiefen Atemzug fragte sich Bridget, warum sie in diesem Augenblick nichts als den Wunsch verspürte, den Kopf in die Hände zu stützen und sich auszuweinen. Kopfschüttelnd ging sie zu Skye hinüber und legte sanft eine Hand auf das seidige braune Haar der Schwester. »Zeit zum Schlafengehen«, ermahnte sie leise. »Außerdem verdirbst du dir die Augen, wenn du so lange bei diesem schlechten Licht liest.«

Skye blickte auf und blinzelte verwundert. Es schien, als müsste sie aus der Welt ihres Buches erst den Weg zurück in die kleine, ungedeckte Hütte suchen, in der sie sich ein Bett mit Bridget und Noah teilte. Zu Hause in Virginia hatte jede von ihnen ein eigenes, großes Zimmer gehabt, Skye, Christy, Megan und Bridget. Doch schließlich war vor dem Krieg alles anders gewesen. Alles.

»Wie bitte?«, murmelte Skye.

Bridget beugte sich hinunter und küsste das Mädchen auf die Stirn. »Es wird Zeit, das Licht zu löschen und ins Bett zu gehen«, wiederholte sie. »Es wird Morgen sein, noch ehe du die Augen geschlossen hast.«

»Glaubst du, dass Megan und Christy schon einmal einen Ritter gesehen haben? Schließlich leben sie in England und …«

Lächelnd antwortete Bridget: »Das kann schon sein. Doch vermutlich tragen die Ritter heutzutage keine schimmernden Rüstungen mehr.«

Skye seufzte niedergeschlagen. »Ich wünschte, es gäbe hier in Nevada Ritter.«

Seltsam, Bridget dachte unwillkürlich an Trace und hätte

beinahe erwidert, dass sich ein solch edler Herr in ihrer unmittelbaren Nähe befinde. Allerdings trug er Arbeitskleidung, reparierte Dächer und zähmte wilde Pferde. »Dummkopf«, schalt sie Skye zärtlich und lächelte. »Du wirst eines Tages einen netten Mann kennen lernen und dann keinen Gedanken mehr an die Ritter in England verschwenden.«

Skye sah traurig aus. »Ich habe Trace heute gefragt, ob er mich heiratet.«

»O Skye!«

»Ich dachte, wenn du nicht seine Frau werden willst, dann nehme ich ihn eben. Schließlich ist er freundlich und gut aussehend.«

Bridget unterdrückte ein Lächeln. »Und was hat er geantwortet?«

»Er meinte, ich sei zu jung. Und er ist der Meinung, dass schon bald viele Männer unter meinem Fenster stehen und Liebeslieder singen werden. Und dass er es verdiene, erschossen zu werden, wenn er vorhätte, mich zu heiraten.«

»Ich verstehe.« Sie ging zum Bett hinüber und knöpfte sich dabei das Kleid auf. »Nun, er hatte Recht. Du bist noch zu jung und wirst dich eines Tages vor Verehrern kaum noch retten können. Und ich würde Trace mit Sicherheit erschießen. Komm ins Bett, Skye. Morgen nach der Hausarbeit kannst du weiterlesen.«

»Findest du, dass er gut aussieht?«

Bridget stand schweigend vor dem Bett. Es hatte ihr den Atem verschlagen. Auf ihrem Kissen lag ein in rotes Leder gebundenes Buch mit Goldlettern. »Was hast du gesagt?«, fragte sie leise. Offenbar musste es ihr gelungen sein, einen Atemzug zu tun, stellte sie fest, sonst hätte sie unmöglich sprechen können. Ihre Hände zitterten, als sie sie nach dem kostbaren Gegenstand ausstreckte.

Skye hatte die Lampe gelöscht und stand nun auf der anderen Seite des Bettes. Im Schein des Mondlichts, das durch die Dachleinwand schimmerte, sah Bridget, dass die Schwester lächelte.

»Er hat es für dich gekauft«, erzählte sie. »Es ist ein Geschenk. Ich hatte mich schon gefragt, wann du es endlich entdecken würdest.«

Die Knie wurden Bridget weich, und sie setzte sich mit dem Rücken zu Skye auf die Bettkante, eine Hand vor den Mund gelegt, mit der anderen fest das Buch umklammernd. Sie hatte sich nicht einmal den Titel angesehen, doch das machte nichts. Es war ein *Buch*. Tränen stiegen ihr in die Augen.

»Es ist eine Liebesgeschichte«, flüsterte Skye und kletterte vorsichtig ins Bett, um Noah nicht zu wecken. »Eine sehr traurige. Es geht um ein Pferd, und jemand stirbt, obwohl ich nicht glaube, dass es das Pferd ist. Jedenfalls wird es dich sicher zu Tränen rühren.«

Bridget antwortete nicht, denn sie weinte bereits und wollte nicht, dass Skye etwas davon merkte.

Trace, rief sie im Stillen in die Dunkelheit hinein, die sie von ihm trennte. *O Trace*.

4

Trace hatte bereits Wasser vom Fluss geholt und das Herdfeuer angezündet, als Bridget am nächsten Morgen die Augen aufschlug. Skye und Noah schliefen noch, und der Junge lächelte im Schlaf, während Skye sich unruhig hin- und herwälzte.

»Guten Morgen«, sagte Trace mit leisem Lachen. »Ich hatte schon befürchtet, du würdest den ganzen Vormittag verschlafen.«

Da die Sonne noch nicht einmal aufgegangen war, wusste Bridget, dass er sie nur aufziehen wollte. Dennoch stand sie schnell auf, hüllte sich in ihr altes Umschlagtuch und schlüpfte in die Schuhe, ohne sie zuzuknöpfen. Der Lehmboden war morgens immer so lange kalt, bis die Sonne ihn im Laufe des Tages durchwärmte, doch Bridget ging ohnehin nur selten barfuß. Zu viele Gefahren lauerten am Boden, von spitzen Steinen bis hin zu Schlangen. Schon eine kleine Wunde, verursacht durch einen rostigen Nagel, konnte unter Umständen zu Wundstarrkrampf führen.

Sie lenkte ihre Aufmerksamkeit auf den Duft des heißen, frisch gebrühten Kaffees, der die kühle Morgenluft erfüllte. Draußen lag noch Tau auf dem Gras, da sich die Sonne noch immer hinter den Hügeln im Osten versteckte. Sicher war der Boden hart und kalt gewesen. Bridget fühlte sich schuldig, weil sie es Trace gegenüber so sehr an Gastfreundschaft mangeln lassen musste.

»Hast du gut geschlafen?«, fragte sie und nahm einen Schluck Kaffee aus dem Becher, den er ihr gereicht hatte.

Trace lächelte zwar, doch seine Augen wirkten auf eine sanfte, genügsame Weise ernst. »Ich habe schon an weitaus schlimmeren Orten geschlafen als in weichem Gras, Bridget«, versicherte er ihr.

Unvermittelt spürte Bridget eine tiefe Sehnsucht, von all seinen Erfahrungen und Empfindungen zu erfahren, sagte sich jedoch, dass dieser Wunsch nur etwas damit zu tun hatte, dass Trace und Mitch dieselben Dinge erlebt und durchlitten hatten. »Wo?«

Nach einem tiefen Atemzug antwortete Trace: »Auf steinigen Feldern, in hohlen Baumstümpfen, auf der kahlen Erde oder im Geäst eines Baumes. In Scheunen, ausgebrannten Häusern und sogar in einem Hühnerstall.«

Bridget rümpfte die Nase. »In einem *Hühnerstall*?«

Das amüsierte Lachen, das Trace von sich gab, schien Bridget ein so überaus männliches Geräusch zu sein, das sie vermisst hatte, seit ihr Großvater und Mitch nicht mehr lebten. »Es war nicht so schlimm«, erwiderte er nachdenklich, doch mit einem humorvollen Blitzen in den Augen. »Tatsächlich konnten wir uns glücklich schätzen, dort zu lagern, denn es regnete in Strömen. Außerdem gab es im Umkreis von zehn Meilen keinen anderen Unterschlupf.«

Prüfend blickte Bridget ihn an. »Wir? War Mitch bei dir?« Die Antwort auf diese Frage war Bridget unendlich wichtig, obwohl sie nicht zu sagen vermocht hätte, warum.

Er nickte. »Ja, Mitch und neun andere Männer.« Gedankenverloren blickte er in die Ferne. »Einer von ihnen war schwer verletzt und blutete stark. Wir haben versucht, ihn durchzubringen, doch am Morgen war er tot.«

Mitfühlend berührte Bridget seinen Arm. »Das tut mir Leid, Trace.«

»Es ist schon gut«, versicherte er leise. »Schon gut.« Er ging zum Fenster und beobachtete, wie die ersten Strahlen der Morgensonne auf den Wassern des Primrose Creek zu funkeln begannen. Bridget kannte den einmaligen, atemberaubenden Anblick, hatte sie doch selbst oft genug dort gestanden.

Dennoch gesellte sie sich nicht zu ihm, sondern kümmerte sich um die Zubereitung des Frühstücks. Maisbrei mit Melassesirup und einer der kostbaren Obstkonserven, die Trace am Tag zuvor in der Stadt gekauft hatte. »Vielen Dank für das Buch«, sagte sie, so schüchtern wie ein Schulmädchen, das die Rosen eines Verehrers annimmt. Sie fragte sich, was Trace nur an sich haben mochte, das sie immer wieder so sehr aus der Fassung brachte. Wenn sie es nicht besser gewusst hätte, wäre sie beinahe auf den Gedanken verfallen, dass …

Nein.

Trace drehte sich nicht um. Die kühle Brise, die durch das offene Fenster hereinwehte, erfüllte die Hütte mit angenehmer Frische und einer Vielzahl von Geräuschen: dem Gesang der Vögel, dem Rauschen des Flusses, der seine immer währende Geschichte erzählte, und dem leisen Schnauben und Wiehern der Pferde, die einander begrüßten.

Aus der Tiefe ihrer Seele fühlte Bridget eine allumfassende Liebe für diesen Ort in sich aufsteigen. Mochte sie Virginia auch noch so sehr vermissen – und die wehmütige Erinnerung daran würde sie bis ans Ende ihrer Tage begleiten –, Primrose Creek war jetzt ihr Zuhause. Sie stellte den gusseisernen Kessel auf den Herd und goss Wasser aus einem der Eimer hinein. Dabei gab sie sich keine Mühe mehr, leise zu sein. Es gab viel zu tun, und sie würde Skyes Hilfe brauchen.

»Ich habe es gern getan«, antwortete Trace ein wenig verspätet. »Während du und Sky euch anzieht, werde ich nach den Tieren sehen.« Er ging hinaus.

Skye murmelte im Halbschlaf etwas Missmutiges, und Bridget musste lächeln. Der Morgen war nicht gerade die große Stunde ihrer Schwester. Noah dagegen war hellwach, sobald er die Augen aufschlug, und sprang bereits auf der Strohmatratze auf und ab.

»Ich habe auch nicht ins Bett gemacht!«, rief er fröhlich.

»Untersteh dich«, murmelte Skye. Mehr als einmal hatten sie die Matratze schon nach draußen in die Sonne legen müssen, damit sie trocknete und auslüftete.

»Ich bin stolz auf dich, Noah«, lobte Bridget ihn.

Am Vormittag arbeiteten Bridget und Skye im Gemüsegarten, während das Geräusch von Traces rhythmischen Axtschlägen aus dem Wald ertönte. Noah saß auf der Erde und ließ seinen Kreisel auf einem flachen Stein tanzen. Die Sonne brannte heiß auf sie alle herunter.

»Mama?«, rief Noah in einem Tonfall freudiger Verwunderung, und nur einen Herzschlag später, in einem Augenblick eigenartiger Stille, hörte Bridget es – ein kurzes, unheilvolles, zischendes Klappern. Sie rannte auf ihren Sohn zu, stolperte durch Ackerfurchen und bahnte sich mit den Armen einen Weg durch den beinahe schulterhohen Mais. Ihr kam es vor, als müsste sie in der kurzen Zeit eine unendliche Strecke zurücklegen.

Eine kleine Klapperschlange hatte sich links neben Noah zusammengerollt. Bridget überlegte nicht und gab nicht einmal einen Schreckenslaut von sich, sondern handelte. Sie ergriff die Schlange mit der rechten Hand, und spürte gleich darauf einen stechenden Schmerz im Unterarm. Dann warf sie das Reptil mit aller Kraft in den Steinhaufen am Ende des Gartens. Der Biss brannte wie ein Säuretropfen auf ihrer Haut und eine ungesunde Hitze stieg in ihr auf, die Schweißausbrüche verursachte. Ihr Magen schien sich zusammenzukrampfen, und alles drehte sich um sie herum.

»Bring ihn ins Haus«, befahl sie Skye atemlos. »Bring Noah hinein. Jetzt!«

Skye gehorchte, die für Bridget im Augenblick nichts war als eine verschwommene, schluchzende Gestalt. Dann rannte sie strauchelnd auf das Gehölz zu, kämpfte sich durch Dornenbüsche und hohes Gras, und rief verzweifelt nach Trace.

Währenddessen nahm Bridget den Sonnenhut ab und versuchte, mit den Bändern ihren Arm abzubinden. Dann beugte sie sich vor und übergab sich.

Trace kam auf sie zu, gerade als ihr die Sinne zu schwinden drohten, nahm sie auf die Arme und trug sie in die Hütte zum Bett.

»Lieg still«, hörte Bridget ihn sagen. Seine Stimme schien aus weiter Ferne an ihr Ohr zu dringen, wie aus einem tiefen Brunnenschacht. »Bleib ganz ruhig liegen.«

Bridget schloss die Augen, fühlte jedoch, wie sie in eine nicht enden wollende Finsternis zu sinken drohte, und öffnete sie wieder. Sie durfte nicht – nein, sie *würde* nicht sterben! Noah brauchte sie, Skye brauchte sie. Verdammt noch mal, sie brauchte sich selbst!

Trace dagegen schien nicht Teil dieser Aufzählung zu sein. Oder doch?

»Es tut weh«, stöhnte sie.

»Das bezweifle ich nicht«, antwortete Trace. »Und ich werde jetzt etwas tun, das dir noch mehr Schmerzen bereiten wird. Schließ die Augen und versuche, dich zu entspannen.«

Bridget tat ihr Möglichstes, vermochte aber nur den ersten Teil seiner Anweisung zu befolgen. Denn ehe sie sich entspannen konnte, schnitt etwas Heißes und Scharfes in die anschwellende Wunde. Zum ersten Mal in ihrem Leben verlor Bridget das Bewusstsein und fand Zuflucht im kühlen Zwielicht eines seltsamen Ortes in ihrem Innern.

Trace löste den Torniquetverband an Bridgets Oberarm. Er hatte die Hutbänder durch seinen Ledergürtel ersetzt und so viel von dem Schlangengift aus der Wunde gesaugt, wie es nur möglich gewesen war. Nun kam der schwerste Teil – das Warten.

»Wird sie sterben?«, flüsterte Skye. Sie brauchte sich keine Sorgen zu machen, dass Noah sie hörte, denn der Kleine hatte sich zu Bridget aufs Bett gelegt, sich an sie gekuschelt und war gleich darauf eingeschlafen.

Es schien, als glaubte der Junge, seine Mutter allein dadurch retten zu können, dass er sie festhielt.

»Nein«, antwortete Trace, und es klang eher wie ein Schwur denn wie eine Antwort. »Nein, Bridget wird nicht sterben.«

»Es ging alles so schnell.« Skye betrachtete ihre Schwester mit bangem Blick. »Ich verstehe nicht, warum sie nicht die Hacke benutzt hat. Seit wir nach Westen gezogen sind, hat Bridget schon viele Schlangen getötet.«

»Vermutlich hat sie sich nicht die Zeit zum Überlegen genommen, Liebes. Sie dachte nur an Noah.« Er setzte sich vorsichtig auf die Bettkante und nahm Bridgets schmale, blasse Hand in die seine. Der Anblick der Schwielen und Kratzer in ihrer Handfläche und an den Fingern schmerzte ihn zutiefst. Sie war dazu erzogen worden, die charmante, gebildete Gattin eines wohlhabenden Gentlemans aus Virginia zu werden, der Dienstboten zur Verfügung standen, die auf feinsten Leinenlaken schlief und deren Tisch mit kostbarem Porzellan und Tafelsilber gedeckt war. Stattdessen lebte sie nun in einer halb verfallenen Hütte, beinahe mutterseelenallein mitten im Indianergebiet, und hatte ein Leben voller Mühsal und Gefahren vor sich. »Habt ihr Whiskey im Haus?«

Skye blickte ihn vorwurfsvoll an und stemmte ihre – ebenfalls wund gearbeiteten – Hände in die Hüften. »Nein«, erwiderte sie spitz. »Und dies ist wohl kaum der geeignete Zeitpunkt, um zu trinken, Trace Qualtrough. Ich weiß wirklich nicht, was du dir dabei gedacht hast.«

Unter anderen Umständen hätte Trace laut aufgelacht, wäre da nicht die Furcht gewesen, Bridget würde womöglich nie wieder die Augen aufschlagen. »Alkohol ist gut zur Wundreinigung geeignet«, erklärte er sanft. »Wie steht es mit Karbolsäure? Oder Chinin?«

Sie schüttelte den Kopf. »Wir haben nichts von alldem. Und es gibt auch keinen Arzt in Primrose Creek. Aber Gus hat vielleicht einige Medikamente in seinem Laden.«

Trace erinnerte sich an das vielseitige Warenangebot. Er war zwar ziemlich sicher, den größten Teil des Gifts aus der Bisswunde entfernt zu haben, wollte Bridget aber nur ungern allein lassen. Ihre Stirn fühlte sich noch immer glühend heiß an, und dass sie noch nicht wieder bei Bewusstsein war, verhieß nichts Gutes. Dennoch schüttelte er den Kopf und sagte: »Ich reite in die Stadt. Bleib du hier bei Bridget. Sprich mit ihr, damit sie weiß, dass sie nicht allein ist.« *Damit sie uns nicht für immer entgleitet.*

Skye warf einen Blick auf die offene Tür. »Nein. Ich gehe. Ich werde mir Sis nehmen und so schnell wieder zurück sein, wie ich kann.«

»Skye …«, begann Trace. Er wollte keine Widerrede dulden. Skye war eine wehrlose junge Frau, und Primrose Creek durfte wohl kaum als der geeignete Aufenthaltsort für sie gelten.

Sie stand bereits an der Türschwelle. »Du kannst mich nicht aufhalten«, erkärte sie trotzig und rannte davon.

Trace hätte ihr nachlaufen und sie zurückbringen sollen, doch er brachte es einfach nicht über sich, Bridget auch nur einen Moment lang aus den Augen zu lassen. »Sei vorsichtig«, murmelte er, als er hörte, wie Skye und die kleine Stute unter lautem Plätschern den Fluss überquerten.

Dann legte er den Handrücken auf Bridgets Stirn und dachte daran, dass er es sich nicht vorstellen konnte, was es bedeuten würde, sie zu verlieren. In den schweren Jahren, seit er mit Mitch in den Krieg gezogen war, hatte ihm allein der Gedanke an Bridgets Existenz ein wenig Trost gespendet. Immer wieder hatte er sich den Klang ihres Lachens ins Gedächtnis gerufen, ihr feuriges Temperament und das tiefe Blau ihrer Augen. Für ihn hatte sie stets all das Schöne verkörpert, das er in der Heimat hatte zurücklassen müssen. Wie groß die Entfernung zwischen ihnen auch immer gewesen sein mochte, so hatte sie ihn doch auf jedem seiner Wege begleitet – ein kostbarer Schatz, den er tief in seinem Herzen bewahrte.

»Verlass mich nicht«, flüsterte er.

Ihre Lider flatterten, und sie murmelte etwas, schien ihn jedoch nicht gehört zu haben. Im Augenblick wanderte sie allein durch die roten Nebelschwaden des Fiebers, irrte vielleicht verloren umher und suchte nach einem Ausweg. Sie würde leben, wenn es irgendwie in ihrer Macht stand, daran gab es nicht den geringsten Zweifel. Bridget McQuarry war vielleicht eine zarte, zerbrechlich wirkende Person, doch sie verfügte über Willenskraft und einen unermüdlichen Lebenswillen.

Sanft presste Trace die Lippen auf ihre Hand und begann seine lange Wache.

Sie träumte, wieder daheim in Virginia zu sein. Es dämmerte, und die Zikaden und Glühwürmchen erwachten. Die bleiche Sichel des Mondes schien am Himmel, so schimmernd und durchsichtig wie eine dünne Lage Musselin, und der Zusammenbruch der Union lag noch in weiter Ferne. Der Krieg war nichts als ein ernstes Gesprächsthema, das die Herren beschäftigte, wenn sie sich nach dem Abendessen bei Brandy und Zigarren miteinander unterhielten.

Bridget saß auf der Veranda auf der Schaukelbank und lauschte dem vertrauten Knarren der Ketten, während sie schaukelte und ihren Träumen nachhing. Es wurde allmählich kühl, doch sie wollte noch nicht ins Haus gehen. Um sich ein wenig zu wärmen, schlang sie die Arme um ihren Körper, und genoss all die Schönheit um sich herum: den Duft der Blumen in dem kleinen Garten, den ihre Großmutter als junge Braut angelegt hatte, das leise Wiehern der Pferde auf der Koppel. Das dreistöckige weiße Haus mit den grünen Fensterläden barst förmlich vor Licht und fröhlichem Lärm der Familie. Christy übte tapfer auf der alten Orgel im Salon, und Skye und Megan jagten einander übermütig kichernd durch die Räume.

Mitch saß neben ihr auf der Schaukel, im Schatten verborgen, und hielt ihre Hand. Es waren Augenblicke wie dieser, in denen Bridget wunschlos glücklich war, obwohl sie schon damals gewusst hatte, dass solches Glück in Sekundenschnelle zerstört werden konnte.

Sie brauchte nur an den Tod ihrer Großmutter zu denken, um zu wissen, dass das Leben ein flüchtiges und zerbrechliches Geschenk war. Rebecca war an einem strahlenden Sommermorgen ausgeritten, und als Bridget sie wiedergesehen hatte, hatte sie leblos in Großvaters Armen gelegen, der sie weinend über die Wiese zum Haus getragen hatte. Etwas musste ihr Pferd erschreckt haben, denn sie war abgeworfen worden und mit dem Kopf auf einen großen Stein geprallt. Als Großvater und Onkel Eli sie gefunden hatten, war sie bereits tot gewesen.

»Bridget?«

Sie zuckte zusammen. Eigentlich hätte es Mitch sein sollen, der neben ihr saß und ihre Hand hielt, doch die Stimme gehörte Trace Qualtrough. Bridget strich sich nervös das Kleid glatt. Wo war Mitch?

Trace drückte ihre Hand. »Verlass mich nicht«, bat er.

Ihr Herz schien zu flattern wie ein verwundeter Vogel, der zu fliegen versucht. Sie nahm den Fächer mit dem Elfenbeingriff, der auf ihrem Schoß gelegen hatte, und fächelte sich damit Luft zu. Der Abend schien plötzlich wärmer zu sein. »Dich verlassen? Sei nicht albern, Trace, wohin sollte ich denn gehen?«

Er umfasste ihre Hand fester, ein starker, doch schmerzloser Druck. »Es gibt niemanden, der mir mehr bedeutet als du, Bridget«, sagte er. »So wahr mir Gott helfe, es war schon immer so.«

Sie blickte ihn missbilligend an, doch etwas in ihrem Innern jubilierte. Ihr Herz klopfte schneller. Sie versuchte zu sprechen, räusperte sich und begann noch einmal: »Das meinst du nicht so.«

»Es ist mein Ernst, gleichgültig, ob es Recht oder Unrecht ist.«

Wusste er denn nicht, dass sie Mitch heiraten würde? Schon vor langer Zeit war dies so vereinbart worden. Mitch brauchte sie, das hatte er ihr selbst unzählige Male versichert. Sie war seine Kraft und seine Seele. Sie war sein Stolz und die Quelle seines Muts. Er konnte sich ein Leben ohne sie nicht vorstellen.

»Mitch«, erwiderte Bridget ein wenig verzweifelt. »Ich muss Mitch heiraten, denn ich habe ihm mein Wort gegeben.«

»Du liebst ihn nicht, und das weißt du genau.«

Es stimmte. Trace bedeutete für sie all das, was sie für Mitch darstellte, doch sie durfte diese Empfindungen nicht zulassen. Das hatte sie sich geschworen. »Nein«, flüsterte sie, »bitte nicht.«

Hätte Trace sie in diesem Augenblick geküsst, sie wäre verloren gewesen. Doch er tat es nicht. Stattdessen legte er ihre Handfläche an seine Wange und ließ sie dort ruhen, nur für wenige Augenblicke, die jedoch eine Ewigkeit zu dauern schienen. Dann stand er auf, verabschiedete sich und ging, ohne einen Blick zurückzuwerfen.

Und es würde ein Tag kommen, an dem Trace fortging und nicht zurückkehrte. In einem Augenblick, in dem sie ihn so sehr gebraucht hätte wie nie zuvor.

»Bridget?« Sie öffnete die Augen nicht, obwohl sie deutlich spürte, dass sie allmählich erwachte. Skye war aus der Stadt zurückgekehrt und hatte sowohl Whiskey als auch Karbolsäure mitgebracht. Trace hatte Bridgets Wunde mehrmals damit behandelt und hoffte, dadurch eine Entzündung zu vermeiden. Bridget hatte den ganzen Tag vor Fieber geglüht, doch nun, während draußen allmählich die Dunkelheit hereinbrach, war eine Kälte über sie gekommen, die Trace mehr beunruhigte als das Fieber.

»Es geht ihr noch nicht besser«, flüsterte Skye kummervoll. Sie wirkte verängstigt, denn schließlich war Bridget einer der Eckpfeiler ihres Lebens: Schwester, Muttenersatz und beste Freundin. »Sie zittert so.«

Trace nickte. Einer plötzlichen Eingebung folgend, wickelte er Bridget in die Decke, nahm sie auf die Arme und trug sie zum Herd hinüber. Dort setzte er sich und hielt sie viele Stunden lang auf seinem Schoß. Sanft wiegte er sie und blickte sie durchdringend an, als wollte er sie mit schierer Willenskraft dazu bringen, das Fieber zu überstehen.

Skye bereitete das Abendessen, brachte Noah ins Bett und legte sich dann neben ihn, ohne sich das Kleid auszuziehen.

Während der ganzen Nacht ließ Trace Bridget nicht aus seinen Armen.

Der Morgen dämmerte schon, als sie schließlich die Augen aufschlug und Trace verwundert ansah. »Die Schlange …« Erschrocken versuchte sie, sich aufzusetzen. »Noah!«

Trace hielt sie fest. »Noah geht es gut«, sagte er. »Du wurdest gebissen.«

Sie presste die Lippen zusammen und schien mit sich zu ringen, ob sie ihm Glauben schenken sollte. »Mein Sohn … wo …?«

»Er und Skye schlafen fest.«

Erschöpft ließ Bridget den Kopf an Traces Schulter sinken, und er genoss das Gefühl, wohlwissend, dass sie sich nicht aus Zuneigung, sondern aus Mattigkeit an ihn schmiegte. Beinahe hätte er sie verloren.

»Hast du Hunger?«, fragte er rau.

Stumm schüttelte sie den Kopf, bemerkte dann aber leise: »Du hast mir das Leben gerettet, nicht wahr?«

Trace vermochte ein strahlendes Lächeln nicht zu verbergen. Bridget *lebte*. »Ganz so ist es nicht. Dein Arm ist noch immer geschwollen, und ich vermute, dass jeder Muskel in deinem Körper schmerzt, ob du es nun eingestehen willst oder nicht. Du wirst dich noch einige Tage ausruhen müssen.«

Bridget fuhr hoch. »Einige Tage?«, wiederholte sie entsetzt. Dem Klang ihrer Stimme nach zu urteilen, hätte man meinen können, Trace hätte ihr soeben mitgeteilt, dass sie nie wieder gehen würde. »Das ist unmöglich! Der Garten und die Mahlzeiten …«

Sanft legte Trace ihr einen Finger auf die Lippen. »Wir werden schon nicht verhungern, Bridget.«

»Aber es wird bald Winter, und …«

»Ich bin hier, und Skye auch. Du bist noch nicht außer Gefahr, besonders dann nicht, wenn du dich überanstrengst. Und was würde dann aus Noah und Skye?«

Das gab Bridget zu denken, obwohl ihr das Nachgeben sichtlich schwer fiel.

Überhaupt eignete sich Bridget ganz und gar nicht zur bettlägerigen Patientin. Zwar ließ sie zu, dass Trace sie warm zudeckte, Skye ihr Tee brachte und Noah ihr Geschichten erzählte, doch wenn sie nicht gerade schlief, stellte sie alle möglichen besorgten Fragen.

Trace arbeitete den ganzen Tag im Wald und schnitt Holz für das Dach, kehrte aber oft zum Haus zurück, um nach Bridget zu sehen. Skye und Noah jäteten den Gemüsegarten, sorgten für frisches Wasser und leisteten Bridget Gesellschaft, sooft sie nur konnten.

Bei Sonnenuntergang nahm Trace ein Bad im Fluss, zog sich saubere Kleidung an und ging in die Hütte. Skye hatte ein einfaches, aber wohl schmeckendes Pfannengericht zubereitet, und es gelang Trace, Bridget zu einigen Bissen zu überreden. Sie hatte dunkle Ringe unter den Augen, und ihre blasse Haut schimmerte beinahe bläulich. Er wusste, dass sie Schmerzen hatte, aber auch, dass sie es niemals eingestehen würde. Die Bisswunde war noch immer gerötet, doch die Schwellung ging zurück, und es gab keine Anzeichen für eine Entzündung.

Trace braute einen Trank aus heißem Wasser, Melasse und Whiskey und brachte ihn Bridget. Die Mischung würde ihr besser helfen als der Tee und vermochte vielleicht sogar, die Schmerzen ein wenig zu betäuben.

Sie roch an dem Becher und rümpfte die Nase.

»Trink«, befahl Trace leise. Am liebsten hätte er ihr eine blonde Haarsträhne aus der Stirn gestrichen, riskierte es aber nicht.

Vorsichtig trank Bridget einen Schluck, hustete und versuchte, ihm den Becher zurückzugeben.

»Trink«, wiederholte er.

»Wo sind Noah und Skye?« Offenbar wollte sie Zeit gewinnen.

Er nahm den Becher und hielt ihn ihr sanft an die Lippen. Zögernd nippte und schluckte sie. »Sie sind hier, Liebes, sitzen am Tisch und spielen Karten.« Poker, um genau zu sein. Er hatte es ihnen selbst beigebracht – nun, Skye zumindest, Noah hatte noch eine Menge zu lernen –, während Bridget geschlafen hatte, zog es aber vor, ihr die Einzelheiten nicht zu verraten. Stattdessen lächelte er und ließ sie mehr von dem Gebräu trinken.

»Trace?« Sie hatte den halben Becher geleert und wurde bereits schläfrig.

»Ja?« Er stellte den Becher beiseite und zog die Bettdecke bis unter Bridgets Kinn.

»Danke.«

Er beugte sich vor und küsste sie auf die Stirn, wie er es auch mit Skye getan hätte. Die Berührung löste einen Sturm der Gefühle in ihm aus, der ihm schier den Atem raubte, obwohl es ihm gelang, den Aufruhr in seinem Innern vor Bridget zu verbergen.

»Jederzeit«, antwortete er. »Doch ich wäre dir dankbar, wenn du dich in Zukunft von Klapperschlangen fern halten würdest.«

Bridgets Augen glänzten, obgleich sie kaum noch vermochte, sie offen zu halten. »Du … du bleibst doch in der Nähe?«

Am liebsten hätte Trace sie gleich noch einmal geküsst, wagte es aber nicht, da es eine ganz andere Art von Kuss gewesen wäre. Also nickte er nur. »Ich habe meine Decken hereingebracht und dort beim Ofen ausgebreitet. Schlaf jetzt, Bridget, du brauchst Ruhe.«

Sie lächelte zaghaft. »Ich hasse es zu schlafen.«

Er wusste, dass sie die reine Wahrheit sprach. Bridget war eine Frau voller Energie und Tatkraft, für die es kaum unbeschäftigte Augenblicke gab. »Nun, bedenke immer«, neckte er sie, »je eher du einschläfst, desto schneller wird es Morgen sein.«

Bridget lachte leise, doch es schien Trace, als würde das kaum hörbare Geräusch sein ganzes Leben verändern. »Das sage ich Noah jeden Abend.«

»Dann muss es ja stimmen.«

Lächelnd schloss sie die Augen. Keine Sekunde zu früh, denn Trace befürchtete, dass ihm nur allzu deutlich ins Gesicht geschrieben stand, wie viel Zuneigung und Zärtlichkeit er für sie empfand. Wenn Bridget davon erfuhr, würde sie sich womöglich wieder von ihm zurückziehen.

Als Bridget am nächsten Morgen erwachte, spürte sie einen stechenden Schmerz im Arm, hätte aber dennoch Freudentänze aufgeführt, wäre sie dazu nicht zu schwach gewesen. Trace verdankte sie ihr Leben. Auf einer Kiste neben dem Bett stand ein Einmachglas mit einem Strauß Wildblumen in Rot, Violett, Gelb und Weiß. Das neue Buch lag verlockend daneben.

Die Dachplane war zur Hälfte zurückgeschlagen, und Trace stand auf einem der Dachbalken. Er trug kein Hemd, und auf seiner Haut glänzten Schweißperlen. »Hallo, Dornröschen«, meinte er lächelnd.

Sie schluckte. Als sie Trace zum letzten Mal ohne Hemd gesehen hatte, war er etwa zwölf Jahre alt gewesen. Sie war ihm und Mitch am Badeteich begegnet. Doch nun war alles ganz anders. »Was tust du da oben?«

Selbst aus der Entfernung bemerkte Bridget, dass seine Augen spitzbübisch funkelten. »Was für seltsame Fragen du doch stellst! Ich schicke mich an, das Dach zu decken, wie ich es dir versprochen habe.«

Bridget fühlte sich unbehaglich, während sie im Bett lag und Trace über ihr mit bloßem Oberkörper arbeitete. »Zieh dir ein Hemd an«, bat sie und setzte sich auf. »Du wirst dir noch einen Sonnenbrand holen.«

Wieder lächelte Trace strahlend. »Pass nur auf«, warnte er sie. »Wenn du so weitermachst, komme ich womöglich noch auf den Gedanken, dass dir mein Aussehen nicht gleichgültig ist.«

Hitze stieg Bridget in die Wangen. »Du beobachtest mich schon die ganze Zeit. Wie soll ich denn aufstehen und mich anziehen, wenn du mich von dort oben anstarrst?«

Er lachte. Das Sonnenlicht schien ihm eine gleißende Aura zu verleihen. »Das sollst du ja gar nicht.«

»Und du willst den ganzen Tag über meinem Kopf Dachschindeln annageln?«

Trace tat, als müsste er die Angelegenheit überdenken. »Wir sollten dich wohl besser aus dem Haus schaffen.« Dann leuchteten seine Augen wieder. »Skye und ich haben dir schon ein Plätzchen vorbereitet.«

Allein der Gedanke, an die frische Luft zu kommen, ließ Bridget aufleben. Sie lächelte. »Wirklich?«

»Ja«, antwortete er und sprang geschmeidig durch das offene Dach in die Hütte hinein. »Ich werde dich auf der Stelle hinausbringen.«

Bridget betrachtete ihn fasziniert und war beschämt von ihrem Mangel an Zurückhaltung. Welche Frau würde schon so gebannt auf die nackte Brust eines Mannes starren? Eines Mannes, der nicht ihr Ehemann war, nicht Mitch …

Trace schien ihre Gedanken zu erraten und lächelte wehmütig. Er hob Bridget nebst Kissen und Decken aus dem Bett und drückte ihr das Buch in die Hand, das er in der Stadt für sie gekauft hatte. Die warme Sommerbrise und das Sonnenlicht wirkten wie heilende Hände, und Bridget stieß einen leisen Freudenschrei aus, als sie die Hängematte sah. Trace hatte ein altes Laken zwischen zwei kleinen, aber kräftigen Birken verknotet, nur einen Steinwurf vom Flussufer entfernt. Skye und Noah befanden sich in Sichtweite und angelten mit selbst gebauten Ruten im Fluss. Beide strahlten, als sie Bridget entdeckten.

Es war himmlisch, im Schatten der Baumkronen in der Hängematte zu liegen und dem Rauschen des Primrose Creek zu lauschen. Bridget las eine Weile, nickte ein und las dann wieder. Noah und Skye angelten, und Trace arbeitete auf dem Dach und schlug mit gleichmäßigen Hammerschlägen Holznägel ein.

»Sieh mal, Mama!« Bridget war wieder eingeschlafen, erwachte jedoch von der Stimme ihres Sohnes und dem Gefühl von etwas Kaltem an ihrer Hand. »Ich habe einen Fisch gefangen!«, rief Noah aufgeregt.

Tatsächlich hing eine stattliche, glänzende Forelle an seinem Angelhaken. Bridget lachte und gab dem Jungen einen herzhaften Kuss. »Der ist ja beinahe so groß wie der Wal, der den armen Jonas verschluckt hat«, bemerkte sie.

Noah nickte. »Und mir hat niemand dabei geholfen. Den habe ich ganz allein gefangen.«

Bridget zerzauste ihm das Haar und dachte an Mitch. Plötzlich schien die Forelle ein wenig von ihrem Glanz zu verlieren, und auch die Sonne lachte nicht mehr so freundlich vom Himmel. »Dein Papa wäre stolz auf dich«, sagte sie leise.

Noah runzelte die Stirn. »Ich möchte, dass Trace mein Papa ist.«

Zwar überraschte diese Bemerkung Bridget nicht, dennoch

versetzte sie ihr einen Stich. »Liebling«, erwiderte sie, mit den Tränen kämpfend, »o mein Liebling, so einfach ist das leider nicht. Dein Papa war ein Mann namens Mitch McQuarry, und auch wenn er nicht mehr bei uns ist, so wird er doch immer dein Vater bleiben.«

Noah ließ den Fisch sinken. Die Bewegung wirkte auf Bridget so enttäuscht und verloren, dass sie sich danach sehnte, Noah in die Arme zu nehmen. Sie hielt sich jedoch zurück. Er mochte ein kleiner Junge sein, doch er war ganz gewiss kein Baby mehr. Ihn so zu behandeln, würde einzig seine Würde und Selbstachtung untergraben.«

»Wo ist mein Papa?«

»Darüber haben wir schon einmal gesprochen, Noah«, erinnerte Bridget ihn und wischte sich verstohlen mit dem Handrücken über die Wange. »Er ist im Himmel.«

»Kommt er wieder zu uns zurück?«

Bridget blickte ihren Sohn offen an. »Nein, mein Schatz. Die Menschen bleiben gern im Himmel, wenn sie erst einmal dort angekommen sind. Es ist ein wunderschöner Ort.«

»Können wir nicht dorthin ziehen? Du und ich, Skye und Trace? Wir könnten doch nach Papa suchen.«

Bridget schluckte schwer und blickte auf den Fluss hinaus. Gleich darauf aber sah sie Noah wieder in die Augen. »Wir werden alle eines Tages in den Himmel kommen«, erklärte sie ruhig. »Aber noch nicht so bald.« *Und nicht gemeinsam.*

Noah dachte darüber nach. »Oh«, murmelte er. Doch in Windeseile hellte sich seine Miene wieder auf. Er schwenkte die Forelle über seinem Kopf und rief: »Sieh mal, Trace, ich habe ganz allein einen Fisch gefangen!«

5

Am nächsten Tag stattete Marshal Flynn der Farm einen Besuch ab. Er legte den Kopf in den Nacken, hakte die Daumen in seinen Revolvergurt und bewunderte das neue Dach auf der Hütte der McQuarrys. »Ja, Sir«, rief er Trace zu, der rittlings auf dem Dachfirst saß, »das nenne ich wirklich anständige Arbeit. Wenn Jake Vigil dieses Dach sieht, wird er Ihnen sicher gleich anbieten, beim Bau seiner Sägemühle mitzuhelfen.«

Bridget hatte die Mühle zwar erwähnt, doch als Trace nach Primrose Creek geritten war, hatte er keine Spur des Neubaus entdecken können. »Besitzt Mr. Vigil eine Kreissäge?«, fragte er. Er hatte reichlich rohes Holz, benötigte jedoch zugeschnittene Bretter und Balken, um seine Pläne in die Tat umzusetzen. Bridget brauchte Schlafzimmer und eine Scheune. Und eine fest umzäunte Koppel.

»Ja, eine dampfbetriebene«, antwortete Sam und klang so stolz, als gehörte ihm die Maschine. »Zumindest hat er eine bestellt. Aber Jake hat jede Menge Bauholz gelagert, zugeschnitten in Virginia City. Vielleicht tauscht er es gegen Ihre Arbeitskraft ein.«

Trace zog sich das Hemd an, das er in der Mittagshitze abgelegt hatte, balancierte bis zum Rand des Daches und sprang von dort hinunter. »Danke für den Hinweis, Sam. Ich schulde Ihnen einen Gefallen.« Er streckte die Hand aus.

Der Marshal erwiderte den Handschlag. Hinter ihm

schnaubte sein Pferd, ein überfütterter Wallach mit den Ohren eines Maulesels.

Trace grinste. »Ist dies ein Freundschaftsbesuch, oder haben mich meine Jugendsünden eingeholt?«

»Nun, wenn Sie Ihre Jugend wirklich verschwendet haben sollten, wird es sich schon früh genug herumsprechen«, antwortete Sam lachend. Er zog seinen Hut vom Kopf und fuhr sich mit der Linken durch das schüttere Haar. »Eigentlich bringe ich einen Brief aus England für Mrs. McQuarry. Dem Umschlag nach zu urteilen, hat der Brief eine abenteuerliche Reise hinter sich.«

Stirnrunzelnd nahm Trace das Schreiben entgegen. Bridget erholte sich inzwischen seit einer Woche von dem Schlangenbiss und verlor allmählich die Geduld, obwohl Trace bemerkt hatte, dass sie es auch ein wenig genoss, bemuttert und umsorgt zu werden. Mittlerweile glich sie jedoch weniger einer Rekonvaleszentin denn einer gereizten Bärin, die eines ihrer Jungen vermisste. Zwar hegte er die schwache Hoffnung, der Brief würde sie aufheitern, wusste aber, dass die Nachricht von einer ihrer Cousinen in England stammen musste, die Bridget als Abtrünnige betrachtete.

Nachdenklich klopfte Trace mit dem Brief gegen seine Handfläche. »Tränken Sie Ihr Pferd, Sam, und setzen Sie sich.« Er deutete auf ein umgedrehtes Regenfass. Bridget schlief vermutlich und würde es ihm nie verzeihen, wenn er den Marshal ins Haus bat, während sie im Bett lag. Trace hatte sie in den vergangenen Tagen mit Vorsicht behandelt, um den häuslichen Frieden zu wahren. Keiner der beiden hatte den Heiratsantrag erwähnt. »Ich werde Bridget sagen, dass Sie hier sind.«

»Das sehe ich selbst«, rief sie. Trace drehte sich um. Bridget stand an der Hüttentür. Sie hatte das gelbe Baumwollkleid angezogen und ihr langes Haar im Nacken zusammengebunden.

Sie wirkte schmal, blass und sehr jung. »Bitte kommen Sie herein, Mr. Flynn, ich werde Kaffee kochen.«

Sam zog den Hut und lächelte, doch Trace bemerkte, dass dem Marshal Bridgets angegriffener Zustand nicht entgangen war. »Vielen Dank, Ma'am«, erwiderte er, »aber leider kann ich nicht bleiben. Ich wollte Ihnen nur diesen Brief bringen. Es sind einige raue Burschen in der Stadt, die ich lieber nicht zu lange sich selbst überlassen will.«

Bridget lächelte freundlich, hielt sich aber am Türrahmen fest, als wäre sie nicht sicher auf den Beinen. Die dunklen Schatten unter ihren Augen ließen in Trace den dringenden Wunsch aufkeimen, nach einem Arzt zu suchen. Er war fest entschlossen, bis nach Virginia City zu reiten, wenn es erforderlich sein sollte, als Bridget antwortete. »Ich kann mir nicht vorstellen, wer mir einen Brief schreiben sollte.«

»Er kommt aus England«, erklärte der Marshal. »Hoffentlich sind es erfreuliche Neuigkeiten, Ma'am.«

Bridget verging das Lächeln bereits. »England?«, wiederholte sie, machte einige Schritte nach draußen, blieb dann aber unsicher stehen. Sam, der gerade mit Aufsitzen beschäftigt war, konnte ihren Gesichtsausdruck nicht sehen. Anders als Trace, der sich wünschte, Bridget den Brief nicht geben zu müssen. Er ging auf sie zu, reichte ihr den Umschlag und legte ihr sanft den Arm um die Taille, um sie zu stützen.

Sie musterte die elegante, ein wenig verblichene Handschrift, die Briefmarke und die Worte *McQuarry Farm* und *Virginia*, die durchgestrichen und durch *Primrose Creek, Nevada* ersetzt worden waren. »Er ist von Christy«, murmelte sie. Trace vermochte zwar den Klang ihrer Stimme nicht zu deuten, doch die anhaltende Schwäche gab ihm ausreichend Grund zur Sorge. »Offenbar ist sie der Meinung, dass wir noch immer zu Hause wohnen.«

»Komm ins Haus, Bridget«, bat Trace mit fester Stimme, nachdem er sich mit einem Winken vom Marshal verabschiedet hatte. »Du möchtest den Brief doch sicher in Ruhe lesen und solltest dich auch ein wenig hinsetzen.«

Bridget ließ sich von ihm in die Hütte bringen und an den Tisch setzen, ein ärgerlicher Beweis für ihre noch immer angegriffene Gesundheit. Skye und Noah angelten irgendwo in der Nähe, und alles war still. Seit ihrem Zusammentreffen mit der Schlange hatte Bridget eine Vorliebe für Tee entwickelt. Trace machte sich daran, in einem Kochtopf Wasser zu erhitzen, während sie nur schweigend dasaß und den Brief anstarrte, als erwartete sie, dass er jeden Augenblick Flügel bekommen und aus dem Fenster flattern würde.

»Wir haben uns nicht gerade als Freundinnen getrennt«, berichtete Bridget so leise, dass Trace sie beinahe nicht gehört hätte.

»Ich weiß«, erwiderte er ruhig. »Ich war dabei. Aber Menschen ändern sich und Situationen auch.«

Bridget schwieg eine Zeit lang, und dann schien es, als hätte sie Traces Bemerkung nicht gehört, als erinnerte sie sich nicht daran, dass er dabei geholfen hatte, die beiden Wildkatzen voneinander zu trennen. »Christy und ich hatten einen schrecklichen Streit miteinander. Es wurden Dinge ausgesprochen, die ...«

Er wäre am liebsten zu ihr gegangen und hätte ihr tröstend eine Hand auf die Schulter gelegt, ahnte aber, dass sie keine Berührung dulden würde. »Vielleicht ist es an der Zeit, die alten Streitigkeiten zu vergessen. Schließlich seid ihr eine Familie.«

Sie beobachtete ihn. Trace spürte ihren Blick schon, ehe er sich umdrehte, um ihr in die Augen zu sehen. »Onkel Eli schloss sich den Konföderierten an. Christy sagte, Skyes und mein Vater sei ein Verräter, weil er für die Sache der Union kämpfte. Sie behauptete, er sei eine Schande für ganz Virginia und verdiene es, aufgehängt zu werden.«

Trace seufzte. »Bridget«, mahnte er leise. Das Wasser kochte zwar noch nicht, aber er gab trotzdem einige Löffel Teeblätter hinein. »Ihr wart beide Kinder, und das ganze Land war gerade in zwei Teile zerbrochen wie ein trockener Zweig. Viele Menschen sagten Dinge, die sie nicht so meinten.«

Bridget biss sich auf die Lippe, streckte dann die Hand nach dem mitgenommen aussehenden Umschlag aus, zog sie jedoch wieder zurück. »Ich erklärte Christy, ich würde sie mein Leben lang hassen.« Sie schloss die Augen, und als sie die Lider wieder hob, schien ihr Blick sich in der Ferne zu verlieren. »Ich spuckte auf sie.«

»Wenn ich mich recht erinnere«, meinte Trace, »seid ihr mit Klauen und Zähnen aufeinander losgegangen. Vermutlich hättet ihr einander umgebracht, wenn dein Großvater und ich euch nicht getrennt hätten.«

Errötend schob Bridget das Kinn vor. »Ich schwor, Christy niemals zu vergeben.«

Trace blickte skeptisch in den Topf, in dem die Teeblätter im heißen Wasser umherschwammen, und rührte das Gebräu mit einem Holzlöffel um. »Manche Versprechen sollten gebrochen werden«, antwortete er gedankenverloren und wusste gleich, dass er einen Fehler gemacht hatte. Doch es war zu spät.

»Ja«, entgegnete Bridget, »so wie das Versprechen, das du Mitch gegeben hast.«

»Das war etwas anderes«, erwiderte Trace nach kurzem Zögern.

Mit den Fingerspitzen trommelte Bridget leicht auf den Briefumschlag, den sie noch immer nicht geöffnet hatte. Sie hatte eine Augenbraue gehoben, und ein triumphierendes Lächeln umspielte ihre Lippen. »Da bin ich mir nicht so sicher«, bemerkte sie nachdenklich, fügte aber nichts mehr hinzu.

Trace war dankbar für ihre Zurückhaltung. Ohnehin fühlte er sich in ihrer Gegenwart ständig wie eine Forelle, die am Angelhaken zappelte. Doch er würde keinesfalls das Feld räumen. Eines Tages würde Bridget ohnehin wieder heiraten, da wollte er wenigstes der Glückliche sein.

Vorsichtig goss Trace etwas von dem Tee in einen Becher und stellte ihn vor Bridget auf den Tisch. »Ich gehe wieder aufs Dach.«

Sie sah in den Becher, runzelte die Stirn und lächelte dann. »Zieh dir dein Hemd an«, riet sie, »sonst wirst du einen schweren Sonnenbrand bekommen.«

Trace seufzte, zwinkerte ihr zu und verließ die Hütte.

Bridget wartete, bis sie ihn auf dem Dach hörte. Er nagelte die Schindeln fest, die er aus Baumrinde zugeschnitten hatte. Obwohl sie es nicht über sich bringen konnte, Trace ihre Gefühle einzugestehen, war sie insgeheim froh, dass er da war. Ohne ihn hätte der Schlangenbiss sie mit Sicherheit getötet, und Skye und Noah würden nun allein dastehen.

Skye war eine tapfere und einfallsreiche junge Frau und hätte einen Weg gefunden, sich und ihren Neffen durchzubringen. Dennoch schauderte Bridget bei dem Gedanken. An einem Ort wie Primrose Creek waren die Möglichkeiten einer Frau begrenzt. Skye hätte entweder sofort einen Mann heiraten müssen, den sie nicht liebte, oder sie wäre gezwungen gewesen, ihre Gunst gegen Nahrung und eine Unterkunft einzutauschen. Die Unterschiede zwischen den Alternativen waren ohnehin gering. Doch dank Trace war es Skye nun möglich, heranzuwachsen und sich zu gegebener Zeit einen Ehemann auszusuchen.

Du drückst dich, schalt sich Bridget im Stillen. Mit zitternden Händen griff sie nach dem Umschlag und brach das Siegel.

Der Briefbogen wies ein geprägtes Wappen auf, unter dem das Datum zu lesen war – etwa sechs Monate war der Brief unterwegs gewesen – und der Name des Anwesens, das Megans und Christys Stiefvater gehörte: *Fieldcrest*.

Bridget schnitt ein Gesicht und schnippte kaum merklich gegen das Papier, ehe sie weiterlas.

Liebe Bridget,
ich richte diese Zeilen an dich, da ich davon ausgehe, dass du wie üblich das Regiment über die Menschen und Dinge in deiner Umwelt führst. Grüße bitte Skye von mir.

Heute Morgen erreichte uns die Nachricht von Großvaters Tod. Sein Anwalt schrieb uns, andernfalls hätten wir wohl nichts davon erfahren. Man sollte meinen, dass es angebracht gewesen wäre, wenn du uns von Großvaters Ableben geschrieben hättest. Doch so bist du nun einmal.

Laut Großvaters Anwalt erben Megan und ich die Hälfte eines Grundstücks namens Primrose Creek irgendwo im Westen. Die andere Hälfte geht an dich und Skye, ebenso wie das Anwesen in Virginia und all die Kostbarkeiten aus Großmutters Besitz.

Da weder Megan noch ich Verwendung für ein so abgelegenes und einsames Stück Land haben, tragen wir uns mit der Absicht, unseren Teil zu verkaufen. Wir teilten Großvaters Anwalt in Richmond unseren Wunsch mit, kamen jedoch nach langer Überlegung zu dem Entschluss, dass es richtig zu sein scheint, dir das Anwesen zuerst zum Kauf anzubieten, bevor wir uns an Fremde wenden. Selbstverständlich erwarten wir einen angemessenen Preis.

Bitte antworte uns, so bald du kannst. Megan und ich möchten die Angelegenheit rasch zu einem Abschluss bringen.

Herzlichst,

Christina McQuarry

Bridget hätte den Brief zerknüllt und in die Ecke geworfen, wenn es nicht erst der zweite oder dritte Brief gewesen wäre, den sie in ihrem Leben erhalten hatte. In ihr tobte ein Sturm der Gefühle: Zorn über einige Dinge, die Christy geschrieben hatte, Trauer darüber, dass ihre einst so große Familie nun nur noch aus so wenigen Menschen bestand, und Angst, dass ihre Cousinen das Land auf der anderen Seite des Flusses an jemanden verkaufen würden, der dann vielleicht stromaufwärts einen Damm bauen, den Wald abholzen oder den Mutterboden abtragen würde, um nach Silber, Gold oder Kupfer zu schürfen …

»Du hast einen Brief bekommen?«, erklang Skyes Stimme.

Bridget sah auf. Ihre Schwester stand an der Tür im Gegenlicht, sodass ihr Gesicht nicht zu erkennen war. »Ja«, antwortete Bridget niedergeschlagen und trank vorsichtig einen Schluck von dem Tee, den Trace gekocht hatte. »Wo ist Noah?«

»Er ist mit Trace auf dem Dach«, antwortete Skye und fügte schnell hinzu: »Mach dir keine Sorgen, Trace hat ihm ein Seil umgebunden, damit er nicht herunterfallen kann.«

Bridget rollte die Augen gen Himmel, beschloss jedoch, jetzt nicht darüber nachzudenken. »Er ist von Christy«, meinte sie und hielt Skye den Brief hin.

Sofort war Skye an ihrer Seite und nahm das Papier. »Heiliges Kanonenrohr!«, rief sie.

Bridget ermahnte sie nicht. »Sie und Megan wollen ihre Hälfte des Grundstücks verkaufen«, erklärte sie unnötigerweise, da Skye mittlerweile den Brief sicher schon zum zweiten Mal las. »Irgendwie müssen wir versuchen, den Kaufpreis aufzutreiben.«

Skye ließ sich auf die Kiste sinken, die links neben Bridget stand. Über ihnen dröhnten die Hammerschläge, und Trace und Noah unterhielten sich angeregt. »Wie wollen wir das schaffen?«, murmelte Skye.

Die Frage war mehr als berechtigt. Der beschwerliche Weg nach Primrose Creek hatte alles verschlungen, was Bridget an Geld oder Wertgegenständen besessen hatte. Jetzt hatte sie keinen Cent mehr, und Großmutters silberne Teekanne und die Jadebrosche waren im letzten Winter für die Unterkunft in Fort Grant aufgewandt worden. »Ich weiß es nicht«, gestand Bridget nach einer Weile, »aber mir wird schon etwas einfallen.«

Skye musterte sie aufmerksam. »Es gibt nicht viele Leute, die gewillt sind, hier in der Wildnis zu leben. Vermutlich wird niemand das Grundstück haben wollen.«

Vor langer Zeit hatten Indianer auf dem Grundstück gelebt, und eine ihrer Hütten stand noch immer auf dem Hügel auf der anderen Seite des Flusses, hinter einigen Bäumen verborgen. »Es ist gutes Land, Skye. Es wird sich schon ein Interessent finden. Und was würden wir tun, wenn der Käufer uns übel will?«

Skye antwortete nicht. Sie wusste, dass es eine gewisse Sorte von Nachbarn gab, die eine Gefahr für sie darstellen würde, sobald Trace seine Buße getan hatte und weiter gezogen war. Bridget zweifelte nicht daran, dass er Primrose Creek verlassen würde, sobald ihn wieder die alte Ruhelosigkeit packte. Aus diesem Grund durfte sie es sich auch nicht gestatten, Gefühle für ihn zu entwickeln.

Sorgfältig faltete Bridget den Brief zusammen und steckte ihn zurück in den Umschlag. Dann holte sie die Familienbibel der McQuarrys aus dem Regal und legte den Brief hinein. Als sie sich umdrehte, bemerkte sie, dass Skye sie mit einem nachdenklichen Lächeln betrachtete.

Bridget presste die Lippen zusammen, strich den Rock ihres

Baumwollkleides glatt und ging hinaus. Zum Schutz gegen die blendende Sonne legte sie die Hand an die Stirn und blickte auf. Noah schwang einen Hammer, die Zunge in den Mundwinkel gelegt, während Trace ihn beaufsichtigte. Eigentlich war es ein ganz gewöhnlicher Anblick: ein Mann und ein kleiner Junge, die Seite an Seite arbeiteten. Doch es erfüllte Bridget mit bittersüßer Melancholie, Trace und Noah zusammen zu sehen. Sie wünschte, Trace wäre nie nach Primrose Creek gekommen, freute sich jedoch gleichzeitig darüber, dass er es getan hatte.

Trace blickte auf und wartete vermutlich darauf, dass sie von ihm verlangte, Noah *augenblicklich* herunterzubringen. Und sie war versucht, genau das zu tun, hielt sich jedoch zurück und ging wieder ins Haus.

Am Abend waren Traces Rücken, Brust und Arme gerötet und fühlten sich heiß an.

»Ich habe dich gewarnt«, schalt Bridget ihn und holte den Krug mit Apfelessig, den sie für gewöhnlich dazu benutzte, Salat und Gemüse zuzubereiten. »Ich hatte dir geraten, dein Hemd anzuziehen. Aber du bist ein solcher Dickkopf, dass du nie darauf hörst, wenn …«

Trace lachte, obwohl er offensichtlich starke Schmerzen hatte. »Ich glaube, ich laufe zum Fluss und lege mich eine Weile ins Wasser. Dann geht es mir besser.«

»Du wirst dich erkälten, wenn du so von einem Extrem ins andere fällst«, protestierte Bridget. »Setz dich und lass mich nur machen.«

Er warf einen skeptischen Blick auf den Essig und das Taschentuch, das Bridget aus der Truhe geholt hatte, die sie und Skye als Kommode benutzten. »Wird es wehtun?«

»Das hättest du dir wirklich früher überlegen sollen«, antwortete Bridget.

Trace verzog das Gesicht, als sie das Taschentuch mit dem

Essig befeuchtete und sanft auf die verbrannte Haut seiner linken Schulter presste. »Es geht dir offenbar besser«, bemerkte er. »Es scheint nichts Schöneres zu geben, als mich zu quälen.«

Sie schüttelte den Kopf, konnte jedoch ihren ernsten Gesichtsausdruck nicht beibehalten und lachte. »Ich hatte dich gewarnt. Du wirst noch einige Tage lang Schmerzen haben, Trace, und heute Nacht vermutlich nicht besonders gut schlafen können.«

Er sah sie an, und seine Augen schimmerten im Dämmerlicht leuchtend türkis. Sie hatten gut zu Abend gegessen – frische Forelle, Gemüse und einige von Skyes steinharten Brötchen –, und die Hütte machte einen überaus behaglichen Eindruck mit dem neuen Dach, dem warmen Schein der Lampen und dem Essensduft, der noch in der Luft hing. Skye und Noah saßen auf der Türschwelle und beobachteten die aufgehenden Sterne.

»Ich werde morgen noch einmal in die Stadt reiten«, meinte Trace. »Ich will mit Jake Vigil verhandeln, um gutes Bauholz zu bekommen. Wir brauchen einen neuen Pferch und einen Pferdestall.«

Bridget nickte, sagte jedoch nichts. Ihre Kehle fühlte sich wie zugeschnürt an, sodass sie vermutlich nur ein heiseres Krächzen herausgebracht hätte.

»Möchtest du mich vielleicht begleiten?«, fragte er. Trace war kein schüchterner Mann. Schon früher war er der Waghalsigste von ihnen gewesen, der sich allen möglichen Unfug ausgedacht und Mitch und Bridget dazu überredet hatte, sich ihm bei jeder Dummheit anzuschließen. Dennoch hatte er in diesem Augenblick eine jungenhafte Unsicherheit an sich, die in Bridget ein höchst unwillkommenes Gefühl der Zärtlichkeit weckte. »Damit du einmal etwas anderes siehst als die Farm, dachte ich.«

Sie hatte die Ablehnung bereits auf der Zunge, hielt sich aber zurück. Skye und Noah wandten sich um und beobachteten Bridget, gespannt auf ihre Antwort. Um der Wahrheit die Ehre zu geben, musste sich Bridget eingestehen, dass sie es müde war, immer zu Hause zu bleiben. Sie würde sich morgen ein Bild von den Entwicklungen in Primrose Creek machen und herausfinden, ob es dort bereits eine Kirche und eine Bank gab. Ja, eine Bank war besonders wichtig.

»Sicher«, gab sie zurück, »ich begleite dich gern.«

Trace schlief inzwischen wieder am Flussufer, in der Hängematte, die er für Bridget gemacht hatte. Sie beendete die Behandlung mit dem Essig, und Trace zog sich vorsichtig das Hemd an, knöpfte es aber nicht zu. Die ganze Zeit über hatte Bridget es erfolgreich vermieden, seinen Oberkörper zu betrachten, doch nun fühlte sie sich plötzlich wie magisch vom Anblick seiner Brust angezogen. Wieder und wieder sah sie ihn an.

Schließlich war sie gezwungen, sich von ihm abzuwenden. »Gute Nacht, Trace«, sagte sie.

Er stand dicht hinter ihr, sodass sein warmer Atem ihren Nacken streichelte. »Gute Nacht.«

Das Gewitter begann kurz nach Mitternacht. Schwarze Wolken jagten über den nächtlichen Himmel, und der Wind rüttelte am Hüttendach. Zuckende Blitze erleuchteten die Landschaft in gespenstischer Klarheit, und das ängstliche Wiehern der Pferde gellte durch die Nacht. Bridget befahl Skye, auf Noah aufzupassen, hüllte sich in ihr Umschlagtuch, schlüpfte in die Stiefel, ohne sich die Zeit zum Zuknöpfen zu nehmen, und eilte hinaus. Am anderen Flussufer schlug der Blitz in eine riesige Fichte, die augenblicklich in Flammen aufging.

Bridget lief um die Hütte herum zu den Pferden. Sis stand

im Pferch, während der Hengst in einiger Entfernung angebunden war. Schweißnass vor Angst lief die Stute am Gatter hin und her, schlug mit dem Kopf und wieherte.

»Ruhig, mein Mädchen«, redete Bridget ihr gut zu, »ganz ruhig.«

Zwischen den Donnerschlägen hörte sie den Hengst, wusste jedoch, dass Trace bei ihm war.

Sis beruhigte sich ein wenig, als sie Bridgets Stimme hörte und ihren Geruch wahrnahm. Die kleine Stute schnaubte.

»Komm her, Sis«, lockte Bridget und streckte dem verängstigten Tier die Hand hin. »Ich bin es, Bridget. Und ich werde nicht zulassen, dass dir etwas geschieht.«

In diesem Augenblick setzte der Regen ein. Zunächst fielen nur einige Tropfen, doch bald darauf prasselten wahre Sturzbäche hernieder. Trace tauchte an ihrer Seite auf, als sie Sis gerade ein Halfter übergestreift hatte. Er führte den Hengst. »Gibt es irgendwo einen Platz, an dem wir die Tiere unterstellen können?«, rief er Bridget zu, um das Tosen des Regens zu übertönen.

Die aufgeregten und überhitzten Pferde waren in Sekundenschnelle völlig durchnässt.

Bridget dachte an die alte Indianerhütte auf der anderen Seite des Flusses und deutete hinüber. »Dort drüben«, antwortete sie. Wenigstens hatte der Regen den brennenden Baum gelöscht. »Hinter den Bäumen. Ich zeige es dir.«

Trace umfasste ihren Arm. »Nein, die Strömung ist zu stark. Du bleibst hier.«

Kopfschüttelnd antwortete sie: »Es sind meine Pferde.«

In einer Geste der Verzweiflung reckte Trace die freie Hand empor, ließ Bridget jedoch zum Flussufer vorangehen. Sie raffte das Nachthemd in Kniehöhe zusammen und verknotete es. Der Fluss war angeschwollen, und in den Abständen zwischen den Blitzen schien die Nacht noch dunkler zu sein als gewöhnlich. Während sie die verängstigten Pferde durch den Fluss führten, zuckten zweimal blau und golden schimmernde Blitze durch die Finsternis am anderen Ufer.

Es wäre ein atemberaubend schöner Anblick gewesen, wenn sie sich nicht im Wasser befunden hätten. Der Primrose Creek war zweifellos der gefährlichste Ort, an dem sie sich in diesem Unwetter aufhalten konnten, dicht gefolgt von dem Waldstück, auf das sie sich zubewegten.

Die Indianerhütte verfügte über stabile Wände und ein Dach aus Tierhäuten. Als Bridget mit ihrer Familie in Primrose Creek angekommen war, hatte sie zunächst diese Hütte als Unterkunft in Betracht gezogen. Doch das kleine Haus auf der anderen Seite war aus Stein gemauert und stand näher am Fluss.

Bridgets Beine und Füße fühlten sich taub an, als sie das andere Ufer erreichte, und ihre Stiefel waren vermutlich nicht mehr zu retten. Die Regenfluten, die auf den Strom prasselten, verursachten ein Geräusch, das man mit dem einer Feuersbrunst hätte verwechseln können. Bridget, Trace und die Pferde erklommen mühsam den kleinen Hügel und fanden schließlich die Hütte.

Trace band den Hengst auf einer Seite des lang gestreckten Gebäudes an und führte die Stute auf die andere Seite. Unterdessen suchte Bridget nach etwas, mit dem sie die Tiere abreiben konnten. Dabei bemühte sie sich, nicht über Ratten, Spinnen und anderes Getier nachzudenken, das in der Hütte Unterschlupf gefunden haben könnte. Sie entdeckte ein Stück eines Materials, das sich wie Leder anfühlte und vermutlich einst Teil des Daches gewesen war. Damit rieb sie die zitternde Stute trocken, so gut sie es vermochte, und reichte dann Trace das Leder, damit er den Hengst versorgen konnte.

Beide sprachen kein Wort, denn sie waren viel zu erschöpft

für überflüssige Gespräche. Schließlich standen sie jedoch in der dunklen Hütte nahe beieinander und sahen einander nur, wenn wieder einmal ein Blitz über den Himmel zuckte. Es schien Bridget ganz selbstverständlich zu sein, dass Trace ihr die Hände auf die Schultern legte, sie an sich zog und seine Lippen auf die ihren presste.

Bridget schloss die Augen, doch ihr war, als würde mit diesem Kuss die Welt um sie herum plötzlich in gleißendes Licht getaucht. Auch ihren Körper schienen Blitze zu durchfahren, die in ihrem Innern ein loderndes Feuer der Leidenschaft entfachten. Als Trace sich von ihr zurückzog, schwankte sie leicht, sodass er sie stützen musste.

»Wir sollten uns auf den Rückweg machen«, meinte er.

Schweigend ließ Bridget zu, dass Trace ihre Hand nahm und sie aus der Hütte hinaus ans Flussufer führte. Auf dem Wasser glitzerte das Spiegelbild der Blitze. Mitten im Fluss verlor Bridget plötzlich den Halt, rutschte aus und tauchte unter. Lachend kehrte sie an die Wasseroberfläche zurück. Es machte nichts mehr aus, denn sie konnte unmöglich noch nasser werden, als sie ohnehin schon war.

Ein Lichtschein drang aus der Hütte, und Bridget und Trace folgten ihm.

»Wie gut, dass du das Dach gedeckt hast, Trace«, bemerkte Skye, als er Bridget ins Haus folgte und die Tür schloss.

Die beiden Durchnässten blickten einander an und brachen in schallendes Gelächter aus.

»Wie seht ihr nur aus!«, schalt Skye und hätte ihnen um Haaresbreite mit dem Finger gedroht. »Wenn wir nicht sofort etwas unternehmen, werdet ihr euch bis zum Morgen den Tod holen.«

Bridget wusste plötzlich nicht mehr, was sie tun sollte. Es schien, als hätte sie all ihre Energie darauf verwendet, die Pferde vor dem Gewitter in Sicherheit zu bringen. Trace wirkte ebenso erschöpft. Seine Lippen – hatte er sie wirklich geküsst? – hatten sich bläulich verfärbt, und er zitterte.

Glücklicherweise übernahm Skye das Kommando. »Trace, du bleibst hier am Ofen. Ich bringe dir gleich eine Decke, in die du dich einwickeln kannst. Natürlich musst du zuerst die nassen Sachen ausziehen.« Sie nahm Bridgets Arm. »Dir habe ich ein trockenes Nachthemd herausgelegt und ein Handtuch, um dir die Haare zu trocknen.« Streng blickte sie Trace an. »Du wirst uns jetzt den Rücken zukehren.«

Trace gab einen Laut von sich, der entweder ein Aufstöhnen oder ein raues Lachen war. »Wo ist der Whiskey?«, fragte er.

Einige Minuten später saßen Bridget und er nebeneinander vor dem kleinen Ofen und tranken Kaffee, der mit Melasse und Whiskey gemischt war. Trace hatte sich ausgezogen und in eine verblichene Decke gehüllt, Bridget trug ihr wärmstes Flanellnachthemd. Skye stand hinter ihr und trocknete Bridgets Haar, sodass weder sie noch Trace den Vorfall in der Indianerhütte erwähnten.

Ohnehin war Bridget sich nicht sicher, ob sie darüber sprechen wollte. Sie war von einer seltsamen Schüchternheit ergriffen, als wäre der Kuss der erste in ihrem Leben gewesen – und nicht nur ein Kuss, sondern das Erwachen ihrer Weiblichkeit schlechthin. Niemals hatten Mitchs Küsse sie so aufgewühlt, doch daran wollte sie jetzt lieber nicht denken.

»Wir reiten doch morgen in die Stadt, nicht wahr?«, vergewisserte sich Noah besorgt.

Trace lächelte. »Wenn der Regen nachlässt«, antwortete er, »dann spricht nichts dagegen.«

Der Junge richtete seine haselnussbraunen Augen auf Bridget. »Du kommst doch auch mit, Mama?« Er sah so hoffnungsvoll aus – und glich Mitch aufs Haar.

Sie streckte die Hand aus und strich ihrem Sohn über die seidigen Haare. »Ja, Liebling, ich komme mit. Aber du solltest jetzt wirklich wieder ins Bett gehen. Wenn du dich nicht ausruhst, bist du morgen vielleicht zu müde für den Ausflug.«

Noah nickte eifrig, beugte sich vor und gab Bridget einen Gutenachtkuss auf die Wange.

Trace lächelte schelmisch. »Das war ein kluger Schachzug«, bemerkte er leise, während Skye damit beschäftigt war, Noah zuzudecken.

Bridget lächelte nur und trank einen Schluck Kaffee.

Trace fuhr sich durchs Haar und betrachtete den Ofen. »Ich fange mit dem Bau der Scheune so bald wie möglich an«, erklärte er. »In der Zwischenzeit werden wir die Hütte auf der anderen Seite benutzen. Ich verstärke das Dach mit der Wagenplane. Dann sollte es Unwettern standhalten.«

Dächer, Scheunen und Planen waren die letzten Dinge, über die Bridget im Augenblick sprechen wollte. Trace sollte ihr erklären, woher er die Frechheit genommen hatte, sie so zu küssen. Und warum der Kuss sie für immer verändert hatte. Sie legte ihm die Hand auf den Arm, der mit dem weichen Stoff der alten Decke bedeckt war. »Trace?«

Abwartend blickte er sie an.

Skye kam zurück und gebärdete sich wie eine Henne, die ihre versprengten Küken wieder ins Nest befördern will. »Also wirklich, Bridget, du hast so dichtes Haar! Es wird eine Woche dauern, bis es trocken ist.«

Trace und Bridget sahen einander noch immer schweigend an. Sie vermutete, dass ihre Züge ebensolche Bestürzung ausdrückten wie die seinen.

6

Als er sich schließlich auf dem Lager ausstreckte, das Skye am Ofen für ihn bereitet hatte, rechnete Trace nicht damit, einschlafen zu können. Seine Kleider würden bis zum Morgen trocknen, und der Whiskey hatte die schmerzhafte Kälte und Taubheit aus seinen Gliedern vertrieben. Doch der Kuss, den er Bridget gestohlen hatte, würde ihn sicher um den Schlaf bringen. Noch immer spürte er die Wärme ihres Mundes auf den Lippen, und die Leidenschaft, mit der sie seinen Kuss erwidert hatte, hallte noch in seinem Körper wider.

Er betrachtete die Unterseite des Daches, das er gerade noch rechtzeitig fertig gestellt hatte, lauschte dem sanften Klopfen des Regens und wünschte sich, dass Bridget an seiner Seite wäre. Seufzend schloss Trace die Augen und schlief wenig später ein. Er träumte, war sich jedoch seltsamerweise bewusst, dass er auf dem Boden einer Hütte in den Bergen Nevadas lag. Doch sein Geist wanderte in der Zeit zurück zu einem anderen Teil seines Lebens, und Trace hatte keine Wahl, als zu folgen.

Mitch ritt vor ihm auf dem stattlichen Rappen, den Gideon ihm nur wenige Monate zuvor geschenkt hatte, und führte den Stoßtrupp über einen namenlosen Fluss. Er hatte seinen Säbel erhoben, und die Klinge glänzte in der Mittagssonne. Trace hatte sich ein wenig zurückfallen lassen müssen, als sein Pferd – ein Schecke, der ebenfalls auf der Farm der McQuarrys aufgezogen worden war – sich einen Stein in den Huf trat und lahmte.

Als Trace den Stein entfernt und wieder zur Truppe aufgeschlossen hatte, war Mitch schon beinahe außer Sichtweite. Trace richtete sich in den Steigbügeln auf, gerade als der Rappe von der Kugel eines Scharfschützen am Hals getroffen wurde. Das Tier schrie vor Angst und Schmerz und scheute, während Mitch vergeblich versuchte, es zu beruhigen. Das Wasser wurde zu blutrotem Schaum aufgewühlt, und weitere Schüsse fielen.

In dem Durcheinander verlor Mitch plötzlich den Halt, rutschte aus dem Sattel und ging im Fluss unter. Trace achtete kaum auf die Kugeln der Rebellen, die überall um ihn herum ins Wasser schlugen, als er versuchte, Mitch zu Hilfe zu kommen. Die gescheckte Stute scheute, und die fallenden Kameraden und ihre getroffenen Pferde versperrten ihm den Weg.

Endlich erreichte Trace den ertrinkenden Rappen und tauchte. Mitch trieb leblos im Wasser, die Augen weit aufgerissen, die Arme ausgestreckt, als hätte er sich seinem Schicksal ergeben. Mit dem rechten Fuß hatte er sich im Steigbügel verfangen und nicht befreien können. So hatte er keine Luft mehr bekommen.

Trace zog sein Messer, schnitt den Gurt des Steigbügels durch und schleppte Mitch an die Oberfläche.

Die Schießerei hatte aufgehört, doch Trace nahm die Stille kaum wahr. Er barg seinen besten Freund aus dem Fluss, legte ihn mit dem Gesicht nach unten am Ufer nieder und presste beide Hände fest auf seinen Rücken, um das Wasser aus Mitchs Lungen zu pumpen. Zwar spürte er einen klopfenden Schmerz im Oberschenkel, doch es würde noch einige Zeit dauern, ehe er gewahr wurde, dass er verletzt war.

Ein Gewehrlauf wurde gegen seine Schulter gedrückt. Trace blickte auf und entdeckte einen jungen Rebellensoldaten, verängstigt, doch entschlossen, seine Pflicht zu tun. »Er ist tot,

Mister, und Sie nehme ich gefangen, also stehen Sie auf, wenn Sie können.«

Trace zerrte Mitch auf die andere Seite und schrie ihn an, er solle aufwachen oder blinzeln oder wenigstens atmen. Doch Mitchs Lippen hatten sich inzwischen blau gefärbt, und seine Augen waren blicklos. Trace unterdrückte einen Schrei, stand mühsam auf und hob Mitch auf seine Schulter.

»Sie müssen ihn hier lassen, Yankee«, befahl der Junge. Dieses Kind in der schlecht sitzenden Uniform aus grauem Tuch konnte nicht älter als sechzehn Jahre sein; in seinem Gesicht waren noch einige kleine Pickel zu sehen.

Trace blickte ihn finster an. »Ich werde ihn begraben«, erklärte er. »Und wenn Sie mich daran hindern wollen, sollten Sie mich besser gleich hier erschießen.«

Der Rebell deutete auf Traces blutigen Oberschenkel. »Scheint, als wäre mir jemand zuvorgekommen«, bemerkte er ohne Schadenfreude. Wieder stieß er Trace mit dem Gewehrlauf an, jedoch vorsichtig. »Sie werden nicht erlauben, dass Sie Ihren Freund begraben. Es gibt zu viele, die beerdigt werden müssen.«

Schnell griff Trace nach dem Lauf und schob ihn beiseite. Dann entriss er dem Jungen das Gewehr und warf es von sich. Klappernd fiel es auf die nassen, glatten Kiesel am Flussufer und blieb dort liegen. »Wenn Sie noch einmal mit dem Ding in meinem Gesicht herumwedeln«, grollte Trace, »dann stopfe ich es Ihnen in den Rachen.« Dann ging er die Uferböschung hinauf zu der Wiese, die darüber lag, und die Konföderierten traten beiseite und ließen ihn passieren.

Jemand gab ihm eine Schaufel, und Trace begann, ein Grab auszuheben. Er befand sich in einem seltsamen Gemütszustand, schien neben sich zu stehen und sich zu beobachten, als wäre er sein eigener verwirrter Schatten. Trace vermutete, dass die übermächtige Trauer ihn andernfalls wahrscheinlich dazu bringen würde, den Verstand zu verlieren.

Die Rebellen ließen ihn graben, und einige Soldaten halfen ihm sogar. Als das Loch tief genug war, hüllte Trace Mitchs Leichnam in eine Decke, die man ihm gebracht hatte, stieg in das Grab hinab und legte seinen leblosen Freund so sanft zu seinen Füßen nieder, als hätte er Angst, einen Schlafenden zu wecken.

»Auf Wiedersehen, mein Freund«, sagte er, dann versagten ihm die Beine, und er verlor das Bewusstsein.

»Trace?« Eine Hand legte sich auf seine Schulter und schüttelte ihn sacht. »Trace, wach auf. Du träumst.«

Er öffnete die Augen und erblickte Bridget, die sich über ihn gebeugt hatte. Das offene blonde Haar fiel ihr bis zur Taille hinunter. »Es tut mit Leid«, flüsterte er und versuchte, sich aufzurichten. Bridget trat einige Schritte zurück, um ihm Platz zu machen.

Sie setzte sich auf eine der umgedrehten Kisten und faltete die Hände in ihrem Schoß. Es hatte aufgehört zu regnen, und der Mond schien aufgegangen zu sein, denn es brannte kein Licht in der Hütte, und dennoch konnte er Bridget in ihrem weißen Nachthemd klar erkennen. »Du hast nach Mitch gerufen«, erklärte sie leise.

Er seufzte und fuhr sich durchs Haar. Er konnte Bridget nicht ansehen. »Ja«, murmelte er, »ich wollte dich nicht aufwecken.«

»Ich habe noch nicht geschlafen«, antwortete Bridget, »denn ich habe über … den heutigen Abend nachgedacht.«

Der Kuss. Er hätte lieber über Mitch gesprochen. »Ich hätte das nicht tun dürfen.«

»Nein«, stimmte Bridget ihm zu. »Und ich hätte den Kuss nicht erwidern dürfen. Doch … ich bin so einsam gewesen.«

»Ich weiß«, meinte Trace leise, »ich weiß.«

Bridget richtete sich ein wenig auf. »Glaubst du, dass es den Pferden gut geht?«

Trace lächelte, erleichtert über das Ende dieses Gesprächs, obgleich ein Teil von ihm enttäuscht war, dass sie den Kuss so einfach beiseite schieben konnte. »Sie sind vor dem Unwetter geschützt. Für heute Nacht wird das genügen.«

Bridget lächelte ihn unsicher an. »Danke, Trace. Ich weiß nicht, was ich getan hätte, wenn du nicht gewesen wärst. Die Plane hätte dem Regen niemals standgehalten, und der Himmel allein weiß, was mit Sis und dem Hengst geschehen wäre.«

Er verspürte den Wunsch, sie zu berühren, ihre Wange, ihre Hand, ihre Schulter, doch er wagte es nicht. Er hatte ohnehin schon die Grenze überschritten, als er Bridget geküsst hatte. Plötzlich fror Trace wieder, als wäre er wirklich in den blutigen Wassern des weit entfernten Flusses geschwommen, in dem verzweifelten Versuch, seinen besten Freund zu retten.

»Geh wieder zu Bett, Bridget«, bat er mit rauer Stimme.

Sie zögerte, stand dann auf und legte einige Scheite Holz nach. Dann betrachtete sie Trace lange Zeit in nachdenklichem Schweigen. Schließlich fragte sie: »Musste er sehr leiden? Mitch, meine ich.«

Trace presste die Lippen zusammen und blickte Bridget unverwandt an. »Nein, ich glaube nicht. Er hatte eine Wunde am Hinterkopf. Wahrscheinlich ist er auf einen Stein gefallen, als er abgeworfen wurde.«

»Du hast alles getan, was in deiner Macht stand, Trace«, flüsterte Bridget. »Davon bin ich überzeugt.«

Manchmal traf es ihn plötzlich, selbst am helllichten Tag überkam ihn die Erkenntnis überraschend, dass Mitch tot war und er ihn nie wiedersehen würde. Nach diesem Traum war die Trauer jedoch noch schlimmer, so frisch, als läge der Vorfall am Fluss erst wenige Stunden und nicht Jahre zurück. »Sehr freundlich, Mrs. McQuarry«, entgegnete er und wunderte sich selbst über die Schärfe seines Tons, »wenn man bedenkt, dass du noch vor kurzem verkündet hast, ich sei schuld an seinem Tod.« In Wahrheit machte er sich selbst deswegen Vorwürfe. Und er ahnte allmählich, dass es nicht das Versprechen an Mitch war, welches ihn nach Primrose Creek geführt hatte, um Bridget zu heiraten. Er hatte andere, selbstsüchtige Gründe.

Bridget wurde blass. Trace bemerkte es im fahlen Mondlicht und hasste sich dafür. Doch dann sagte sie etwas, mit dem er nie gerechnet hätte. »Ich hatte Unrecht, Trace. Es tut mir Leid. Mitch war ein erwachsener Mann, kein kleiner Junge. Er wäre nicht in den Krieg gezogen, wenn er es nicht selbst gewollt hätte.«

Es gab nichts, das er darauf erwidern konnte. Sie hatte Recht. Mitch war ein liebenswerter Kerl gewesen, ein wenig naiv sogar, doch er hatte das Abenteuer geliebt. Mitch hätte sich den Truppen angeschlossen, auch wenn er, Trace, ihn nicht begleitet hätte. Keiner von ihnen hatte damit gerechnet, den Tod zu finden. Sie waren jung und heißblütig gewesen und hatten davon geträumt, eines Tages siegreich nach Hause zurückzukehren und so lange die Geschichten ihrer Heldentaten zu erzählen, bis sie zu alt waren, um sich noch genau daran zu erinnern.

Doch es war anders gekommen.

Trace legte sich hin. Der Boden war hart, trotz der Decken, die darauf ausgebreitet waren, und die Kälte schien ihm unter die Haut zu kriechen.

»Wenn die Scheune errichtet ist«, bemerkte er und drehte sich von Bridget weg, »werde ich ein Schlafzimmer an die Hütte anbauen. Du und ich werden nicht hier in diesem Raum schlafen, wenn wir verheiratet sind.« Er wartete auf ihren Widerspruch, doch Bridget schwieg. Sie durchquerte das Zimmer, seufzte leise und legte sich wieder ins Bett.

Als Bridget am nächsten Morgen erwachte, mit tränenden Augen und geröteter Nase, hatte Trace die Hütte bereits verlassen. Wahrscheinlich war er schon auf dem Weg ans andere Flussufer, um die Pferde zurückzuholen. Ein Blick aus dem Fenster bestätigte ihre Vermutung. Trace führte Sis am Halfter, während Windfall ihm lammfromm folgte.

An diesem strahlenden Morgen war die Luft klar und frisch, wie gereinigt durch den Sturm der letzten Nacht. Der Fluss schimmerte wie ein silbriges Band. Als Bridget den Mann und die beiden Pferde beobachtete, die auf das Ufer zuschritten, begriff sie endlich, warum der Hengst Trace aufs Wort gehorchte.

Sie ging nach draußen und beobachtete, wie Trace die beiden Pferde zur Weide führte und dort an zwei voneinander entfernten Pflöcken festband.

»Wie ist sein Name?«, fragte Bridget, als Trace schließlich vor ihr stand. Im goldenen Schein der Morgensonne sah er wie ein nordischer Gott aus. »Wie heißt der Hengst wirklich?«

Trace blickte sie zunächst ernst an, schenkte ihr dann jedoch sein gemeingefährliches Lächeln. »Ich nenne ihn Sentinel«, antwortete er.

Bridget stemmte die Hände in die Hüften und bemühte sich, verärgert auszusehen. Doch es wollte ihr nicht gelingen, nicht an einem so wunderschönen Morgen. »Warum hast du mir nicht gleich gesagt, dass er dir gehört?«

Lächelnd fuhr sich Trace durchs Haar und blinzelte. »Es hätte einen Grund weniger gegeben, um hier zu bleiben«, meinte er, »und das beabsichtige ich. Außerdem dachte ich mir, dass du irgendwann darauf kommen würdest, zumal ich hier zu Fuß angekommen bin und meinen Sattel trug. Die Paiutes haben mir eines schönen Tages noch vor dem Morgenkaffee einen Besuch abgestattet und mich um mein Pferd erleichtert. Offenbar wurden sie nicht mit ihm fertig und wollten ihn an dich abschieben.« Trace wurde ernst. »Unangenehm ist nur, dass sie die Farm vermutlich schon eine Weile beobachtet hatten. Ich wette, sie wussten, dass du hier mit Skye und Noah allein bist. Und mit Sicherheit hatten sie auch ein Auge auf dein Ochsengespann geworfen.«

Schon oft hatte Bridget sich vorgestellt, wie die Wilden ihr und Skye dabei zusahen, wie sie der Farmarbeit nachgingen, hatte sich jedoch nie gestattet, lange darüber nachzudenken. »Wenn das so ist, wissen sie auch, dass du jetzt hier bist.«

Trace sah sich um, als erwartete er, eine Horde Indianer aus den Wäldern herausgaloppieren und ihre Tomahawks schwingen zu sehen. »Es mag daran liegen, dass ich in der letzten Nacht nicht viel Schlaf bekommen habe«, murmelte er, »doch im Augenblick ist mir überhaupt nicht wohl in meiner Haut. Skye und Noah sollen in der Nähe des Hauses bleiben, bis es Zeit ist, in die Stadt zu reiten.«

Bridget nickte. »Du solltest deine Sachen in die Hütte bringen«, riet sie ihm.

»Ja, das mache ich.«

Als Trace zum Flussufer ging, um seinen durchnässten Besitz zu holen, dachte Bridget darüber nach, ob er ihr vielleicht nur Angst eingejagt hatte, damit sie ihn im Haus schlafen ließ. Sofort verwarf sie diesen Einfall. Trace mochte zwar gewitzt sein, doch er hatte noch nie jemanden eingeschüchtert, um sein Ziel zu erreichen. Dennoch stellten sich die Härchen in Bridgets Nacken auf, und sie fröstelte.

Eine Stunde später brachen sie nach Primrose Creek auf. Skye und Noah ritten auf der ungesattelten Stute, während Trace auf dem Hengst saß, Bridget im Damensitz vor sich. Sie bemühte sich zu ignorieren, welche Gefühle es in ihr auslöste, von Trace umarmt zu werden, jedoch ohne Erfolg. Seit er sie in der vergangenen Nacht geküsst hatte – um der Wahrheit die Ehre zu geben, musste sie sich aber eingestehen, dass sie den Kuss erwidert hatte –, fühlte sie sich seltsam schwach, als wäre sie von einem Fieber befallen, das sich langsam in ihrem Körper ausbreitete und sie zum Schmelzen brachte.

Es war ein überaus seltsames Gefühl, eines, das sie selbst in den intimsten Augenblicken mit Mitch nie empfunden hatte. Natürlich hatte es nur wenige dieser Augenblicke gegeben, da ihr Bräutigam schon eine Woche nach der Hochzeit in den Krieg gezogen war und sie zurückgelassen hatte, schwanger mit einem Sohn, den er niemals sehen sollte.

Mitch hatte sie warme, zärtliche Gefühle entgegengebracht. Mit Trace war es etwas anderes. Bridget verspürte eine tiefe Sehnsucht danach, ihn zu berühren, sich ihm hinzugeben. Doch noch immer war sie auch von Zorn erfüllt. Wo hatte er gesteckt, als die Welt um sie herum zusammengebrochen war, als die Farm von Kriegsgewinnlern übernommen worden war und Großvater im Sterben gelegen hatte? Wo war er gewesen, als sie seine Hilfe gebraucht hatte? Wo?

Bridget errötete und war froh darüber, Trace den Rücken zuzukehren. Er hätte zu viele Dinge in ihren Zügen lesen können.

Auf den Straßen von Primrose Creek stand das Regenwasser in großen Pfützen. Die Zelte machten einen völlig durchweichten Eindruck, doch die Stadtbewohner wirkten gut gelaunt. Bridget glaubte, den Frohsinn der Leute verstehen zu können. Ein so heftiges Gewitter erweckte in jedem Menschen den

Eindruck, die Welt sei gewaschen und poliert worden, bereit für einen neuen Anfang.

Jake Vigils großes Haus stand am Stadtrand, und die Sägemühle befand sich dahinter. Sie bestand aus einem lang gestreckten Holzschuppen mit einem Schild, auf dem Bauholz zum Kauf angeboten wurde. Jake selbst war ein großer, stattlicher Mann mit sanften braunen Augen und einem braunen Lockenschopf. So gut aussehend er auch sein mochte, Mr. Vigil machte stets einen schüchternen Eindruck, besonders in Gegenwart von Damen. Beim Anblick von Bridget und Skye errötete er und wandte sich schnell ab.

Trace stieg ab und stellte sich vor. Jake schüttelte ihm die Hand, und die beiden Männer gingen in den Lagerschuppen, um ihr Geschäft abzuschließen.

Bridget nutzte die Gelegenheit, sich nach einer Bank umzusehen. Vermutlich würde man ihr jedoch kein Darlehen geben, besonders jetzt, da sie den Hengst nicht mehr als Sicherheit anbieten konnte. Doch sie musste es wenigstens versuchen. Großvater hätte gewollt, dass der Besitz in der Familie blieb, auch Megans und Christys Anteile.

»Wonach suchst du?«, fragte Skye neugierig.

»Nach einer Bank«, antwortete Bridget. »Ich dachte, dass …«

»Du willst dir Geld borgen, um Christy und Megan auszuzahlen, damit sie nicht herkommen und am anderen Ufer des Flusses leben.«

Bridget fühlte sich gekränkt, jedoch zu Unrecht, wie sie zugeben musste. Tatsächlich fürchtete sie insgeheim, dass ihre Cousinen nach Primrose Creek kommen und ihr Erbe antreten würden, so unwahrscheinlich es auch sein mochte. Bestimmt würde die alte Fehde wieder ausbrechen. »Du glaubst doch nicht, dass sie jemals auch nur einen Fuß in eine Stadt wie diese setzen würden«, meinte Bridget, versuchte damit jedoch nicht nur Skye zu überzeugen. Ihr Gewissen plagte sie ein wenig, da sie wusste, dass Gideon nicht gewollt hätte, dass Christy und Megan das Land verkauften. Vielleicht wäre ihm sogar eine Klausel für sein Testament eingefallen, die einen Verkauf verhindert hätte.

»Die beiden gehören nicht nach England«, erklärte Skye. »Die Farm war ihr Zuhause, ebenso wie unseres. Und nun gehören sie eben hierher.«

Bridget rollte die Augen gen Himmel. »Kannst du dir Christy und Megan wirklich vorstellen, wie sie in ihren Satinschuhen die Straße entlangspazieren und sich dabei seidene Taschentücher vor die empfindlichen Näschen pressen?«

Skye blickte sie trotzig an. »Sie kommen nach Primrose Creek, du wirst schon sehen. Und wehe, wenn du dann nicht freundlich zu ihnen bist.«

Bevor Bridget etwas erwidern konnte, erspähte sie ein Schild am Eingang eines besonders schäbig aussehenden Zelts: *Gottesdienst am Sonntag*. Nun, wenn es schon keine Bank gab, so doch wenigstens eine Kirche. Offenbar wurde Primrose Creek langsam, aber sicher von der Zivilisation eingeholt.

Trace kam aus der Sägemühle, an der vor allem auffiel, dass jegliches Geräusch von kreischenden Sägen fehlte. Er sah sehr zufrieden aus.

»Wir werden bald eine Scheune haben«, berichtete er, »und gleich danach auch ein Schlafzimmer.«

Skye blickte von Trace zu Bridget und errötete ein wenig. Dann lächelte sie. »Du willst anbauen?«

Trace nickte, als wäre nichts Ungewöhnliches dabei, derlei Pläne in Anwesenheit eines jungen Mädchens und eines Kindes zu erörtern. Von der Witwe seines besten Freundes ganz zu schweigen. »Im nächsten Frühling«, fügte er leichthin hinzu, »werde ich auch ein Zimmer für dich bauen, kleine Schwester, und für Noah auch eins.«

Die Ankündigung zauberte Skye ein strahlendes Lächeln aufs Gesicht, das jedoch bald einem nachdenklichen Ausdruck wich. »Ich bin dann schon beinahe siebzehn Jahre alt und werde bestimmt bald heiraten und mein eigenes Haus haben, gleich neben Bridgets.«

Er lachte. »Das hat keine Eile, Äffchen. Die Ehe dauert schon noch lange genug.«

Bridget wandte den Blick ab. Ihre Wangen brannten. »Gibt es hier in der Stadt eine Bank?«, fragte sie, vielleicht ein wenig zu gereizt.

»Aber Mrs. McQuarry«, gab Trace zurück, schob den Hut in den Nacken und lächelte Bridget neckend an, »wofür, um alles in der Welt, brauchst du denn eine solche Institution?«

Bridget richtete sich kerzengerade auf. Sie hasste es, wenn er sie »Mrs. McQuarry« nannte, noch dazu in einem Tonfall, der anzudeuten schien, sie sei ein kleines Mädchen, das nur die Hausfrau spielte und Tee in Puppengeschirr servierte. Dabei war sie eine erwachsene Frau, die einen Sohn aufzuziehen hatte. »Das sollte selbst Ihnen offensichtlich sein, *Mr. Qualtrough*. Ich will mir eine größere Summe borgen, um das Land am anderen Flussufer zu kaufen, bevor meine Cousinen es an jemand anderen abtreten.«

Trace hielt den Hengst am Wangenriemen des Halfters, seine Schulter berührte Bridgets Knie, und sie wünschte sich, er wäre nicht so dicht bei ihr. Seine Nähe erweckte in ihr ein Gefühl, als stünde sie wieder im Fluss, von zuckenden Blitzen umgeben. »Gideon hatte das Land Megan und Christy zugedacht. Ich denke, du wirst es schon ihnen überlassen müssen, was sie damit anfangen.«

Bridget presste die Lippen zusammen. »Christy hat mir das Grundstück zum Kauf angeboten«, sagte sie. »Lies den Brief, wenn du mir nicht glaubst.«

»Oh, ich glaube dir jedes Wort«, erwiderte Trace und zog sich den Hut wieder in die Stirn, sodass die Krempe seine Augen beschattete. »Aber du solltest erst abwarten, was geschieht, bevor du dich in Schulden stürzt. Du weißt, wie impulsiv Christy ist, vielleicht hat sie es sich bereits anders überlegt. Und Megan wird auch ein Wörtchen mitzureden haben, da die Hälfte des Grundstücks ihr gehört.«

Es hatte keinen Sinn zu streiten, besonders da Skye dabei war und bereit sein würde, sofort Partei für Trace zu ergreifen. »Es scheint eine Kirche zu geben«, bemerkte Bridget nach einigen Augenblicken unangenehmen Schweigens.

»Das ist gut«, antwortete Trace, »dann können wir ja heiraten.«

»Ich habe nicht die Absicht, deine Frau zu werden«, entgegnete Bridget, mehr aus Gewohnheit denn aus Überzeugung.

Er betrachtete sie, und die Erinnerung an den Kuss leuchtete in seinem Blick. Sein Gesichtsausdruck sagte ihr: Denke, was dir beliebt. Dann griff er nach den Zügeln des Hengstes und steuerte auf das Kirchenzelt zu.

»Wir möchten heiraten«, erklärte Trace dem weißhaarigen Mann, der aus dem Zelt trat, um die vermeintlich verlorenen Schafe wieder bei der Herde willkommen zu heißen.

Der Pastor sah erst Skye an, dann glitt sein Blick zu Bridget hinüber. Er war offenkundig verwirrt.

»Diese hier«, erklärte Trace ihm hilfreich und legte eine Hand auf Bridgets Schenkel – in aller Öffentlichkeit. Er konnte von Glück sagen, dass sie keine Reitpeitsche bei sich trug. »Wir möchten es so bald wie möglich hinter uns bringen, da wir bereits in Sünde leben, Reverend.«

Bridget blieb der Mund offen stehen. Skye kicherte hinter vorgehaltener Hand, während Noah sich an Traces Hosenbein klammerte und rief: »Papa, Papa!«

Trace hob den Jungen aus dem Sattel und setzte ihn sich auf die Schultern. Der Pastor zog ein Taschentuch aus seiner abgetragenen schwarzen Jacke und wischte sich den Schweiß von der Stirn.

»Sie sehen, wie dringend es ist«, raunte Trace ihm gespielt verschwörerisch zu.

»Ja, allerdings«, stimmte der Reverend zu. »Dann kommen Sie alle miteinander herein, damit wir die Angelegenheit gleich in Ordnung bringen können.«

»Einen Augenblick«, protestierte Bridget, »ich habe da auch noch ein Wörtchen mitzureden! Und ich …«

Skye, Trace und Noah wandten sich gleichzeitig zu ihr um und sahen sie erwartungsvoll an. Sie dachte an kriegerische Indianer und Gewitter, Schlangenbisse und Hunger und wusste, dass sie in diese Ehe einwilligen musste, wenn sie ein ruhiges Gewissen behalten wollte.

»Nun gut«, seufzte sie. »Doch ich möchte vorher noch mit meinem zukünftigen Ehemann sprechen. Allein.«

Strahlend sprang Skye von Sis' Rücken und band sie am nächsten Pfahl an. Dann befreite sie Trace von Noah und ging mit dem Jungen und dem Pastor ins Kirchenzelt.

Trace legte Bridget die Hände in die Taille und half ihr vom Pferd. Schon diese harmlose Berührung raubte ihr den Atem, sodass es einige Augenblicke dauerte, bis sie sprechen konnte.

»Hör mir gut zu, Trace Qualtrough«, flüsterte Bridget und drohte ihm mit dem Finger, »auch wenn wir verheiratet sind, heißt das nicht, dass du … dass ich dir erlaube …«

Er lachte leise und gab ihr einen flüchtigen, neckenden Kuss, der sie zum Schweigen brachte. »Wir werden warten, bis du dazu bereit bist oder ich das Schlafzimmer fertig gestellt habe. Je nachdem, was zuerst kommt.«

Bridget öffnete den Mund, um etwas zu erwidern, doch Trace legte ihr mit sanftem Druck einen Finger auf die Lippen.

»Dies ist kein Spiel, Bridget. Ich will eine Ehefrau, ein Heim und Kinder.«

Sie schluckte. »Kinder?« Seit Mitchs Tod hatte sie nicht oft darüber nachgedacht, obwohl sie sich immer eine große Familie gewünscht hatte. Es war ihr nicht in den Sinn gekommen, dass sie eines Tages wieder heiraten würde.

»Ein halbes Dutzend«, erklärte Trace.

»Liebe Güte!« Bridget fächelte sich mit der Hand Luft zu.

Er lachte wieder, bot Bridget den Arm und führte sie zum Zelteingang. »Nun mach dir nicht solche Sorgen«, neckte er sie. »Ich werde eine Woche warten.«

Danach ging alles sehr schnell. Bridgets Schicksal wurde im Handumdrehen besiegelt. Zunächst stellte sich der Pastor von Primrose Creek als »Reverend Taylor, einfach Taylor« vor. Im Zelt gab es einige Bankreihen, und man hatte eine schlichte Kanzel aus Holz gezimmert.

Skye stand neben Bridget und fungierte als Brautjungfer, während Noah stolz auf Traces Arm saß und die Aufgabe des Trauzeugen übernahm. Der Reverend räusperte sich und öffnete seine Bibel mit einer Ernsthaftigkeit, die dem feierlichen Anlass angemessen war.

Mehr als einmal dachte Bridget daran, auf dem Absatz kehrtzumachen und zu fliehen, doch die Trauung war vorüber, bevor sie ihren Mut zusammengenommen hatte. Der Pastor erklärte Trace und sie zu Mann und Frau, und Trace beugte sich zu ihr hinunter und presste seine Lippen auf die ihren.

Dieser zweite Kuss löste in Bridget einen wahren Sturm der Gefühle aus. Nie hätte sie vermutet, dass eine so kurze Berührung der Lippen solche Empfindungen auszulösen vermochte, die nichts mit der sanften Zuneigung gemein hatten, von der sie erfüllt gewesen war, wenn Mitch sie geküsst hatte. Nein, für Trace empfand sie ganz anders.

Bridget blickte erstaunt auf den schlichten Goldreif, den Trace ihr an den Finger gesteckt hatte. Erst vor wenigen Tagen hatte er ihr den Ring gezeigt und mit großer Selbstverständlichkeit verkündet, dass er sie heiraten würde. Sie hatte ihm nicht geglaubt, und nun stand sie hier und trug einen neuen Namen. Sie würde einen Eintrag in der Familienbibel vornehmen, sobald sie wieder zu Hause waren.

Nach der Trauung aßen sie im Messezelt neben Jake Vigils Sägemühle, umgeben von Holzfällern, Goldgräbern, Vagabunden und Farmern. Bridget war, als wüssten alle, dass sie soeben Trace Qualtroughs Frau geworden war, obwohl sie geschworen hatte, es niemals zu tun. Das Wildragout mit frischem Brot und Butter schmeckte köstlich, doch Bridget brachte kaum einen Bissen hinunter. Sie dachte an die kommende Nacht, die ihre Hochzeitsnacht sein würde, und fragte sich, ob Trace wohl sein Versprechen halten und warten würde, bis sie dazu bereit war, das Bett mit ihm zu teilen.

Selbst in ihrem Zustand bemerkte Bridget, wie viele der anwesenden Männer Skye ansahen. Die verstohlenen Blicke weckten Bridgets Beschützerinstinkt. Vermutlich hatten diese Männer davon erfahren, dass Trace auf der Farm lebte, und nahmen nun an, dass die McQuarry-Frauen leicht zu haben seien.

Dabei war es mehr als offensichtlich, dass Skye noch viel zu jung und unschuldig war, um an Verehrer zu denken, doch das schien die Männer nicht abzuhalten. Einer von ihnen, ein junger Bursche in Arbeitskleidung, besaß sogar die Frechheit, an den Tisch zu kommen. Er hatte dunkle Haare und grüne Augen und sah gut aus, schien jedoch nicht eben wohlhabend zu sein.

Er räusperte sich und errötete ein wenig, als Skye aufblickte und ihm ein fragendes Lächeln schenkte. Die aufmerksamen Zuschauer – niemandem im Messezelt war das Manöver entgangen – stießen einander erwartungsvoll an.

»Mein Name ist Tom Barkley«, begann der junge Mann.

Skye warf Bridget einen flüchtigen Blick zu und erwiderte dann: »Skye McQuarry.«

Es gab lautstarke Beifallsbekundungen. Tom drehte sich um, und brachte die anderen mit einem zornigen Blick und einer Geste zum Schweigen. »Kümmert euch um eure eigenen Angelegenheiten!«

»Unternimm doch etwas«, flüsterte Bridget und stieß Trace mit dem Ellenbogen an.

Er griff nach einer Scheibe Brot und strich Butter darauf. »Warum denn?«, fragte er, obwohl er nur zu gut wusste, wovon Bridget sprach.

»Am Samstagabend findet ein Scheunenball statt«, fuhr Tom fort. »Würden Sie mir die Ehre erweisen, Sie dorthin begleiten zu dürfen?«

Bridget war im Begriff, etwas einzuwenden, hielt jedoch inne, als Trace ihr die Hand auf den Arm legte.

Skye schlug den Blick nieder, sah aber bald wieder in Toms jungenhaftes Gesicht. »Ja, ich begleite Sie gern.«

Eine große Anspannung schien von Tom abzufallen, als Skye seine Einladung annahm. Sein ernster Gesichtsausdruck wich einem strahlenden Lächeln, von dem selbst Bridget hätte zugeben müssen, dass es überaus sympathisch war. Wenn irgendjemand sie gefragt hätte. Doch nichts dergleichen geschah.

»Ich hole Sie gegen sechs Uhr ab«, erklärte Tom Barkley.

Unverwandt blickte Skye ihn an. »Ich kann eigentlich gar nicht tanzen.«

Tom lächelte noch fröhlicher. »Das macht nichts«, sagte er großmütig, »ich kann es auch nicht. Gemeinsam werden wir es schon schaffen.«

Bridget warf ihrem Mann einen Seitenblick zu.

»Deine kleine Schwester ist alt genug, um zum Tanz ausgeführt zu werden«, raunte er ihr zu. »Lass die Zügel locker, wenn du Skye nicht verlieren willst.«

Bridget seufzte und faltete die Hände im Schoß. Sie hatte nur noch den Wunsch, auf die Farm zurückzukehren, sich eine Schürze umzubinden und sich auf das Schlimmste gefasst zu machen.

7

Als sie auf die Farm zurückkehrten, tat Trace, als wäre nichts Besonderes geschehen. Er führte die Pferde auf die Weide und schritt dann den Grundriss der neuen Scheune ab. Die Ecken markierte er mit Pflöcken, die er in die Erde trieb. Bridget beobachtete ihn, bis er sie schließlich dabei ertappte und ihr zuwinkte. Sie machte auf dem Absatz kehrt und floh in die Hütte.

Noah saß auf dem Fußboden und spielte mit dem Kreisel, den Trace ihm geschenkt hatte, während Skye vor der Kleidertruhe hockte und deren Inhalt kritisch musterte.

»Das blaue Seidenkleid …«, meinte sie gedankenverloren. »Hast du es mitgebracht, Bridget? Oder ist es auch in Virginia geblieben?«

Bridget spürte ein Gefühl der Wehmut in sich aufsteigen. Trace hatte Recht gehabt. Skye war schon längst kein kleines Mädchen mehr, und es war nur natürlich, dass sich junge Männer für sie interessierten. Doch dieses Wissen allein genügte nicht, um Bridget zu trösten. Sie hatte an Skye Mutterstelle vertreten und liebte die Schwester innig. »Es muss in der Truhe sein.«

Skye fand das Kleid und hielt es prüfend hoch. »Es wird schon passen, wenn ich es ein wenig weiter mache und den Saum auslasse.« Sie wandte sich zu ihrer älteren Schwester um und begegnete ihrem Blick. Hoffnungsvoll drückte sie das schlichte Kleid an sich, als wäre es aus kostbarstem Stoff und mit Perlen bestickt. »Darf ich es tragen? Bitte, sag Ja.«

Bridget schluckte schwer. Das Kleid bedeutete ihr nichts, umso mehr sorgte sie sich jedoch um das Wohlergehen ihrer Schwester. »Ja«, antwortete sie, »du darfst es anziehen. Aber findest du nicht, dass du diesen Mr. Barkley erst ein wenig besser kennen solltest, bevor du dich von ihm zu einem Tanzabend einladen lässt?«

Skyes Miene verdüsterte sich. Sie stand auf, das Kleid noch immer vorsichtig in Händen haltend. »Wie soll ich ihn besser kennen lernen, wenn ich nie die Gelegenheit bekomme, mich ungestört mit ihm zu unterhalten?« Ihre Augen funkelten trotzig, und sie hatte das Kinn vorgeschoben. »Ich werde zu diesem Tanz gehen, auch wenn du mir das Kleid nicht gibst.«

»Es gehört dir«, entgegnete Bridget sanft. Zwischen ihr und Skye würde sich nach dem heutigen Abend einiges ändern. Es würde noch viele Verehrer geben, weitere Bälle und mehr Gefahren, als ein sechzehnjähriges Mädchen es sich vorstellen konnte. Dennoch würde Skye ihre ältere Schwester immer seltener brauchen und eines Tages ganz auf eigenen Füßen stehen.

Bridget fühlte sich bei diesem Gedanken plötzlich sehr einsam und verlassen. Trace hatte Recht, sie würde Skye gehen lassen müssen, doch es war eine der schwersten Entscheidungen ihres Lebens. Und nun würde es nicht lange dauern, bis auch Noah erwachsen war.

Offenbar deutete Skye den Gesichtsausdruck der Schwester richtig, denn sie seufzte, ging zu Bridget hinüber und drückte sie kurz, aber liebevoll an sich. »Du hast mich immer beschützt, für mich gekämpft und dir Sorgen um mich gemacht«, sagte sie, und Tränen schimmerten in ihren dunklen Wimpern, »und dafür werde ich dir ewig dankbar sein. Aber siehst du denn nicht ein, Bridget, dass es an der Zeit ist, dein eigenes Glück zu finden? Denk doch einmal in deinem Leben an dich selbst.«

Bridget lächelte unter Tränen. »Ich bin verheiratet«, murmelte sie. »O Skye, was, um alles in der Welt, habe ich mir nur dabei gedacht, Trace Qualtrough zum Mann zu nehmen?«

Lachend küsste Skye die Schwester auf die Stirn. »Ich finde, du hast mit deiner Wahl großartigen Geschmack bewiesen. Ich war ein wenig überrascht, das muss ich gestehen. Ich fürchtete, du würdest entweder nie wieder heiraten oder dich an einen Mann binden, für den du sorgen müsstest.« Sie zögerte und errötete leicht, als sie Bridgets amüsierten Blick bemerkte. »Ich meine, weil du eine so starke und unabhängige Frau bist. Lass Trace für dich da sein, Bridget. Vergiss deinen Stolz und nimm einfach seine Liebe an.«

Bridget wandte sich ab. Es ging bei ihrer Ehe mit Trace nicht um Liebe. Sie hatte nur einen Mann in ihrem Leben geliebt, und das war Mitch. Ihre Gefühle für ihn nun so einfach zu vergessen – das schien ihr ein schier undenkbarer, grausamer Verrat zu sein. Nein, ihre Verbindung mit Trace war eine Vernunftehe. »Du machst dich besser gleich an die Änderungen«, riet sie Skye und band sich eine Schürze um, »wenn das Kleid bis Samstag fertig sein soll.«

Skye seufzte tief.

Noah hatte sich an die offene Tür gesetzt, da die Nachmittagssonne in die Hütte schien. »Hör doch, Mama. Da kommen Wagen.«

Tatsächlich ertönte aus der Ferne das Geräusch von Pferdehufen und ächzenden Wagenrädern. »Das muss das Holz sein, das Trace für die Scheune bestellt hat«, überlegte Bridget. Und das Holz für das Schlafzimmer, fügte sie im Stillen hinzu.

Wie lange würde es wohl dauern, eine Scheune zu bauen?, fragte sich Bridget, ohne ihre Gründe einer genaueren Prüfung zu unterziehen.

Zu Skyes großer Freude lenkte Tom Barkley eines der großen Fuhrwerke; er und Jake Vigil trieben die Gespanne ohne Zögern geradewegs durch den Primrose Creek.

»Tom hatte einen guten Einfall«, berichtete Jake Vigil und deutete mit dem Daumen auf den jungen Mann, als Bridget mit den Besuchern und ihrem Ehemann – *ihrem Ehemann* – an der Stelle stand, an der die Scheune errichtet werden sollte. »Er meinte, wir könnten den Scheunenball am Samstagabend doch hier draußen bei Ihnen veranstalten. Einige von uns würden schon am Morgen kommen und beim Aufrichten der Wände helfen.« Jake blickte prüfend gen Himmel. »Je früher Sie einen Unterstand für Ihr Vieh bekommen, desto besser. Das Wetter schlägt hier in den Bergen schnell um. Solche Unwetter wie gestern Nacht sind keine Seltenheit.«

Bridget presste die Lippen zusammen. Wenn die Nachbarn halfen, würde die Scheune viel schneller gebaut sein, als sie gedacht hatte. Das hieß auch, dass sie eher als erwartet mit Trace das Bett teilen würde. Der Gedanke ließ sie wohlig erschauern. Kaum wagte sie es, Traces Blick zu begegnen, denn sie wusste, dass er sie beobachtete und ihre Gedanken erriet.

»Wir sind für jede Hilfe dankbar«, hörte sie Trace sagen.

Damit war die Sache abgemacht. Trace, Mr. Vigil und Tom luden das Bauholz und zwei Fässer Nägel ab, und die Besucher machten sich mit den leeren Fuhrwerken gleich darauf wieder auf den Rückweg.

Überall lagen würzig duftende Bretterstapel.

»Du hältst dich vermutlich für besonders gerissen«, wandte sich Bridget leise an Trace, als die beiden nebeneinander auf dem Hof standen und Tom und Jake Vigil nachwinkten. »Die Scheune wird in einem Bruchteil der veranschlagten Zeit fertig sein, wenn die halbe Stadt beim Bau mithilft. Wie gedenkst du eigentlich für all das Holz zu bezahlen?«

Trace lachte. »Ich bin mir nicht sicher, ob du dich nun darüber freust oder mir am liebsten die Augen auskratzen würdest. Ich habe einen Handel mit Jake abgeschlossen. Sein Holz gegen meine Hilfe beim Bau der Sägemühle.«

»Manchmal verblüffst du mich«, gestand Bridget.

Wieder musste Trace lachen. »Warte nur ab«, meinte er. »Ich habe noch mehr Überraschungen für dich.«

Am frühen Samstagmorgen kamen siebzehn Männer hinaus zur McQuarry-Farm, bewaffnet mit Sägen, Hämmern, Meißeln und Maßstöcken. Vor Bridgets Augen nahm die Scheune Gestalt an. Immer wenn sie um die Ecke der Hütte lugte, schien eine weitere Wand hochgezogen worden zu sein. Am späten Nachmittag standen alle vier Wände, und die Helfer deckten das Dach.

Skye kleidete sich bereits früh um und zog ihr sorgfältig umgearbeitetes Ballkleid an. Sie steckte sich das Haar auf, löste die Frisur und begann gleich darauf von vorn. Unruhig lief sie in der Hütte auf und ab und beobachtete die Sonne, die sich nur quälend langsam gen Westen bewegte, als könnte allein ihr strenger Blick den Feuerball zur Eile antreiben.

Bridget unterdrückte ein Lächeln und kümmerte sich um Noah, der liebend gern beim Bau der Scheune geholfen hätte. Seine Mutter hatte es ihm jedoch streng verboten, und selbst Trace war der Meinung, es sei zu gefährlich.

Als die Sonne endlich unterging, war Skye sichtlich erleichtert, und auch Bridget verspürte eine freudige Erregung. Sie besaßen nun Stallungen für die Pferde, die sie vor Raubtieren schützen würden, außerdem vor Sturm, Regen und Schnee. Bridget überlegte, eine Kuh zu kaufen und im nächsten Jahr auf einer der Wiesen Heu zu machen …

Doch es war nicht allein die Freude über die Scheune, die

in ihr den Wunsch weckte, vor sich hin zu singen. Auch der Gedanke daran, mit Trace zu tanzen, ihn in den Armen zu halten und ihm in die Augen zu sehen, trug zu ihrer fröhlichen Stimmung bei. Seit der Hochzeit vor drei Tagen hatte sie kaum noch an etwas anderes denken können, obwohl sich Trace ihr gegenüber wie ein vollkommener Gentleman verhalten hatte. Tatsächlich war er nicht einmal in die Versuchung geraten, sie zu küssen.

Gemischte Gefühle plagten Bridget angesichts dieser Tatsache. Einerseits wäre sie sehr wütend geworden, wenn Trace ihr zu nahe getreten wäre, andererseits verspürte sie eine gewisse Empörung darüber, dass er es nicht getan hatte.

Am Abend strömten die Gäste auf die Farm, zu Fuß, zu Pferd, in Fuhrwerken und Kutschen. Laternen wurden angezündet, und die Musiker – einige Minenarbeiter mit Geigen und ein dunkelhäutiger Mann mit einer Gitarre – gruppierten sich in der Scheune und begannen zu spielen. Es waren einige Damen erschienen, die das Treiben grimmig beobachteten und offenkundig Ausschau nach Verstößen gegen die guten Sitten hielten. Die meisten der Anwesenden waren jedoch Männer. Als die Musik begann, tanzten die Damen züchtig miteinander. Auch Skye und Mr. Barkley wagten sich auf die Tanzfläche und lachten über ihre holprigen Versuche, im Takt zu bleiben. Bridget sah ihnen zu und klatschte mit, Noah an ihrer Seite.

Trace trat hinter sie und zerzauste das Haar des Jungen. »Nun, Mrs. Qualtrough, was halten Sie von Ihrer Scheune?«

Mrs. Qualtrough. Wie schön doch diese beiden Worte klangen! Eine wohlige Wärme begann sich in Bridgets Körper auszubreiten. »Wirklich sehr solide«, lobte sie.

»Wohl wahr«, antwortete Trace lächelnd. »Und es ist noch genügend Holz übrig, sodass ich unverzüglich mit dem Anbau beginnen kann.«

Bridget wusste, dass er sie nur herausfordern wollte, und sie wollte verdammt sein, wenn es ihm gelänge. Ohnehin hatte er ihre Gefühle schon allzu sehr durcheinander gebracht.

Es schien höchste Zeit zu sein, den Spieß umzudrehen. »Ja«, gab Bridget lächelnd zurück, den Blick unverwandt auf die Tanzenden gerichtet, »und ich habe noch einmal darüber nachgedacht. Du machst dir all die viele Arbeit, daher scheint es mir nur gerecht zu sein, wenn das neue Zimmer dir allein gehört.«

Trace ergriff ihren Ellbogen, drehte sie zu sich herum und zog sie an sich. Noah war bereits längst ans andere Ende der Scheune gelaufen und beobachtete gebannt, wie die Geiger ihre Bögen führten. Eine eigentümliche, beinahe Schwindel erregende Leichtigkeit überkam Bridget. Die Musiker begannen eine neue Melodie, und Trace wirbelte seine Frau gekonnt über den Scheunenboden.

»Unsere Vereinbarung lautete anders«, erklärte er leise.

Zwar lächelte Bridget ihn strahlend an, spürte jedoch auch den altbekannten Ärger in sich aufkeimen. »Willst du damit sagen, dass ich dir als Gegenleistung für die Scheune meine Gunst schenken muss?«

Trace war selbst die Andeutung eines Lächelns vergangen, doch er hielt Bridget und sich im Takt der lebhaften Melodie der Geigen. »Du weißt nur zu genau, dass ich es nicht so gemeint habe«, raunte er ihr zu. »Du bist jetzt meine Frau, und ich habe dir bereits erklärt, dass ich eine wirkliche Ehe führen will, Kinder eingeschlossen.«

»Und was ist mit Mitch?«

Trace hielt im Tanz inne und zog Bridget mit sich aus der Scheune hinaus in die sternklare Nacht. »Mitch ist tot«, erwiderte er, das Gesicht nahe an ihrem. »Es wird Zeit, dass du dich damit abfindest.«

Am liebsten hätte Bridget ihn geohrfeigt, zumal sie tief in ihrem Innern wusste, dass er Recht hatte. Dieses Eingeständnis kam ihr jedoch unsagbar schmerzlich vor. »Glaubst du wirklich, mich daran erinnern zu müssen? Mitch liegt irgendwo in seinem Grab, während wir ... wir ...«, sie deutete auf die Scheune, aus der Licht und Musik drangen, »... tanzen!«

Er umfasste ihre Taille und zog sie heftig an sich. »Und was ist so verwerflich daran?«, fragte er zornig. »Ehepaare tanzen eben miteinander.«

Atemlos spürte Bridget seinen harten, muskulösen Körper an ihrem. Die laue Luft der Sommernacht schien plötzlich noch wärmer zu sein als vorher. Sie wich zurück. »Du bist nicht nach Hause gekommen«, sagte sie aufgebracht, während ihr plötzlich die Tränen über die Wangen liefen. »Du hast mir zwar einen Brief geschrieben und mir mitgeteilt, dass mein Mann gefallen ist, aber du bist nicht zurückgekehrt. Verdammt, Trace! Jeden Abend stand ich am Fenster und hielt nach dir Ausschau, doch ...«

Trace blickte sie entsetzt an. »Hat dich das etwa so wütend auf mich gemacht? Ich war in einem Gefangenenlazarett, Bridget, und hätte fast mein Bein verloren.«

Nun war es Bridget, die entsetzt dreinblickte. »Aber das hast du in deinem Brief nicht einmal erwähnt.«

»Lieber Himmel, Bridget! Mitch war mein bester Freund. Ihn zu verlieren war das Schlimmste, das mir je in meinem Leben passiert ist. Nur daran konnte ich denken. Außerdem vergingen drei Monate, ehe ich einen der Rebellensoldaten dazu überreden konnte, den Brief hinauszuschmuggeln.« Trace schloss die Augen, und als er fortfuhr, klang seine Stimme ruhiger und sanfter. »Wann werden wir endlich die Vergangenheit und Mitch in Frieden ruhen lassen und unser eigenes Leben beginnen?«

Bridget schluckte. Sie konnte es noch immer nicht fassen. »Du wurdest verwundet? Und gefangen genommen?«

»Ja«, antwortete Trace knapp. Inzwischen hielt er ihre Arme umfasst, und sie wusste, dass er sie am liebsten kräftig durchgeschüttelt hätte. Doch er würde es nicht tun, dessen war sie sich sicher. »Und gib gar nicht erst vor, nicht zu wissen, dass ich dich schon damals geliebt habe. Ich hatte dich angefleht, Mitch nicht zu heiraten.«

Mit geschlossenen Augen dachte Bridget an die Begegnung im Garten ihrer Großmutter zurück. Ihr wurde deutlich, dass sie in der Tat um Traces Gefühle gewusst und dieses Wissen seit damals verdrängt hatte. Schlimmer noch, sie hatte auch ihre eigenen Empfindungen verleugnet.

Trace fuhr fort und begann sich unaufhaltsam in Zorn zu reden. »Und du liebtest mich auch. Mitch hast du nur geheiratet, weil du glaubtest, ihn so davon abhalten zu können, in den Krieg zu ziehen. Du wolltest ihn *retten*, Bridget, und das ist ein verdammt armseliger Grund für eine Ehe!«

Tränen brannten in Bridgets Augen. »Hör auf.«

»Nein, ganz gewiss nicht«, beharrte Trace und umfasste ihre Handgelenke. »Ich liebte dich damals, und daran hat sich bis heute nichts geändert. Und ich werde nicht zulassen, dass du dich an eines toten Mannes Rockschöße klammerst, bis es zu spät ist. Ich bin es leid, mit dieser Lüge zu leben, Bridget. Und ich glaube, dir geht es ebenso.«

Beschämt stellte Bridget fest, dass sie es nicht abstreiten konnte. Doch sie hatte Mitch die Treue geschworen und seinen Sohn geboren, jedoch einen anderen Mann geliebt. Mitchs besten Freund. Und dieser Verrat kam sie nun teuer zu stehen. Mitch war in dem Glauben gestorben, dass sie ihn liebte.

Trace umfasste ihr Gesicht, beugte sich über sie und küsste sie leidenschaftlich. Bridget schmolz förmlich dahin. Sie erwiderte seinen Kuss und öffnete Trace ihre Seele. Viel zu schnell ließ er sie wieder los, unwillig und entschlossen zugleich. Sein Atem ging schnell und heftig. Bridget hielt ihre Hand an seine Brust gepresst und spürte seinen Herzschlag. »Genug«, murmelte er, »genug.« Es schien, als spräche er nicht nur zu ihr, sondern auch zu sich selbst. Als er ihrem Blick begegnete, war Bridget erschüttert von dem Kummer, den sie in seinen Augen las. »Ich liebe dich, Bridget, und ich begehre dich. O Gott, wie sehr ich dich begehre. Aber wenn du in mein Bett kommst, Bridget, dann musst du allein kommen. Du kannst Mitch nicht mitbringen.«

Die Unterstellung schmerzte Bridget zutiefst. Bridget war erneut im Begriff, Trace zu ohrfeigen, brachte es jedoch nicht über sich.

Als sie einander so gegenüberstanden, zwischen ihnen alle Hoffnungen und zerstörten Träume, begann der Überfall.

Ein schriller, schauderhafter Schrei gellte durch die Dunkelheit. Einen Augenblick später galoppierten Indianer aus allen Himmelsrichtungen auf ihren zotteligen, mageren Ponys auf die Farm. Sie waren mit Speeren und Gewehren bewaffnet. Trace rief den Gästen in der Scheune eine Warnung zu – die allerdings kaum nötig gewesen wäre –, packte Bridget am Arm und stieß sie unter den nächstbesten Wagen.

»Bleib hier!«, befahl er.

Noah. Skye. Bridget kroch auf der anderen Seite unter dem Fuhrwerk hervor und rannte zur Scheune hinüber. Sie hörte das Donnern der Pferdehufe, spürte die Erschütterung in ihrem Körper, und gleich darauf umfasste ein stahlharter Arm ihre Taille. Bridget wurde von den Beinen gerissen und auf einen Pferderücken gezerrt. Sie versuchte zu schreien, aber der Schrei blieb ihr in der Kehle stecken.

Der Indianer fuhr sie in seiner fremdartigen Sprache an,

doch Bridget verstand ihn trotzdem. Er befahl ihr, sich still zu verhalten, und als er ihr die Klinge seines Messers an den Hals drückte, wusste sie, dass er es bitterernst meinte.

Starr vor Entsetzen beobachtete Bridget, wie ihre neue Scheune in Flammen aufging. *Noah!*, schrie sie innerlich. *Skye!*

Überall waren Schüsse zu hören, und aus den Augenwinkeln sah Bridget, dass auch die Hütte lichterloh brannte. *Trace*, flehte sie stumm. *Trace.*

Furcht stieg unbarmherzig in Bridget auf und ließ ihr den kalten Schweiß auf die Stirn treten. Die Flammen warfen einen rötlichen Schein auf die Indianer und die Pferde, und die Nacht war erfüllt von Schreien und Schüssen. Und von Feuer.

Bridget blinzelte, ihre Augen brannten von dem Rauch, der von der brennenden Hütte und Scheune, ihren Hoffnungen und Träumen, aufstieg. Vergeblich hielt sie nach ihrem Sohn, ihrer Schwester und ihrem Ehemann Ausschau. Wo mochte Trace nur sein? Hatten ihn die räuberischen Wilden bereits getötet? Es waren keine Paiute-Krieger, sondern Ausgestoßene verschiedener Stämme.

Der Mann, der sie gefangen hatte, rief seinen Kumpanen etwas zu. Dann drückte er seinem Pony fest die Fersen in die Flanken, und sie galoppierten in die Nacht und in eine ungewisse Zukunft.

Bridget kümmerte sich nicht um ihr eigenes Schicksal, sondern fürchtete sich allein davor, ihre Familie vielleicht nie wiederzusehen. *Lieber Gott*, flehte sie stumm, *lass sie noch am Leben sein. Ich könnte es nicht ertragen, sie zu verlieren.*

Es schien Bridget, als wollte der schnelle Ritt überhaupt kein Ende nehmen. Über Hügel und durch Täler führte sie der Weg und durch dunkle, unheimliche Wälder, in denen unpassenderweise ein Duft von Weihnachtsbäumen in der Luft hing. Gegen Morgen erreichten sie endlich eine Art Lager. Dichte

Rauchschwaden stiegen in den Himmel auf, und es roch nach Pferden, Menschen und ungegerbten Tierhäuten.

Unsanft wurde Bridget zu Boden geworfen. Sogleich sprang sie auf, lief zwischen den Pferden umher und suchte nach ihrer Schwester und ihrem Sohn. Die Banditen lachten höhnisch über ihre Bemühungen, und einer von ihnen streckte den Fuß aus und trat kräftig gegen Bridgets Schulter. Sie fiel zu Boden.

Wie eine Furie stürzte sie sich auf den Übeltäter, kaum dass sie wieder auf den Beinen war. Von Zeit zu Zeit hatte auch Bridget sich gefragt, ob sie wohl fähig wäre, einen Menschen zu töten. Nun kannte sie die Antwort.

Sie zog sich am Bein des Angreifers hoch und versuchte, ihm das Gesicht zu zerkratzen.

Er fluchte – Bridget brauchte die Sprache nicht zu kennen, um das herauszuhören – und trat wieder nach ihr, noch brutaler als beim ersten Mal. Sie stürzte erneut, spürte, dass ein Stein oder ein Pferdehuf sie an der Schläfe traf, und verlor das Bewusstsein.

»Mrs. Qualtrough?« Im Flüsterton drang eine weibliche Stimme an Bridgets Ohr. Es dauerte einen Augenblick, bis Bridget begriff, dass sie die Worte verstehen konnte. »Mrs. Qualtrough, geht es Ihnen gut?«

Langsam schlug Bridget die Augen auf. Ihre Kopfschmerzen schienen nun durch ihren ganzen Körper zu pulsieren, im Takt ihres rasenden Herzschlags. Sie saß auf dem Boden. Die Handgelenke und Knöchel waren ihr mit Lederstreifen schmerzhaft fest zusammengebunden, und in ihrem Rücken spürte sie raue Baumrinde. Sie verspürte den Drang, sich zu übergeben, hielt sich jedoch mühsam zurück.

»Mrs. Qualtrough?«

Bridget blickte ihre Mitgefangene an – Miss Florence Coffin, eine der Damen aus Primrose Creek, die am liebsten unter ihresgleichen blieben. Bridget hatte sie als überaus abweisend in Erinnerung, doch das spielte in dieser Situation wohl kaum eine Rolle.

Florence wirkte ziemlich mitgenommen. Ihre Haare waren zerzaust, das Kleid war zerrissen, dennoch hatte sie trotzig das Kinn vorgeschoben, und in ihren Augen blitzte die Entschlossenheit zu überleben, koste es, was es wolle.

»Miss Coffin«, antwortete Bridget schließlich und sah sich um. »Gibt es noch weitere Gefangene?«

»Ich glaube nicht«, erwiderte die andere Frau. »Und unter diesen Umständen wäre es wohl angebracht, wenn Sie mich Flossie nennen.«

Gegen ihren Willen musste Bridget lächeln, da sie nie auf den Gedanken verfallen wäre, diese sonst so sauertöpfische Dame könnte den Spitznamen »Flossie« tragen. Andererseits hatten die beiden Frauen bislang auch noch niemals miteinander gesprochen, sondern einander nur aus der Ferne gesehen. »Ich heiße Bridget.«

»Ich weiß«, meinte Flossie seufzend. »Was werden sie wohl mit uns machen?«

Die Möglichkeiten waren zu schrecklich, um sie sich auszumalen, doch Bridget tat es trotzdem. Wieder drehte sich ihr der Magen um. Sie atmete tief durch. »Wir wollen uns lieber überlegen, wie wir entkommen können«, schlug sie schließlich vor. »Vermutlich wollen sie uns eintauschen, gegen Pferde vielleicht oder Lebensmittel.«

Flossie blickte skeptisch drein. Auch sie hatte zweifellos die Furcht erregenden Geschichten über Sklaverei, Vergewaltigung und Skalpieren gehört, doch sie hielt sich tapfer aufrecht.

Ihr Mut flößte Bridget Respekt ein. »Hoffentlich haben Sie Recht.«

»Konnten Sie sehen, ob ... jemand bei dem Überfall getötet wurde?«

»Nein«, antwortete Flossie und sah sie mitfühlend an. Bridget fragte sich, warum sie die Frauen von Primrose Creek je für etwas anderes gehalten hatte als ganz gewöhnliche weibliche Wesen, die versuchen, unter schwierigen Umständen ihr Leben zu führen. »Bedenkt man allerdings die Schießerei, ist es mehr als wahrscheinlich, dass es Tote gegeben hat.«

Bridget vermochte nicht zu antworten, und für eine Weile saßen beide Frauen schweigend nebeneinander, und jede hing ihren eigenen Gedanken nach. Die Vögel begannen, ihre Morgenlieder zu singen, und als die Sonne über dem Lager aufging, sahen die beiden, dass es keine Zelte oder Hütten gab, sondern nur ein Lagerfeuer, etwa zwei Dutzend grasende Pferde, die streng bewacht wurden, und etwa halb so viele Indianer in verschiedenen Stadien der Trunkenheit. Falls man weitere Gefangene gemacht hatte, waren diese jedenfalls nicht zu sehen.

Unbändiger, eiskalter Hass stieg in Bridget auf und ließ sie ein wenig klarer denken. Die Kopfschmerzen und Übelkeit ließen nach. Wenn diese Verbrecher den Menschen etwas angetan hatten, die sie liebte – Noah, Skye und, jawohl, Trace – dann würde sie dafür sorgen, dass jeder Einzelne von ihnen zur Hölle fuhr.

Als hätte er ihre Gedanken erraten, stand einer der Männer auf und torkelte auf sie zu, mit einem hämischen Grinsen auf dem schmutzigen, bemalten Gesicht. Doch bei Tageslicht erkannte Bridget, dass der Kerl unter der Kriegsbemalung weiß war und sich nur als Indianer verkleidet hatte. Sie sah sich um und stellte fest, dass dieser Umstand auch auf die meisten anderen zutraf.

Bridget war sich sicher, dass es dieser Halunke gewesen war, der ihr den Tritt versetzt hatte. Wütend blickte sie ihn an.

»Nun, schöne Frau«, sagte er und gab dabei den Blick auf braune, schadhafte Zähne frei, »für Sie wird uns aber jemand ein stattliches Lösegeld bezahlen. Und dieser kleine Ausflug wird Ihnen auch kaum etwas anhaben.«

Bridget versuchte, ihn zu treten, scheiterte jedoch an ihren Fußfesseln.

Der Mann lachte, zog ein Messer und hielt es Bridget dicht vors Gesicht. Offenbar glaubte er, sie mit dieser Drohgebärde einschüchtern zu können. Doch das Vorhaben scheiterte, denn Bridget hatte keine Angst vor ihm. Sie hatte nichts mehr zu verlieren und würde keinesfalls kampflos aufgeben.

»Lassen Sie uns in Ruhe«, begehrte Flossie auf.

»Halten Sie den Mund«, herrschte der Mann sie an, ohne den Blick von Bridget zu wenden. Dann schnitt er ihre Fesseln durch. »Und wir zwei gehen jetzt ein Stück in den Wald hinein, mein Täubchen. Da zeige ich dir dann, wie sich eine Dame zu benehmen hat.«

Ein leises Knacken erregte Bridgets Aufmerksamkeit, und aus den Augenwinkeln erspähte sie einen blonden Haarschopf im Gebüsch. Sie ließ sich jedoch nichts anmerken, sondern sammelte so viel Flüssigkeit, wie ihr trockener Mund nur hergab, und spuckte dem Banditen ins Gesicht.

Der Mann holte aus, um sie zu schlagen, und sie wollte gerade ein zweites Mal spucken, als sich das Lager plötzlich mit Männern und Pferden füllte. Die »Indianer«, überrascht und angeschlagen durch den Raubzug und die Zecherei der vergangenen Nacht, stoben in alle Richtungen davon wie Hühner, die von einem Fuchs gejagt werden.

Bridget zögerte nicht lange, sondern griff nach dem Messer,

das ihr Peiniger zurückgelassen hatte, und befreite Flossie, damit sie sich in Sicherheit bringen konnte.

Sie entdeckte den Schecken in der Mitte des Lagers. Trace, der auf dem ungesattelten, glänzenden Rücken des Hengstes saß, schwang den Kolben eines Gewehrs wie eine mittelalterliche Streitaxt. Er war über und über mit Ruß bedeckt, und sein Hemd war schweißnass. Ihre Blicke trafen sich, und während Jake Vigil, der Marshal, Tom Barkley und einige andere Männer die Banditen zusammentrieben, ritt Trace auf Bridget zu, beugte sich hinunter und zog sie vor sich auf den Pferderücken.

Er bot einen erbarmungswürdigen Anblick, dennoch war Bridget überzeugt, nie einen attraktiveren Mann gesehen zu haben.

»Schön, Sie zu sehen, Mrs. Qualtrough«, meinte er lächelnd.

Sein Gesichtsausdruck verriet ihr, dass Noah und Skye in Sicherheit waren. Erschöpft ließ Bridget ihren Kopf an seiner Schulter ruhen, blickte Trace aber schließlich offen an. »Ich war eine solche Närrin.«

Er gab ihr nur einen flüchtigen Kuss, denn schließlich waren sie nicht allein. »Und?«, fragte er erwartungsvoll.

Bridget errötete. »Und ich liebe dich.«

»Und?«

»Und ...«

Trace wartete. Offenbar würde er es ihr nicht leicht machen.

Bridget schluckte, blickte sich besorgt um und senkte kurz den Blick, bevor sie Trace wieder in die Augen sah. »Und je schneller du das Schlafzimmer baust, desto eher können wir damit beginnen, Kinder zu bekommen.«

Wieder küsste Trace seine Frau, diesmal auf die Nasenspitze. »Ich glaube kaum, dass wir so lange warten müssen«, raunte er ihr in einem Tonfall zu, der nur für Bridgets Ohren bestimmt war.

»Was ist mit Skye und Noah?«

»Den beiden geht es gut, das weißt du genau«, entgegnete Trace. »Im Unterschied zu dir waren sie klug genug, in ihrem Versteck zu bleiben, wie ich es ihnen befohlen hatte.«

»Haus und Scheune?«

Er seufzte. »Es ist nicht viel davon übrig. Aber wir fangen noch einmal von vorn an. Bis zum Winter bleibt noch genügend Zeit, um eine Hütte zu bauen.«

»Wo sollen wir in der Zwischenzeit unterkommen?« Bridget fuhr träumerisch mit dem Finger zwischen Traces Hemdknöpfe.

»Wir müssen vorerst mit dem alten Unterstand auf der anderen Seite des Flusses vorlieb nehmen. Heute Nacht schlafen Skye und Noah allerdings in der Stadt. Die Frau des Marshals kümmert sich um die beiden.«

Bridget nickte und sah ihrem Ehemann tief in die Augen. »Ich habe dich immer geliebt.«

Trace lächelte. »Ich weiß.« Er zog sie fester an sich, und Bridget schmiegte sich an ihn. Sie war eine starke Frau, die es jedoch genoss, gehalten und beschützt zu werden. Zumindest für eine Weile.

»Trace?« Diesmal blickte sie ihn nicht an, denn eine plötzliche Scheu überkam sie.

»Ja?«, fragte er leise, und seine Stimme war wie eine Liebkosung.

Bridget küsste die Mulde unter seinem linken Ohr. »Lass uns nach Hause reiten.«

Epilog

Bridget McQuarry Qualtrough war sicherlich nicht die erste Braut, die ihre Hochzeitsnacht unter dem Sternenhimmel verbrachte, vielleicht aber war sie die glücklichste. Sie hatten sich am Flussufer ein Lager bereitet, im hohen Gras, nahe der Stelle, an der Trace anfangs sein Zelt aufgeschlagen hatte. Dort waren sie nun gänzlich ungestört. Skye und Noah waren in der Stadt geblieben, um die Nacht im Hause des Marshals und seiner Frau zu verbringen.

Trace küsste sie zärtlich, beinahe andächtig, und strich ihr behutsam das Haar aus der Stirn. »Bridget«, flüsterte er mit einer gewissen Verwunderung in der Stimme und lächelte dann. Selbst so erschöpft und voller Ruß raubte sein Anblick ihr den Atem. »Wir werden uns jetzt lieben«, verkündete er. »Es sei denn, du erhebst irgendwelche Einwände.«

Zwar errötete Bridget, schüttelte jedoch den Kopf. Man hätte meinen können, sie sei noch Jungfrau, so unerfahren war sie in diesen Dingen. »Ich weiß nicht genau, wie ...«

Sanft legte er ihr den Zeigefinger auf die Lippen. »Es wird wunderschön sein«, versicherte er, und dieses Versprechen allein genügte, um Bridgets Verlangen nach ihm zu wecken. Unruhig schmiegte sie sich an ihn. »Lass es mich dir beweisen.«

Sie schluckte und nickte.

Gleich darauf spielte Trace mit den Knöpfen vorn an ihrem Kleid, das keineswegs sauberer war als die Sachen, die er trug.

Bridget erschauerte. »Was ...?«

Lächelnd öffnete Trace das Oberteil, sodass er ihr dünnes Leinenhemd sehen konnte. Bridgets volle Brüste zeichneten sich deutlich unter dem Stoff ab. Er beugte sich hinunter und berührte eine aufgerichtete Brustwarze mit der Zungenspitze, wobei er einen winzigen feuchten Fleck auf dem Hemd hinterließ.

Leise aufstöhnend, bog sich Bridget ihm entgegen.

»O ja«, flüsterte Trace, »ja.«

Dann entblößte er ihre Brüste vollständig und schob Bridget das Kleid langsam über die Hüften. Mit unverhohlenem Begehren wandte er sich ihr zu, und Bridget umfasste seinen Kopf mit beiden Händen, um ihn an sich zu ziehen.

Trace ließ sich viel Zeit und streichelte und küsste ihre Brüste, während er gleichzeitig die Bänder löste, von denen ihr Hemd zusammengehalten wurde. Bridgets Leidenschaft steigerte sich, und sie streckte sich ihm flehend entgegen. Als Trace die Hand an ihrem Körper entlanggleiten ließ und schließlich das Zentrum ihrer Weiblichkeit fand, glaubte Bridget vor Verlangen den Verstand zu verlieren.

»Bitte, Trace«, wisperte sie.

Er zog eine Spur von Küssen zu ihrem Nabel hinunter und umkreiste die kleine Mulde mit der Zunge. Sein leises Stöhnen schien Bridgets Körper in erregende Schwingungen zu versetzen, doch Trace steigerte das Tempo nicht. Stattdessen fand seine Hand das weiche, feuchte Lockengewirr zwischen ihren Schenkeln, und er begann, sie mit sanften, langsamen Bewegungen zu liebkosen.

Bridget drängte sich seiner Hand entgegen und sog heftig den Atem ein, als sie seine Finger in sich spürte. Wieder fand Trace ihren Mund mit dem seinen und küsste sie fordernd und leidenschaftlich. Bridgets Herz klopfte schier zum Zerspringen, und in ihrem Körper schien sich eine geradezu unerträgliche Spannung aufzubauen, die ungeahnte Freuden versprach.

Sie hätte nie geglaubt, dass …

»Oh!«, rief sie atemlos aus, als sie abermals vor Lust erschauerte. »Bitte …«

Unaufhaltsam brachte Trace sie mit seinen Liebkosungen um ihre Beherrschung, bis schließlich die Welt um sie herum zu versinken schien, und sie sich an Trace festklammerte, während ihr Körper von immer neuen Wogen der Ekstase durchflutet wurde.

So langsam und zärtlich, wie er sie zum Gipfel der Leidenschaft gebracht hatte, half Trace ihr nun, in die Gegenwart zurückzukehren. Als sie schließlich atemlos und verwundert neben ihm lag, brachte er sie mit dem Spiel seiner Hände und Lippen zu denselben Höhen der Verzückung wie zuvor. Doch als sie ihn diesmal anflehte und ihre Finger in seine Schultern grub, schob er seinen Körper zwischen ihre Schenkel und drang in sie ein. Seine Bewegungen waren kraftvoll und doch von zärtlicher Zurückhaltung, und schon kurz darauf erreichte Bridget erneut den Gipfel der Leidenschaft und kehrte nur allmählich wieder auf die Erde zurück.

»Ich liebe dich«, flüsterte sie, als sie schließlich, an Traces Brust geschmiegt, die Sprache wiederfand. »Und ich möchte den Rest meines Lebens mit dir verbringen.«

Nebeneinander lagen sie im duftenden Gras, nackt und unbekümmert. Trace rollte sich auf die Seite und blickte Bridget an. Lächelnd kitzelte er ihre Brustspitze mit einem Grashalm. »Das wird sich einrichten lassen, Mrs. Qualtrough. Und falls ich es dir noch nicht gesagt haben sollte: Ich liebe dich auch. Schon mein ganzes Leben lang.«

Ein leises Aufstöhnen verriet Bridgets neuerliche Erregung. »Wenn du mich jemals verlassen solltest, Trace Qualtrough, schwöre ich bei allem, was mir heilig ist, dass ich dir folge und dich nach Hause bringe.«

Er ersetzte den Grashalm durch seine Zunge. »Keine Sorge«, meinte er dann, »ich werde nirgendwo hingehen. Niemals.«

Bridget schloss die Augen und seufzte verzückt, als er sanft zu saugen begann. »Versprochen?«

»Versprochen«, antwortete er nach einer Weile.

Sie lächelte und gab sich einmal mehr den Liebkosungen ihres Mannes hin. Eines musste man Trace Qualtrough lassen – er hielt immer sein Wort.

Teil II:
CHRISTY

Für Ramona Stratton, in Liebe.
Von nun an ist alles gut.

Prolog

Fort Grant, Nevada
1868

Beklommen schob Christy McQuarry die Spitzengardinen der verstorbenen Mrs. Royd zurück und musterte den Mann, der geschickt worden war, um sie nach Primrose Creek zu bringen. In den langen trüben Wintermonaten in Fort Grant hatte sie sich mehr als einmal ausgemalt, dass sie, Caney und insbesondere ihre jüngere Schwester Megan sich für den Rest des Weges irgendeinem hergelaufenen Fremden würden anschließen müssen. Einem alten, grimmigen Goldgräber vielleicht oder einem der wenig Vertrauen erweckenden Scouts, die hin und wieder im Fort eintrafen, stinkend und mit grausigen Geschichten von Indianern und Banditen. Doch aus unerfindlichen Gründen beunruhigte der Anblick dieses Fremden Christy beinahe noch mehr. Er war groß und blond, hatte blaue Augen und sah einfach unverschämt gut aus. Der Mann trug saubere, aber einfache Kleidung und einen abgewetzten Hut. Er ritt auf einem stattlichen schokoladenbraunen Wallach mit heller Mähne und Schweif und trug die Pistole so selbstverständlich im Holster an der linken Hüfte, als wäre die Schusswaffe ein Teil seines Körpers.

»Ich mag ihn nicht«, gestand Christy Caney Blue, der großen, kräftigen schwarzen Frau, die in Virginia auf der Farm der McQuarrys gearbeitet hatte, solange Christy denken konnte.

Da sie inzwischen beinahe zwanzig Jahre alt war, reichte ihre Erinnerung schon eine ganze Weile zurück. »Er sieht zu gut aus und ist zu selbstsicher.«

Auf Caneys Gesicht zeigte sich ein strahlendes Lächeln, als sie beobachtete, wie der Mann absaß und dem älteren Armeeoffizier die Hand schüttelte, der nach draußen gegangen war, um den Neuankömmling zu begrüßen. »So, so«, sagte sie. Ihr Blick folgte dem Mann, der vor dem Fenster des bescheidenen Salons mit dem Colonel redete. Es gab nur ein einziges Haus in Fort Grant, falls man das fragliche Gebäude überhaupt so nennen wollte. Es gehörte dem kürzlich verwitweten Kommandeur der Garnison, Colonel Webley Royd, der sein Heim freundlicherweise den Frauen zur Verfügung gestellt hatte, die im vergangenen Oktober zusammen mit dem ersten Schnee in Fort Grant eingetroffen waren. »Ich finde, er ist eine Augenweide. Und ich mag Männer, die etwas auf sich halten.«

Auf dem Hemd des Fremden glänzte ein sternförmiges Abzeichen. Christy presste die Lippen zusammen und fragte sich, warum dieser Mann einen solchen Eindruck auf sie machte. Allein sein Anblick verwirrte sie gründlich. Wie mochte es wohl erst sein, mit ihm zu sprechen? Oder in seiner Begleitung zu reisen?

»Colonel Royd meinte, sein Name sei Zachary Shaw«, berichtete Megan eifrig, die neben Christy am Fenster Posten bezogen hatte. Da sie erst sechzehn war, durfte man von ihr natürlich weder gute Menschenkenntnis noch ein Übermaß an Urteilsvermögen erwarten. Megan hatte nichts als träumerische Flausen im Kopf, verfügte jedoch über einen scharfen Verstand. Christy hatte sich geschworen, dafür zu sorgen, dass Megan diese Gabe nicht an einen Mann und ein Dutzend schreiender Kinder verschwendete. »Er ist ein Marshal.«

Und er bedeutet Ärger, dachte Christy. Als wollte er ihre

Vermutung bestätigen, schien Marshal Zachary Shaw in diesem Augenblick zu bemerken, dass er beobachtet wurde. Er wandte sich um, blickte Christy durch den dünnen Spitzenstoff der Gardine an und hielt ihren Blick mit dem seinen fest.

Verärgert und auf eine geradezu unanständige Weise erregt bedachte Christy ihn mit einem finsteren Blick, mit dem sie zu verbergen suchte, dass es ihr unmöglich war, sich vom Anblick des Marshals loszureißen, bevor er sich dazu entschloss, sie nicht mehr anzusehen.

Er lächelte und tippte sich an die Krempe seines zerknautschten Hutes. Christy spürte plötzlich Hitze in sich aufsteigen, die ihr Blut zu erwärmen schien und in ihren Wangen brannte.

»Na, da soll mich doch …«, murmelte Caney kaum hörbar. Manchmal war Caney scharfsinniger, als es wünschenswert gewesen wäre.

Schließlich brachte Christy die Kraft auf, sich auf dem Absatz umzudrehen und vom Fenster zurückzutreten. »Völlig ausgeschlossen!«, fuhr sie auf und ging unruhig am Rand des handgeknüpften Läufers auf und ab. »Dieser Mann kommt überhaupt nicht infrage! Er ist überheblich und mit Sicherheit ein Tunichtgut. Wir müssen einen anderen Begleiter finden oder allein weiterreisen.«

Megan betrachtete ihre Schwester mit Entsetzen. Mit ihren kastanienbraunen Haaren, der milchig zarten Haut und den strahlenden grünen Augen war Megan eine ausgesprochene Schönheit, wenn auch trotz ihres brillanten Verstandes noch sehr kindlich. Seit die Schwestern nach der skandalösen Scheidung ihrer Eltern seinerzeit Virginia hatten verlassen müssen, war ihnen das Schicksal alles andere als hold gewesen und hatte ihnen nichts als Verluste, Niederlagen und Demütigungen beschert. Doch nun würde Christy alles in ihrer Macht Stehende tun, damit sich das änderte.

»Christy!«, rief Megan. »Das kann doch nicht dein Ernst sein! Es liegen noch viele Meilen zwischen uns und Primrose Creek. Denk doch an die wilden Tiere, Banditen und kriegerischen Indianer …«

Caney schüttelte den Kopf. »Du musst den Verstand verloren haben, wenn du glaubst, wir könnten ganz allein in die Berge ziehen«, erklärte sie. Auf dem Weg nach Westen hatte sie Christy oft gestattet, ihr bei der Versorgung der Kranken und Verletzten zu helfen. Einmal hatten sie sogar gemeinsam ein Baby entbunden. Caney war der Überzeugung, Christy verfüge über eine besondere Gabe, Kranke zu heilen, dennoch behandelte sie die jüngere Frau meistens wie ein Kind.

Auch Christy gefiel der Gedanke an die gefährliche Reise ganz und gar nicht. Doch für gewöhnlich brachte ihr Stolz sie dazu, sich jedem Widerstand beharrlich entgegenzustellen, und dieser warme Frühlingsnachmittag bildete keine Ausnahme. »Lieber Himmel«, protestierte sie leise, »wir haben schließlich auch die Reise von Virginia hierher überstanden.«

»Ja, weil wir uns einem Siedlertreck angeschlossen hatten«, erwiderte Caney ungehalten.

Megans Augen weiteten sich, als sie die Ereignisse der langen Reise Revue passieren ließ, die häufig überaus unangenehm gewesen waren. Die Schwestern hatten in den vergangenen Jahren viel durchmachen müssen. Zuerst hatte man sie von ihrer Familie getrennt und nach England gebracht, dann hatten sie die stürmische Seereise erneut antreten müssen, nur um schließlich in Virginia einzutreffen und zu erfahren, dass nicht nur ihr Großvater Gideon McQuarry inzwischen verstorben war, sondern auch ihr Vater und dessen Bruder. Die Farm der Familie war auf immer verloren. Nun standen sie praktisch mittellos da. Das Stück Land am Primrose Creek, das ihr Großvater ihnen und ihren beiden Cousinen Bridget und Skye zu gleichen Teilen hinterlassen hatte, schien die einzige Hoffnung zu sein, sich wieder ein Zuhause schaffen zu können.

»Marshal Shaw sieht sehr stark aus«, erklärte Megan nach längerem Schweigen hoffnungsvoll.

»Das will ich meinen«, bestätigte Caney, die noch immer aus dem Fenster blickte. »Der Marshal weiß schon auf sich Acht zu geben.«

»Und auf uns auch«, sagte Megan eindringlich.

Christy seufzte tief. Sie würde ihre Bedenken unterdrücken – schließlich hatte sie es schon oft genug getan, um inzwischen Expertin auf dem Gebiet zu sein – und sich Megans und Caneys Wünschen fügen. »Nun gut«, meinte sie. »Wir werden uns dem Marshal anschließen.« Und das wird kein gutes Ende nehmen, fügte sie im Stillen hinzu.

Colonel Royd lud den Gesetzeshüter an diesem Abend zum Essen ein, und gemeinsam genoss man eines von Caneys hervorragenden Brathähnchen. Obwohl sie bemüht war, sich nichts anmerken zu lassen, war Christy während des gesamten Essens unruhig. Selbst ihr sonst so unerschütterlicher Appetit ließ sie im Stich. Kein Wunder, saß sie doch dem Marshal gegenüber, und wann immer er sie mit seinen strahlend blauen Augen anblickte, war ihr, als stünden ihr die tiefsten Geheimnisse ihrer Seele im Gesicht geschrieben. Damit nicht genug: Marshal Shaw schien ihr Unbehagen auch noch zu spüren und lächelte immer wieder still vor sich hin.

»Leben Sie schon lange in Primrose Creek, Mr. Shaw?«, fragte sie und rang die Hände in ihrem Schoß. Sie wollte ihm beweisen, dass er keinerlei Eindruck auf sie machte, was selbstverständlich nicht den Tatsachen entsprach.

Er zuckte die breiten Schultern. »Nein, Ma'am. Tatsächlich war ich nur auf der Durchreise, als ich im *Silver Spike Saloon* in ein Pokerspiel geriet. Ich verlor.«

»Sie verloren beim Kartenspiel?«, hakte Christy verblüfft nach und wünschte sich augenblicklich, ihre Zunge im Zaum gehalten zu haben. Seltsam, wie sehr dieser Mann sie aus dem Gleichgewicht zu bringen schien! Christy war immer besonders stolz darauf gewesen, stets die Fassung zu bewahren. Doch dieser Mann weckte in ihr das Gefühl, in einem reißenden Fluss auf einem schwimmenden Baumstamm zu balancieren. »Ich verstehe nicht, welche Bewandtnis es damit hat.«

Wieder lächelte der Marshal, jungenhaft fröhlich und männlich zugleich. Er wirkte so selbstsicher und unerschütterlich. »Nein, Ma'am, das kann ich mir schon denken.« Er schwieg und nahm eines von Caneys frisch gebackenen Brötchen. Das dritte, dachte Christy. »Mein alter Freund Sam Flynn trug damals diesen Stern. Er wollte für ein Jahr nach Virginia City gehen und dort sein Glück als Goldgräber versuchen, konnte jedoch niemanden finden, der seinen Posten übernehmen wollte. Also überredete er mich zu dem Spiel, und ich verlor. Ich bin mir nicht einmal sicher, ob er die Karten nicht gezinkt hatte.«

Der Colonel lachte schallend. Er war ein freundlicher, ein wenig rundlicher Mann mit einer Schwäche für Caneys gute Küche. Er hatte ihr sogar angeboten, als seine Haushälterin in Fort Grant zu bleiben. Christy hätte es ihr nicht verdenken können, wenn Caney eingewilligt hätte, da sie nicht nur Unterkunft und Verpflegung bekommen würde, sondern auch noch ein Gehalt. Sie und Megan konnten ihr dagegen nur ihre Freundschaft anbieten.

»Das sähe Sam ähnlich«, erwiderte Royd und füllte sich eine weitere Portion Kartoffelbrei auf. »Shaw, an Ihrer Stelle würde ich nicht damit rechnen, dass er nach einem Jahr zurückkommt. Vor allem nicht, wenn er in den Comstock-Minen sein Glück macht.«

Mr. Shaw seufzte bedauernd. »Nun, wenn er nach Ablauf der vereinbarten Frist nicht wieder auftauchen sollte, werde ich ihn wohl suchen und erschießen müssen.«

Es herrschte kurzes, betretenes Schweigen. Christy vermutete, dass alle Anwesenden überlegten, ob der Marshal einen Scherz gemacht oder seine Bemerkung bitterernst gemeint hatte. Seine Miene war zwar freundlich, gab jedoch seine Gedanken nicht preis.

Schließlich lachte der Colonel so herzlich, dass der Tisch nebst dem Geschirr zu beben schien. Offenkundig war er der Ansicht, soeben einen guten Witz gehört zu haben. Auch Caney lachte, obgleich ein wenig verspätet, und Megan kicherte leise, während ihr bewundernder Blick auf Zachary Shaw ruhte.

Christy dagegen war nicht zum Lachen zu Mute, denn sie hielt die Bemerkung des Marshals für ernst. »Wann werden wir morgen aufbrechen?«, fragte sie ruhig.

»Bei Sonnenaufgang«, antwortete er, ebenfalls ohne eine Miene zu verziehen. In diesem Augenblick war es Christy, als bestünde eine geistige Verbindung zwischen Shaw und ihr. »Ich werde die Wagen noch heute Abend beladen. Ich nehme an, dass Sie Ihren Besitz zusammengepackt haben?«

»Die kläglichen Reste unseres Besitzes, ja«, bemerkte Caney, während Christy noch um eine höfliche Antwort rang.

»Gut«, sagte er und blickte Christy unverwandt an. Keine Sekunde lang hatte er sie bisher aus den Augen gelassen. »Die Reise ist beschwerlich, und unterwegs lauern viele Gefahren. Wir werden mindestens zwei Tage brauchen. Ich bin auf dieser Reise für Sie verantwortlich und würde mich freuen, wenn alle Reisenden diesen Umstand im Gedächtnis behielten.«

Wieder herrschte Stille am Tisch. Christy sah dem Marshal unerbittlich in die Augen, um ihm zu zeigen, dass er ihr nichts zu befehlen hatte. Schließlich war sie es jedoch, die den Blick abwandte.

Zachary verbrachte die Nacht bei den Soldaten und fand schnell heraus, dass ihn alle Männer darum beneideten, dass er die Frauen nach Primrose Creek begleiten durfte.

Er lag auf dem Rücken auf einer der Pritschen, die Arme hinter dem Kopf verschränkt, und lauschte schläfrig dem Gespräch der Soldaten.

»Die Dunkelhaarige, Miss Christy«, begann einer der Männer, nachdem die Lampen gelöscht worden waren, »sieht wirklich bezaubernd aus, kann jedoch ziemlich unangenehm werden.«

Zachary verspürte ein seltsames Kribbeln in der Magengegend, aber er lächelte nur. »Sie ist schon eine Kratzbürste«, gab er zu.

Eine weitere Stimme ertönte in der Dunkelheit. »Nicht, dass wir nicht alle versucht hätten, ihr den Hof zu machen. Aber sie ist zu vornehm für unsereins und zeigt das auch. Tatsächlich hat sie Jim Toth sogar erklärt, dass niemand in der gesamten Garnison für sie infrage käme. Hab ich Recht, Jim?«

»Ja«, erklang eine traurige Stimme, die allem Anschein nach Jim gehörte. »Sie stammt aus einer reichen Familie, das sieht man ihr gleich an. Und sie meinte, sie müsse an ihre Zukunft und die ihrer Schwester denken.«

Zachary verging das Lächeln, obwohl er nicht hätte sagen können, warum er plötzlich so niedergeschlagen war. Schließlich ging ihn Miss Christy McQuarry überhaupt nichts an.

1

»Dort drüben!«, rief der Marshal hörbar erleichtert und deutete auf den silbrig schimmernden Strom, der sich durch ein Tal schlängelte, das sich zwischen die Berggipfel der High Sierra schmiegte. Wälder von Ponderosa-Kiefern und Douglas-Föhren überzogen die Hänge so dicht, dass sie eher tiefblau schimmerten als grün. Hier und da sorgten Eichen, Ahornbäume und Pappeln für Farbflecke. »Das ist der Primrose Creek. Die Stadt liegt etwa zwei Meilen südwestlich von hier.«

Christy stemmte sich in den Steigbügeln hoch und sog tief den Atem ein. Eine sanfte Brise umschmeichelte sie und trug das Versprechen eines warmen Sommers in sich. Die Aussicht auf das Tal war so atemberaubend schön, dass ihr Tränen in die Augen stiegen.

Megan, die neben ihrer Schwester ritt, hielt erstaunt den Atem an und rief dann: »Das ist ja wie im Traum!« Sie deutete aufgeregt ins Tal hinunter. »Sieh nur, Christy, das muss Bridgets Haus sein, dort an der Flussbiegung. Ist es nicht schön?«

Plötzlich schien die Freude getrübt zu sein, die Christy eben noch über ihre Ankunft empfunden hatte. Sie und Megan hatten die Jahre des Bürgerkriegs in England verbracht, da ihre Mutter darauf bestanden hatte. Jenny Davis McQuarry hatte in Virginia einigen Staub aufgewirbelt, als sie ihren trunksüchtigen Ehemann verlassen hatte und mit einem britischen Adligen durchgebrannt war. Bald stellte sich heraus, dass Jennys neue Liebe kein Earl war, wie er sie hatte glauben machen wollen, sondern nur ein unbedeutender Baron, doch immerhin gehörte ihm der Landsitz Fieldcrest in der Grafschaft Devon. Umgehend sorgte er dafür, dass die beiden Töchter seiner Braut auf das Internat St. Martha's in der Nähe von London geschickt wurden – trotz des schwachen Protests der Mutter –, und machte niemals einen Hehl daraus, dass ihm lieber gewesen wäre, man hätte die beiden Mädchen gleich bei ihren ungehobelten amerikanischen Verwandten gelassen. Als Jenny im Winter achtzehnhundertsechsundsechzig plötzlich einem Fieber erlag, verlor ihr Gemahl keine Zeit, seine beiden Stieftöchter in die Vereinigten Staaten zurückzuschicken.

Christy wäre überglücklich gewesen, nach Hause zurückkehren zu können, wusste jedoch, dass sie und Megan inzwischen kaum noch Familienangehörige besaßen. Ihr Vater und Onkel J.R. waren beide im Bürgerkrieg gefallen. Als die Schiffspassagen bereits gebucht waren, erreichte Christy und Megan die Nachricht vom Tod ihres geliebten Großvaters in einem förmlichen Schreiben seiner Anwälte. Angesichts des doppelten Verlustes, erst der Mutter und nun des Großvaters, wurde Christy von Angst gepackt, die sie jedoch vor ihrer Schwester stets zu verbergen suchte. Sie verfasste einen unüberlegten Brief an ihre Cousine, den sie bald bereuen sollte, in dem sie Bridget das Stück Land zum Kauf anbot, das Gideon McQuarry ihr und Megan in seinem letzten Willen zugedacht hatte. Vor der Abreise blieb jedoch keine Zeit mehr, auf eine Antwort von Bridget zu warten, ferner hatte Christy kein Recht, über den Anteil ihrer Schwester ebenso zu verfügen wie über den ihren. Die Schwestern besaßen nur ihre Kleidung – zu der sowohl ihre hässlichen Schuluniformen gehörten als auch einige Ballkleider aus Jennys Besitz –, ein Service, das einst ihrer Großmutter Rebecca gehört hatte, und einige wenige Schmuckstücke, die Jenny im Laufe ihrer beiden stürmischen Ehen angesammelt hatte. Als sie Virginia endlich erreichten, trafen sie auf der Farm ihres Großvaters nur Fremde an. Großvater war auf dem kleinen Familienfriedhof begraben worden, neben seiner schönen Frau, die schon viele Jahre zuvor bei einem Reitunfall ums Leben gekommen war. Onkel J.R. ruhte neben seinem Vater unter einem eindrucksvollen Grabstein aus Granit, dessen Inschrift ihn als Helden der Union bezeichnete. Christys und Megans Vater Eli hatte neben seiner Mutter Rebecca die letzte Ruhe gefunden, wenn auch ein wenig abseits der anderen Gräber. So schien es Christy jedenfalls. Das Holzkreuz auf seinem Grab besagte, er habe tapfer unter dem Befehl des großen Generals Robert E. Lee gekämpft.

Es hatte keinen Grund gegeben, in Virginia zu bleiben, da sowohl die Familie als auch die Farm für immer verloren waren.

»Ma'am?«, fragte der Marshal und riss damit Christy aus ihren trüben Gedanken. Er mochte wohl etwa dreißig Jahre alt sein, schätzte Christy. Seit sie Fort Grant verlassen hatten, war sie bemüht gewesen, nicht über Mr. Shaw nachzudenken. Er schien sich in seiner Haut wohl zu fühlen und hatte die Angewohnheit, oft ein Lied vor sich hin zu pfeifen. Seine Nähe schien Christy immer wieder den Atem zu rauben, und sie fühlte sich, als zöge man ihr den Boden unter den Füßen weg. Sie hatte damit gerechnet, dass sich diese Gefühle auf der Reise legen würden, zumal sie und Mr. Shaw niemals einer Meinung waren. Stattdessen jedoch hatten sich ihre Empfindungen nur verstärkt, wofür sie einzig dem Marshal die Schuld gab. »Wir sollten wohl hinunterreiten und Ihre Familie wissen lassen, dass Sie angekommen sind.«

Hinter Christy und dem Marshal wartete Caney auf dem Kutschbock des Planwagens, den sie den ganzen Weg von Virginia nach Nevada gelenkt hatte. Caney, die auch Miss Blue genannt wurde, hatte noch auf der Farm gelebt, als Christy und Megan aus England gekommen waren. Sie und ihr Mann Titus waren als freie Schwarze auf Gideons Farm beschäftigt gewesen, da dieser niemals Sklaven gehalten hatte. Seit kurzem verwitwet und »schrecklich einsam«, hatte Caney beschlossen, die Schwestern auf dem Treck nach Westen zu begleiten, in den brandneuen Bundesstaat Nevada, dessen Reichtum an Silber dazu beigetragen hatte, die Sache der Union zu finanzieren. »Ja, Miss«, sagte sie nun, »dieser Kutschbock ist härter als das Herz des Teufels. Ich soll mich wohl bald irgendwo hinsetzen wollen, wo es weicher ist.«

Christy drehte sich um und warf der Freundin einen prüfenden Blick zu. Caney war die Tochter eines Baptistenpredigers und hatte noch vor ihrem sechsten Lebensjahr Lesen und Schreiben gelernt. Dennoch schien es ihr Vergnügen zu bereiten, gelegentlich wie eine ungebildete Sklavin zu sprechen, aus Gründen, die sie nie genannt hatte.

Caney begegnete Christys Blick ruhig und selbstbewusst. Auf ihren Zügen spiegelte sich Entschlossenheit wider, und ihre dunklen Augen blitzten herausfordernd. »Ich freue mich darauf, endlich Miss Bridget und Miss Skye wiederzusehen«, gestand sie. »Die beiden sind wie meine eigenen Kinder, ganz genauso wie Megan und du. Ja, das wird wirklich ein Freudentag.«

Megan strahlte bei dem Gedanken an das Wiedersehen mit ihrer Familie über das ganze Gesicht, und Marshal Zachary Shaw schien es eilig zu haben fortzusetzen, was immer er auch tun mochte, um in der Stadt Primrose Creek für Ordnung zu sorgen. Scheinbar zögerte allein Christy, ihren Yankee-Cousinen zu begegnen. Sie hoffte inständig, dass sich weder Caney noch Megan an die letzte Begegnung mit Bridget erinnerten. Christy und Bridget waren miteinander in Streit geraten und draußen im Hof aufeinander losgegangen. Vermutlich hätten sie einander umgebracht, wenn Onkel J.R. und ein amüsierter Trace nicht eingegriffen und sie voneinander getrennt hätten.

»Ein so vornehmes Haus verfügt bestimmt über eine Badewanne«, meinte Megan nachdenklich und blinzelte ins Licht der Frühlingssonne. Als hätte dieser Gedanke den Ausschlag gegeben, trieb sie das kleine Pinto-Pony an, das man ihr, ebenso wie den feurigen Wallach, den Christy ritt, in Fort Grant geliehen hatte. Schon befand sich Megan auf dem Weg ins Tal und steuerte auf das große Holzhaus mit seinen glänzenden Glasfenstern und rauchenden Schornsteinen zu. Auch Caney lenkte das Fuhrwerk in die Richtung, sodass Christy allein mit Marshal Shaw auf dem Hügel zurückblieb.

Unruhig setzte sie sich im Sattel zurecht, während er seinen geradezu skandalösen Lederhut abnahm und sich mit dem Arm über die Stirn wischte. Trotz aller Bemühungen, Zachary Shaw zu ignorieren, war Christy sich doch seiner Nähe bewusst. Der Marshal hatte seine warme Jacke vor einer Weile abgelegt und hinter sich mit Lederriemen auf dem Sattel festgebunden. Nun war er hemdsärmelig, und man konnte seine Hosenträger sehen. Zachary Shaw hatte breite Schultern und einen kräftigen Oberkörper. Sein Haar hatte die Farbe von frischem Stroh und vermutlich schon länger keine Schere mehr gesehen. Seine Augen schienen durch all die Mauern und Schutzwälle hindurchzusehen, die Christy im Laufe der Jahre um sich herum errichtet hatte. Das allein wäre schon Grund genug gewesen, ihn zu meiden, dennoch fühlte sie sich zu ihm hingezogen. Die Verbindung zwischen ihnen schien beinahe magisch zu sein, nicht nur körperliche Anziehung, sondern eine geistige und seelische Verbundenheit.

»Nun ist alles in Ordnung«, erklärte der Marshal, und Christy wusste nicht genau, ob es eine Feststellung oder eine Frage sein sollte. Eigentlich war es ihr jedoch gleichgültig, zumindest redete sie sich das ein. Wenn sie Zachary Shaw nur endlich loswerden würde. Für immer. Schlimm genug, dass sie drei Tage und zwei Nächte in seiner Gegenwart hatte verbringen müssen.

»Ja«, erwiderte sie so kühl, als spräche sie mit einem Küchenmädchen auf Fieldcrest, »Ich danke Ihnen, Marshal. Sie dürfen jetzt gehen.«

Überraschte Belustigung funkelte in seinen Augen, und er lächelte spöttisch. »Nun, das ist sehr großzügig von Ihnen, Lady McQuarry«, neckte er sie. »Ich meine, dass Sie mir gestatten, mich zu entfernen.«

Er ließ keinen Zweifel daran aufkommen, dass er sie für hochnäsig und anmaßend hielt, und Christy spürte, wie ihr das Blut heiß in die Wangen schoss. Gleichgültig, was sie jetzt auch antworten mochte, er würde die Worte sicherlich so verdrehen, dass sie herablassend und eingebildet wirkten. Nun, diese Genugtuung würde sie ihm kein zweites Mal gönnen.

»Guten Tag, Marshal«, sagte sie kühl.

Er lachte, schüttelte den Kopf und wendete seinen bildschönen schokoladenbraunen Hengst. Ohne einen Blick zurückzuwerfen, ritt er gen Südwesten davon. Aus unerfindlichen Gründen war Christy enttäuscht.

Gegen ihren Willen, von ihrem besseren Wissen ganz zu schweigen, blickte sie ihm nach, bis er zwischen den Bäumen des Pappelwäldchens verschwunden war, deren silbrig schimmernde Blätter sich in der sanften Brise bewegten wie Silbermünzen, die auf das Kleid einer Zigeunerin gestickt waren. Christy beschlich das unangenehme Gefühl, der Marshal wüsste nur zu genau, dass sie ihn beobachtete. Nun, wie du mir, so ich dir, dachte sie. Schließlich hatte sie ihn oft genug dabei ertappt, dass er seine Blicke auf ihr ruhen ließ, seit sie Fort Grant verlassen hatten. Immer hatte auf seinen Zügen ein Ausdruck des Erstaunens und der Verärgerung gelegen.

Christy beschloss, das gefürchtete Zusammentreffen mit Bridget nun nicht länger hinauszuzögern, und ritt langsam den steilen Pfad ins Tal hinunter. Megan hatte die Senke bereits erreicht und trieb ihr Pony zu einem munteren Trab an, während Caney auf dem klapprigen Planwagen hinter ihr herholperte, der ein Überbleibsel aus glücklichen Tagen auf der Farm in Virginia war. Es hatte keinen Sinn, die Familie noch länger warten zu lassen.

Nach einer kurzen Begrüßung würde sie gleich den Fluss überqueren und sich Megans und ihren Anteil des Landes ansehen. Außerdem galt es, einen Platz zu finden, an dem sie eine Hütte errichten konnten, in der sie unterkommen würden, bis sie genügend Geld hatten, um ein richtiges Haus zu bauen.

Bridget stand an der Tür. Sie hatte ihr schönes langes Haar, das im Gegensatz zu Christys dunklen Locken hellblond war, zu einem weichen Nackenknoten gebändigt und trug ein blaues Baumwollkleid, das zur Farbe ihrer Augen passte. Überdies war sie unübersehbar schwanger. Bridget lachte, als Megan vom Rücken des Ponys sprang und auf sie zulief wie ein junges Füllen, das über eine Weide tollte, und nahm ihre Cousine in die Arme. Mit einem Freudenschrei und Tränen der Rührung begrüßte sie anschließend Caney.

Die turbulente Begrüßung dauerte bereits eine Weile, als Skye mit einem Weidenkorb in der Hand über die Wiese gelaufen kam, überglücklich, ihre einstige Spielkameradin Megan wiederzusehen – und Caney, da sicherlich weder sie noch Bridget damit gerechnet hatten, ihr in diesem Leben noch einmal zu begegnen. Bridgets Sohn Noah stand schüchtern an der Seite seiner Mutter. Er sah seinem verstorbenen Vater Mitch, Bridgets erstem Ehemann, erstaunlich ähnlich. Der Junge mochte inzwischen vier oder fünf Jahre alt sein und machte einen aufgeweckten Eindruck.

Zwar gelang es Christy abzusteigen, doch sie blieb wie angewurzelt neben ihrem Pferd stehen und vermochte nicht, auch nur einen einzigen Schritt zu tun. Als sie sich schließlich doch dazu zwang, war ihr erster Impuls, sich auf dem Absatz umzudrehen und zu flüchten. Sogleich stand sie jedoch Auge in Auge mit Trace Qualtrough.

Sie hatte gewusst, dass Bridget und er miteinander verheiratet waren – der Marshal hatte ihr in einer der kurzen, angespannten Unterhaltungen auf der Reise davon berichtet – doch das minderte kaum den Schock, Trace Qualtrough plötzlich wiederzusehen. Die Erinnerung an ihre letzte Begegnung mit Trace nagte ebenso an ihr wie die Auseinandersetzung mit Bridget, bei der sie sich gebärdet hatten wie gewöhnliche Straßenmädchen, die im Staub miteinander rauften. Sie hatte Trace seinerzeit ewige Liebe geschworen und ihn angefleht zu warten, bis sie ein wenig älter werden und aus England zurückkehren würde, um ihn zu heiraten. Trace hatte wehmütig gelächelt, Christy auf die Stirn geküsst und ihr erklärt, er habe nicht die Absicht, jemals zu heiraten. Diese Bemerkung hatte sie so schmerzlich getroffen, als hätte Trace ihr ein Messer ins Herz gestoßen.

Inzwischen war aus ihm ein reifer Mann geworden, der noch besser aussah als früher, falls das überhaupt möglich war. Dennoch löste sein Anblick in Christy nicht den befürchteten Sturm der Gefühle aus. Das unverantwortliche Verhalten ihres Vaters und die unfreundliche Natur ihres Stiefvaters schienen sie von ihrer Schwärmerei kuriert zu haben.

»Willst du weglaufen?«, fragte Trace mit liebevollem Spott und umfasste sanft Christys Schultern. Dann musterte er sie mit brüderlichem Interesse und verzog das Gesicht. »Das sieht dir aber überhaupt nicht ähnlich, Christy. Außerdem glaube ich, dass du diesmal eine Chance gegen Bridget hättest, da die Schwangerschaft sie behindern würde. Aber sei auf der Hut. Sie beißt.«

Christy lachte, beinahe schwindlig vor Erleichterung darüber, dass ihre Schulmädchenschwärmerei für diesen Mann verflogen war. Vielleicht galt dasselbe für die einstige Feindschaft mit Bridget, und sie würden Freundinnen werden – oder zumindest den alten Streit beilegen. »Hast du vergessen, dass wir damals praktisch noch Kinder waren?«

»Nein, durchaus nicht«, antwortete er und führte sie mit sanftem Druck am Arm. »Komm, wir wollen es hinter uns bringen. Bridget fürchtet sich vor dem Wiedersehen ebenso sehr wie du.«

Immerhin war Bridget großzügig genug, ihnen auf halbem Weg entgegenzukommen. Ohne es zu bemerken, wischte sie sich die Hände an ihrer Schürze ab, während sie auf Christy zuging. Ihre Miene war ernst und abwartend, jedoch nicht unfreundlich. »Komm ins Haus«, bat sie ruhig, »du sehnst dich sicher nach einer Tasse Tee.«

Christy war auf eine wesentlich ungnädigere Begrüßung gefasst gewesen. Schon vor der legendären Auseinandersetzung waren sie und Bridget nie so eng befreundet gewesen wie Megan und Skye. Bereits lange bevor ihre Väter sich uneins darüber wurden, für welche Seite im Bürgerkrieg sie Partei ergreifen sollten, hatten sich die beiden Mädchen um Puppen, Ponys und Zitronentörtchen gestritten und schließlich um das korrekte Benehmen einer jungen Dame. Bridget war immer ein Wildfang gewesen, der dem Namen McQuarry wenig Ehre machte, während Christy darum bemüht gewesen war, sich wie eine Lady zu benehmen – meistens jedenfalls. Neben dem Stolz und dem eisernen Willen, einem Erbe ihrer Großeltern Gideon und Rebecca McQuarry, hatten die beiden Mädchen nur eines gemeinsam gehabt: ihre Leidenschaft für Pferde. Beide waren schon früh ausgezeichnete Reiterinnen gewesen, doch ihre Vorliebe hatte aus ihnen nicht Freundinnen sondern Rivalinnen gemacht.

»Danke«, erwiderte Christy mit einem Nicken. Sie hatte keinen richtigen Tee mehr getrunken, seit sie aus England abgereist war. Solche Luxusgüter waren in Virginia noch immer rar und unbezahlbar, wenn man sie denn überhaupt bekommen konnte. Christy mochte gar nicht daran denken, wie mittellos sie und Megan wirklich waren. Doch wenn es ihr gelingen würde, ihren Plan in die Tat umzusetzen, wäre die Furcht vor der Armut ein für alle Mal vorbei.

Bridget hakte sich bei Christy ein und führte sie zum Hauseingang. »Erzähl mir von der Farm«, begann sie. »Sind die neuen Besitzer fleißig? Als wir den Besitz verließen, musste die Scheune neu gestrichen werden ...«

Im Innern des Hauses war es kühl, und der großzügig geschnittene Wohnraum war vom Duft frisch gebackenen Brotes erfüllt. An einer Schmalseite des Raumes stand ein Herd in einem offenen Küchenbereich, und drei Türen führten in andere Bereiche des Hauses. Ein riesiger gemauerter Kamin nahm beinahe die gesamte andere Schmalseite des Zimmers ein. Davor standen zwei Schaukelstühle und eine gepolsterte Sitzbank, alle mit Schnitzereien verziert. Als Christy sich in dem Zimmer umsah, empfand sie plötzlich eine Mischung aus Kummer und Freude. Das Haus erinnerte sie so sehr an die Farm in Virginia in glücklicheren Tagen, doch es war ihr auch schmerzlich bewusst, dass dies nicht ihr Heim war, sondern Bridgets.

Immer Bridget.

»Christy?«, fragte die Cousine sanft.

Sie bemerkte, dass Bridget und sie allein waren, und lächelte. Wie praktisch, dachte sie. Vermutlich hielten sich die übrigen Familienmitglieder für große Diplomaten und Friedensstifter, da sie den beiden Cousinen Zeit ließen, ihre Differenzen beizulegen.

»Sie haben das Dach gedeckt«, antwortete Christy und bezog sich damit auf die neuen Bewohner der McQuarry-Farm, als hätte nicht ein langes, unangenehmes Schweigen zwischen Bridgets Frage und ihrer Antwort gelegen. »Und ich glaube, sie wollen erst die Stallungen ausbauen, bevor sie an frische Anstriche denken.«

Bridget senkte den Kopf und seufzte leise. Natürlich vermisste auch sie noch ihr Zuhause, ebenso sehr wie Christy. Es war ein Teil von ihnen beiden, dieses weit entfernte Land mit seinen sanften Hügeln und blaugrün schillernden Flüssen, und würde es auch immer sein. In den Grundbüchern hatte seit den Tagen der Revolution der Name McQuarry gestanden, doch nun gehörte die Farm Nordstaatlern, hergelaufenen Yankees, die einfach angereist waren und das Land wegen angeblicher Steuerschulden enteignet hatten.

»Bitte setz dich doch«, sagte Bridget, ohne Christy anzusehen. »Ruh dich aus.« Sie ging zum Herd hinüber, während Christy sich in einen der Schaukelstühle setzte und auf das verglimmende Feuer blickte.

»Wann soll dein Baby kommen?«, fragte sie nach einer Weile. Es hatte lange gedauert, bis ihr ein unverfängliches Gesprächsthema eingefallen war.

Bridget klapperte viel versprechend mit dem Teekessel. »Im Juni«, antwortete sie mit unverkennbarer Freude in der Stimme. »Ich hoffe, dass es ein Mädchen wird, aber Trace meint, wir könnten schon noch einige Söhne gebrauchen, damit unsere Töchter eines Tages von ihren großen Brüdern beschützt werden.«

Neid plagte Christy, so sehr sie auch dagegen ankämpfte, jedoch nicht weil Bridget verheiratet war und ihr zweites Kind erwartete. Auch sie, Christy, würde mit Sicherheit schnell einen Ehemann finden, vor allem in einer Gegend wie dieser, in der Frauen eine Seltenheit waren. Und sie würde ebenfalls Kinder bekommen, wenn die Zeit dafür reif war. Doch es war nicht zu übersehen, dass Bridget und Trace aus Liebe, ja sogar aus Leidenschaft, geheiratet hatten, und ein so glückliches Geschick durfte Christy für sich selbst nicht erwarten. Nein, um Megans und ihrer selbst willen hatte sich Christy McQuarry entschlossen, aus viel praktischeren Erwägungen den Bund fürs Leben zu schließen.

Sie richtete sich ein wenig auf. »Dies ist ein schönes Haus, Bridget«, erklärte sie. »Du hast viel erreicht.«

»Trace gebührt die Ehre«, erwiderte Bridget leichthin und streckte sich, um eine Teekanne vom obersten Regal zu holen. »Er hat das Haus eigenhändig gebaut. Und die Scheune auch.«

Christy legte den Kopf in den Nacken und betrachtete die massiven Dachbalken. Eines Tages, dachte sie, wird diese Farm für Bridgets Kinder und Enkel ebenso viel bedeuten, wie der Besitz in Virginia für etliche Generationen der McQuarrys bedeutet hat. Welches Erbe werde ich wohl meinen Nachkommen hinterlassen?

»Zucker?«, erkundigte sich Bridget. »Milch?« Es dauerte einen Augenblick, bis Christy bemerkte, dass ihre Cousine sie fragte, wie sie ihren Tee trank.

»Nur Milch, bitte«, antwortete sie und betrachtete Bridget, als diese sich in dem anderen Schaukelstuhl niederließ. Leise klirrte der Löffel in der Tasse, als Bridget Zucker in ihren Tee rührte. Sie presste die Lippen zusammen, schien etwas sagen zu wollen, sich dann aber anders zu besinnen.

»Du hast meinen Brief erhalten?«, fragte Christy aufs Geratewohl. »In dem ich dir anbot, Megans und meinen Anteil am Besitz zu kaufen?« Sie trank einen Schluck, um Zeit zu gewinnen. »Es war ein Fehler, dieses Angebot zu machen, doch ich war verzweifelt. Es tut mir Leid ...«

Bridget nickte. »Ich verstehe«, entgegnete sie. »Trotzdem bin ich bereit, einen guten Preis dafür zu bezahlen, falls du das Land noch immer verkaufen möchtest.«

Christy stellte die Tasse auf dem kleinen Tisch ab, der zwischen den Schaukelstühlen stand. Es ärgerte sie, dass Bridget nicht nur Trace, Noah und das ungeborene Baby hatte, sondern auch noch ein so schönes Haus besaß. Während sie sprach, war ihr bereits bewusst, dass sie ungerecht gegen ihre Cousine war, konnte sich jedoch nicht zurückhalten. Sobald es um Bridget ging, schienen die Dinge überaus schwierig und verworren zu sein. »Genügen dir denn die zwölfhundertfünfzig Morgen nicht, die du bereits besitzt?«

Bridget richtete sich auf. In ihren blauen Augen funkelte Zorn. »Es geht nicht darum, was mir genügt«, erwiderte sie. »Ferner gehört Trace und mir nur die Hälfte des Besitzes, da Skye die andere Hälfte geerbt hat. Ich nahm lediglich an, dass du ...«

»Ich sagte doch, dass ich meine Meinung geändert habe!« Heftig schob Christy den Stuhl zurück und stand auf.

Als flehte sie innerlich um Geduld, schloss Bridget kurz die Augen. »Christy, bitte, hör mich doch an.«

Die Cousine begann, vor dem riesigen Kamin auf und ab zu gehen, die Arme fest um ihren Körper geschlungen. »Du sollst es besser gleich erfahren. Ich will das Land – meinen Anteil daran jedenfalls – als Mitgift verwenden.«

Vor Erstaunen blieb Bridget förmlich der Mund offen stehen. »Als *Mitgift*?«

»Ja«, antwortete Christy. »Selbst wohlhabende Männer erwarten eine solche von ihrer Braut. Offenbar scheinen sie Grundbesitz in diesen unsicheren Zeiten dabei sogar lieber zu sehen als Gold oder Papiergeld.« Sie blieb stehen und begegnete Bridgets verblüfftem Blick. »Ich habe die Absicht, einen reichen Mann zu heiraten, um Megans und meine Zukunft zu sichern.« Sie warf ihrer Cousine die Worte gleichsam als Fehdehandschuh hin. »Den reichsten Mann der Stadt. Wer kommt da infrage, Bridget?«

Diese antwortete nicht gleich, sondern biss zunächst die Zähne zusammen, um ihr geradezu legendäres Temperament im Zaum zu halten. »Wenn du das Land behalten möchtest, ist das dein gutes Recht. Doch nur ein ausgemachter Narr heiratet um des Geldes willen. Ich habe schon so manches von dir gedacht, Christy McQuarry, doch für eine Närrin hatte ich dich bislang nicht gehalten.«

Christy spürte, wie ihr das Blut in die Wangen schoss. »Ich bin nicht wie du, Bridget. Fortuna hält nicht ständig ihr Füllhorn bereit, um mich mit Glück zu überschütten. Ich muss um die Dinge kämpfen, die ich haben will.«

Der Ärger in Bridgets Zügen wich einem kummervollen Ausdruck. »Christy«, meinte sie leise, »es muss schwer gewesen sein, England zu verlassen und ...«

»Oh, von mir aus kann England im Meer versinken«, zischte Christy wütend. »Wir waren dort sehr unglücklich, von unserer Mutter getrennt und vergessen. Man hat uns wie arme, entfernte Verwandte behandelt, wie Bettler gar.«

»Christy«, wiederholte Bridget traurig, »o Christy.«

»Nicht!«, rief diese, bevor ihre Cousine fortfahren konnte. Sie konnte Bridgets Besorgnis und ihr Mitleid nicht ertragen. Schon viel zu viel von ihrem Stolz hatte sie hinunterschlucken müssen. »Du warst immer vom Glück begünstigt. Großvater hat dich uns allen vorgezogen. Und Mitch tat dasselbe. Und … Trace.«

»Großvater liebte dich«, beharrte Bridget. »Es brach ihm das Herz, dich und Megan zu verlieren. Er hat es Jenny nie verziehen, dass sie euch mitnahm. Und Onkel Eli nahm er übel, dass er es nicht verhindert hat.«

Christy antwortete nicht, da ihr der Schmerz die Kehle zuzuschnüren schien. Sie hatte niemals an der Liebe ihres Großvaters gezweifelt, wohl aber an der ihrer Mutter und der Eli McQuarrys, ihres wilden, verantwortungslosen Vaters. Es machte ihr auch nichts aus, in einer Welt, die ihr keinerlei Zugeständnisse machen würde, ihres eigenen Glückes Schmied sein zu müssen. Sie verfügte über den Mut, die Kraft, die Klugheit und, ja, auch über die nötige Schönheit, um ihr Ziel zu erreichen – und nichts und niemand würde sie davon abbringen.

»Christy«, sagte Bridget einmal mehr, als diese ohne ein weiteres Wort zur Tür ging.

Doch die Cousine blieb nicht stehen und blickte auch nicht zurück.

Für Zachary war Primrose Creek nichts weiter als ein Trampelpfad mit einigen Ausbuchtungen, doch immerhin verfügte die Stadt über ein Gefängnis und vier Saloons. Vermutlich sagte es etwas über den Ort aus, dass es zwar ein Kittchen und etliche Schankstuben gab, jedoch weder ein Schulhaus noch eine anständige Kirche. Die Methodisten und Baptisten hielten ihre Gottesdienste in geliehenen Zelten ab, doch so mancher Sturm und Regen hatte sie Zuflucht im *Silver Spike*, *Golden Garter*, *Rip-Snorter* oder bei Diamond Lil suchen lassen.

Um der Wahrheit die Ehre zu geben, hatten Zachary diese Zustände nie gekümmert. Trotz seiner christlichen Erziehung war er kein religiöser Mensch, allerdings auch nicht besonders versessen auf Schnaps. Daher war er bislang weder regelmäßiger Gast der Kirchen noch der Saloons gewesen. Marshal Shaw verfügte über ein recht ausgeglichenes Temperament und war ein genügsamer Mensch. Er verstand sich auf Pferde und bemühte sich stets, seine Nase nicht in die Angelegenheiten anderer Leute zu stecken. Überdies schien an dem Tag, als Jessie in seinen Armen gestorben war, ein Teil seiner Seele erfroren zu sein. Seitdem hatte er nie wieder daran gedacht, zu heiraten und eine Familie zu gründen.

Doch etwas hatte sich verändert, so viel stand fest, obwohl Zachary es nur zu gern geleugnet hätte. Die Mauern, die er um sein Herz errichtet hatte, schienen plötzlich Risse bekommen zu haben.

Er fröstelte – das Frühlingswetter in der Sierra hatte seine Tücken –, öffnete die Ofenklappe und legte ein Holzscheit nach. Einige Tage zuvor war er nach Fort Grant gekommen, um seine Pflicht als Marshal zu erfüllen und einige Frauen sicher in die Stadt zu geleiten. Doch der Mann, der nun wieder in Primrose Creek angekommen war, hatte kaum noch etwas mit dem gemein, der die Stadt so kurz zuvor verlassen hatte. Und was mochte diesen Aufruhr in seinem Innern verursacht haben? Nun, ein Blick auf Miss Christy McQuarry hatte genügt.

Zachary war schon vielen hübschen Mädchen begegnet, selbst hier draußen in der Wildnis, doch Christy – Miss McQuarry – war mehr als hübsch. Sie war bildschön. Ihr Anblick – das glänzende dunkle Haar, die grauen Augen, die zarte Haut und schlanken weiblichen Formen – hatte ihn mit der Wucht eines Fausthiebs getroffen, von dem er sich noch immer nicht erholt zu haben schien. Herr im Himmel, er hatte es sogar genossen, sich mit ihr zu streiten.

Nachdenklich rieb sich Zachary das Kinn, spürte die Bartstoppeln und blinzelte in den gesprungenen Rasierspiegel, der neben dem Fenster hing. Eigentlich sah er kaum verändert aus, kam jedoch in letzter Zeit auf einigermaßen sonderbare Gedanken. Plötzlich verspürte er Lust zu tanzen, doch keinesfalls mit einer der Damen, die im *Golden Garter* ihren Geschäften nachgingen. Nein, er suchte nur nach einer Ausrede, damit er die Arme um Christy McQuarry legen konnte, so viel stand fest. Musik war nicht zwingend erforderlich. Außerdem ertappte er sich jedoch auch bei der Überlegung, wie es wohl sein mochte, in einem gemütlichen Haus zu wohnen, mit einer liebevollen Ehefrau und einem halben Dutzend Kinder, wie seine Eltern es einst getan hatten.

Zachary rief sich ins Gedächtnis, dass er nicht mehr als zwanzig Dollar im Monat verdiente, und das auch nur, wenn sich der Stadtrat sein Gehalt leisten konnte. Häufig genug konnte er es nicht. Zachary legte sich den Handrücken an die Stirn und lächelte sein Spiegelbild ein wenig spöttisch an. Kein Fieber.

Jedenfalls nicht in seinem Kopf.

Christy nahm allen Mut zusammen und betrachtete die baufällige Hütte. Laut Traces Auskünften handelte es sich um eine ehemalige Behausung der Paiute-Indianer. Das Dach bestand aus undichten Tierhäuten, die mehr von Wunschdenken als von Lederriemen zusammengehalten wurden. Trace und Bridget hatten die Hütte bei schlechtem Wetter als Pferdestall benutzt und auch selbst darin gewohnt, während sie ihr Haus gebaut hatten. Doch auch dieses Wissen tröstete Christy nur wenig.

»Du musst den Verstand verloren haben!«, rief Caney und stemmte entrüstet die Hände in die Hüften. »Miss Bridget und

Mister Trace haben dieses große, schöne Haus am anderen Ufer, und du willst *hier* wohnen?«

Christy drehte sich zu der Frau um, die sie als ihre einzige wahre Freundin betrachtete, auch wenn Caney sie manchmal zur Weißglut trieb. »Bitte, du kannst von mir aus gern bei Bridget wohnen, wenn du willst«, erklärte sie mühsam beherrscht.

»Das sollte ich wirklich tun. Wenigstens gibt es drüben im Haus richtige Betten. Es hat Fenster und ein Dach, durch das man nicht den Sternenhimmel sehen kann.«

Energisch begann Christy, die von Steinen begrenzte Feuerstelle in der Mitte der Hütte zu fegen. Sie hatte sich aus Zweigen und dünnen Ästen notdürftig einen Reisigbesen gebunden und strapazierte ihn sehr. »Das ist in Ordnung. Schließlich bist du nicht mehr die Jüngste und brauchst etwas mehr Bequemlichkeit. Außerdem scheint das Winterquartier in Fort Grant dich ein wenig verweichlicht zu haben.«

Caney schluckte den Köder wie eine Forelle, die nach der Fliege eines Anglers schnappt. Christy, die ihr wieder den Rücken zugekehrt hatte, lächelte schelmisch. »Was soll das heißen? Ich bin erst zweiundvierzig Jahre alt und kann mehr Arbeit leisten als zwei kräftige Kerle. Habe schließlich dich und Megan den langen Weg bis hierher gebracht, oder etwa nicht?«

»Allerdings«, meinte Christy, bemüht, ihr Lächeln zu verbergen.

»Und du glaubst, ich hätte nicht genug Schneid, um in dieser Hütte zu übernachten? Ich habe mein müdes Haupt schon an viel schlimmeren Orten zur Ruhe gebettet.«

Christy fegte lächelnd weiter und schwieg.

»Verdammt noch mal«, brummte Caney missmutig, »du weißt ganz genau, dass Miss Megan auch hier übernachten wird, loyale Schwester, die sie ist. Damit habe ich doch gar keine andere Wahl. Würde ohnehin kein Auge zutun, wenn ich an die Wölfe und Banditen und Indianer denke, die euch überfallen könnten. Nach allem, was ich durchgemacht habe, um euch heil und ganz nach Nevada zu bekommen …«

Allmählich bekam Christy ein schlechtes Gewissen. Sie hatte sich einst geschworen, niemals wie ihre Mutter zu handeln, die andere Menschen nur benutzt und schamlos deren Schwächen ausgespielt hatte, um Vorteile zu erlangen, und nun ertappte sie sich dabei, eben diese Taktiken anzuwenden. »Es tut mir Leid«, versicherte sie, wandte sich um und sah Caney offen an. »Ich hätte das nicht sagen dürfen. Eigentlich wollte ich dich nur beeinflussen …«

Caney lachte laut auf. »Was du nicht sagst«, erwiderte sie, und ihre schwarzen Augen funkelten belustigt. »Nun, junge Dame, wie du mir, so ich dir.«

Mit gespielter Entrüstung schlug Christy mit dem selbst gemachten Besen nach der Freundin. »Also hast du mich nur auf den Arm genommen?«

»Aber sicher«, gab Caney lächelnd zu. »Wenn du dich entschlossen hast, hier zu bleiben, dann werde ich es auch tun.« Sie blickte zu dem durchhängenden Dach aus Tierhäuten auf. »Aber wenn wir hier wohnen wollen, sollten wir uns wohl besser Bretter und Teerpappe besorgen, wenn wir können. Ist noch etwas von dem Geld übrig? Wie viel hast du denn in Richmond für die Uhr und die Kette deiner Mutter bekommen?«

Christy ließ sich auf einen Heuballen sinken und seufzte. »Es hat jeden Penny verschlungen, die Maultiere und Reiseproviant zu kaufen und uns dem Siedlertreck anzuschließen. Ich werde morgen versuchen, Mutters Kamee in der Stadt zu verkaufen. Es muss doch irgendeinen Minenarbeiter geben, der ein Geschenk für eine Dame braucht.« Christy war den Tränen nahe, als sie daran dachte, dass einmal mehr ein Fremder in den Besitz eines der Erbstücke ihrer Mutter gelangen würde. Bei allen Differenzen hatte Christy ihre Mutter sehr geliebt. Trotz des Verlusts der Familie und der schmerzlichen Entbehrungen, der freudlosen Tage in St. Martha's und der weitaus schlimmeren Besuche auf Fieldcrest hatte sie ihre Mutter geliebt.

Caney legte ihre schmale, aber kräftige Hand auf Christys Schulter. »Du hättest ein viel leichteres Leben ohne diesen vermaledeiten McQuarry-Stolz«, bemerkte sie leise. »Nun lass uns etwas Feuerholz sammeln und die Truhen aus dem Planwagen holen. Heute Abend können wir uns aus dem Heu hier weiche Betten bauen. Viel besser, als unter dem Wagen zu schlafen, wie wir es auf der Reise getan haben.«

Christy legte ihre Hand auf Caneys. »Was ist nur mit mir, Caney?«, flüsterte sie. »Warum kann ich es nicht über mich bringen, einen Gefallen von Bridget oder anderen Leuten anzunehmen, nicht einmal für etwas so Einfaches wie ein Dach über dem Kopf?«

»Hab ich dir schon erklärt«, antwortete die Freundin. »Es liegt an deinem Stolz. Den hast du von deinem Großvater geerbt – der alte Mister Gideon hatte weiß Gott genug davon. Ein solches Erbe kann ein wahrer Fluch sein, macht dich aber auch stark. Denn du kämpfst auch noch weiter, wenn alle anderen schon wimmernd am Boden liegen und aufgeben.«

Christy blinzelte einige Tränen fort, stand auf und fegte weiter. Danach trugen sie und Caney die Truhen in die Hütte und verteilten das Stroh auf dem Boden, um drei Betten daraus zu machen. Sie besaßen etliche Quilts, von Rebecca McQuarry genäht, und mehrere gestrickte Wolldecken. Caney hatte sie aus der Wäschekammer gerettet, bevor sie die Farm verlassen hatte. Die beiden Frauen breiteten sie nun auf dem Heu aus und machten Scherze über Prinzessinnen und Erbsen.

Als Megan in Skyes Begleitung zur Hütte zurückkehrte, ging

die Sonne bereits unter, und in der Mitte der Hütte brannte ein munteres Feuer. Die Maultiere weideten zusammen mit den Armeepferden hinter dem Haus, und Caney hatte einen Topf mit getrockneten Bohnen aufgesetzt, die noch von der Reise übrig geblieben waren.

Megan schien förmlich zu leuchten, und der Feuerschein spiegelte sich in ihrem rotgoldenen Haar wider. Skye und sie waren barfuß durch den Primrose Creek gewatet und trugen die Schuhe in der Hand. »Ich habe gebadet!«, rief Megan so stolz, als hätte sie noch nie zuvor ein Bad genommen. »Mit heißem Wasser und duftender Seife. Nicht einmal beeilen musste ich mich, damit das Wasser nicht kalt wird. Bridget hatte den Teekessel auf dem Feuer stehen und goss ständig heißes Wasser nach.«

Christy saß auf einem der übrig gebliebenen Heuballen, lächelte und beugte sich vor, um die Bohnen mit einem hölzernen Kochlöffel umzurühren. »Nun, eine elegante junge Dame wie du wird wohl kaum den Abend mit Caney und mir verbringen wollen. Wahrscheinlich möchtest du lieber bei Skye schlafen.«

Offensichtlich sehnte sich Megan nach dem Komfort, den Bridgets Haus bot. Schließlich hatte sie sich viele Monate lang, ohne zu murren, nur mit dem Notwendigsten begnügt. Andererseits wollte sie die geliebte Schwester nicht allein lassen. Gerührt beobachtete Christy den inneren Kampf, musste sich dann jedoch abwenden und die Tränen hinunterschlucken.

»Bridget schickt euch einen Apfelkuchen«, erklärte Skye so hastig, als fürchtete sie die Stille, und stellte einen zugedeckten Korb auf den Boden. »Bridget kann eigentlich nicht besonders gut backen, aber dieser Kuchen gelingt ihr immer.«

Christy nickte. »Richte ihr bitte aus, dass ich mich bedanke«, sagte sie ruhig zu Skye und wandte sich dann Megan zu. »Und du gehst jetzt mit deiner Cousine zurück ans andere Ufer. Ihr beide wart lange voneinander getrennt und habt einander bestimmt viel zu erzählen.«

Megan blickte skeptisch, aber auch hoffnungsvoll drein. »Bist du sicher, dass es dir nichts ausmacht?«, wollte sie leise wissen.

»Ich bin ja nicht allein hier, Megan«, erinnerte Christy sie sanft, »Caney wird mir Gesellschaft leisten.«

Nur ein kurzer Augenblick des Zögerns, dann küsste Megan ihre Schwester auf die Wange. »Ich komme gleich morgen früh zurück«, versprach das Mädchen ernsthaft. »Schließlich brauchst du Hilfe. Außerdem könnte ich uns vielleicht einige Fische zum Abendessen fangen.«

Christy strich der Schwester zärtlich über die Hand. Als Kinder waren Megan und Skye die besten Freundinnen gewesen. Sie würde nicht zulassen, dass die Freundschaft der beiden Mädchen von dem schwierigen Verhältnis zwischen Bridget und ihr beeinflusst wurde. »Das wäre großartig.«

Kurze Zeit später machten sich die beiden Mädchen wieder auf den Weg, und ihre fröhlichen Stimmen hallten noch lange durch die Dunkelheit.

»Es war richtig, Megan gehen zu lassen. Obwohl ich weiß, dass du dich immer um sie sorgst, sobald sie außer Sichtweite ist.« Caney nahm Christy den Löffel aus der Hand und füllte die Bohnen auf zwei Teller.

»Bei Trace und Bridget ist sie in Sicherheit«, gab Christy zurück. Jedenfalls weitaus sicherer als in einer alten Indianerhütte ohne Türen und Fenster, die über ein Dach verfügte, das den Namen wirklich nicht verdiente.

Die beiden Frauen aßen schweigend. Beide hatten gekochte Bohnen gründlich satt. Nach dem Essen bestand Caney darauf, die Teller zum Fluss zu tragen, um sie abzuwaschen. Als sie zurückkehrte, hatte Christy sich bereits ihr Nachthemd angezogen und die Nadeln aus ihrem taillenlangen Haar gelöst, das sie nun mit rhythmischen Strichen ausbürstete. Auch eine Kerosinlampe hatte sie angezündet und Bridgets Apfelkuchen in eine der leeren Truhen gestellt, in der Hoffnung, die Mäuse davon fern zu halten. Der Kuchen würde eine willkommene Abwechslung zum Frühstück darstellen.

Caney entkleidete sich im Halbdunkel und zog ihr Nachthemd an, eine mit Spitzen verzierte, gewagte Kreation aus rotem Taft. Es war ein Geschenk einer kranken Frau gewesen, die Christy und sie auf der Reise gepflegt hatten. Die Frau namens Lottie Benson war in Begleitung eines Mannes gereist, den sie als ihren Bruder vorgestellt hatte, und hatte sicher so manches Abenteuer erlebt. Doch Christy hatte es nicht gewagt, sie über ihre Vergangenheit auszufragen. Außerdem hatte es ihr Spaß gemacht, insgeheim die wildesten Vermutungen anzustellen.

»Schätze, du weißt, dass dieser gut aussehende Marshal ein Auge auf dich geworfen hat«, bemerkte Caney und streckte sich seufzend auf ihrer piksenden Schlafstatt aus.

Der Gedanke wärmte Christy auf eine Weise, wie es weder Taft noch Flanell vermocht hätten. Sie löschte das Licht und legte sich ebenfalls nieder. »Du siehst Gespenster.«

Caney stieß einen weiteren Seufzer der Behaglichkeit aus und antwortete leise: »Nun, wir werden es ja erleben.«

2

Christy erwachte schon früh am nächsten Morgen, während Caney noch leise schnarchend auf der anderen Seite der Feuerstelle schlummerte. Eilig zog sie sich an, suchte kurz das Wäldchen hinter der Hütte auf und ging dann zum Fluss hinunter, um sich zu waschen. Obwohl sie Rauch aus beiden Schornsteinen auf Bridgets Dach aufsteigen sah, waren ansonsten noch keine Zeichen zu erkennen, dass drüben schon jemand auf den Beinen war.

In die Hütte zurückgekehrt, bürstete Christy sich das Haar und steckte es locker auf. Dann holte sie das kleine Samttäschchen mit dem Schmuck ihrer Mutter aus dem Versteck im doppelten Boden einer der Truhen und schüttete den spärlichen Inhalt auf ihre Handfläche: die Kamee, die sie zu verkaufen gedachte, einen Ring mit Perlen und Diamanten, ein Paar Saphirohrringe und ein Granatkollier.

Ein Schluchzen stieg in Christys Kehle auf, doch sie gab keinen Laut von sich. Dennoch hallte der stumme Aufschrei in ihrer Seele wider und fand dort seinen Platz bei all ihren Träumen, Wünschen und Kümmernissen.

Kurz schloss sie die Hand um die Schmuckstücke. Eigentlich waren es nur Gegenstände, deretwegen sie nicht sentimental werden durfte.

Energisch legte Christy die Juwelen zurück in die Tasche und behielt nur die Kamee zurück. Nachdem sie den Schmuck wieder in das Versteck zurückgelegt hatte, ließ sie die Brosche in ihre Rocktasche gleiten und setzte Wasser für den Morgenkaffee auf.

Caney erwachte und streckte sich. »Nun, ein schöner neuer Tag ist angebrochen, und durch die Gnade Gottes bin ich hier, um ihn zu sehen und meine Füße auf die Erde zu stellen.«

Christy lächelte. Wann immer sie nahe daran war, am Schicksal zu verzweifeln, das ihr diese missliche Lage beschert hatte, machte Caney ihr Mut und brachte sie zum Lachen. Es gab weiß Gott genügend Frauen auf der Welt, die unter weit schlimmeren Umständen ihr Dasein fristen mussten und weder Freunde noch Juwelen noch ein Stück Land besaßen. Die Bordelle des Westens waren oft die letzte Zuflucht dieser Unglücklichen, und allein dieser Gedanke genügte, um Christy Albträume zu verursachen. »Ich habe in der Stadt etwas zu erledigen«, erklärte sie und holte Bridgets Kuchen aus der Truhe. »Da kann ich mich dann auch gleich nach Holz und Teerpappe umsehen.«

Caney setzte sich auf. Ihr rotes Taftnachthemd sah ein wenig zerknittert aus. »Ich werde dich begleiten«, sagte sie.

Kopfschüttelnd wandte Christy den Blick ab. Es war schon schlimm genug, dass sie in der Stadt förmlich um die Dinge betteln musste, die sie zum Überleben brauchten. Den Gedanken, dass Caney oder irgendjemand sonst ihr dabei zusah, vermochte Christy kaum zu ertragen. »Nein, bleib ruhig hier. Es gibt reichlich Arbeit, und außerdem muss ich diese Angelegenheit allein regeln.«

Caney wusste um Christys Stolz und nickte bedächtig. »Nun gut«, meinte sie zögernd und holte eine kleine Derringer-Pistole aus ihrer alten ramponierten Reisetasche. Gideon McQuarry hatte ihr die Waffe seinerzeit geschenkt, damit sie sich schützen konnte, wenn sie einmal die Farm verlassen musste. »Nimm sie mit, für alle Fälle.«

Mit größerer Selbstverständlichkeit, als sie es für möglich gehalten hätte, nahm Christy die Waffe an sich und steckte sie ebenfalls in die Rocktasche. Nie zuvor hatte sie eine Pistole abgefeuert und hoffte inständig, auch an diesem Tag nicht in die Verlegenheit zu geraten. Doch die Zeiten waren unsicher, und eine Frau ohne Begleitung konnte schnell in Gefahr geraten.

»Willst du zu Fuß in die Stadt gehen?«, wollte Caney wissen. »Ich könnte dir im Handumdrehen eines der Armeepferde satteln.« Sie kramte in einer der Truhen und förderte ein abgetragenes gelbes Kattunkleid zu Tage. »Falls du von lichtscheuem Gesindel oder einer Indianerhorde überrascht wirst, kannst du zu Pferde wenigstens die Flucht ergreifen.«

»Der Marshal meinte, Primrose Creek läge nur zwei Meilen entfernt. Die Strecke ist kaum der Rede wert. Außerdem möchte ich mir ohnehin ein wenig Bewegung verschaffen.«

Caney gab es auf, schien aber keineswegs glücklich darüber zu sein. »Nun, sieh zu, dass du mittags wieder zurück bist, mein Mädchen, sonst komme ich dich holen. Hast du mich verstanden?«

»Ganz genau«, antwortete Christy lachend. Nach einer Tasse Kaffee und einem Stück von Bridgets mehr als gelungenem Apfelkuchen brach Christy auf und folgte dem holprigen Pfad, der nach Primrose Creek führte.

Das Land zwischen dem Besitz der McQuarrys und der Stadt bestand überwiegend aus Wäldern, die jedoch immer wieder von Lichtungen unterbrochen wurden. Christy hielt sich kerzengerade, den Kopf hoch erhoben, und schwang energisch die Arme, um so abschreckend wie möglich auf Bären oder Berglöwen zu wirken, die sie sonst womöglich für eine leichte Beute halten würden. Im Geiste sah sie Wegelagerer oder feindliche Indianer hinter jedem Strauch und Stein, erreichte die Stadt jedoch nach einer Dreiviertelstunde unbehelligt und blieb am Ende der Hauptstraße stehen, um den Anblick von Primrose Creek in sich aufzunehmen.

Überall standen große Zelte, und der ohrenbetäubende Lärm dampfbetriebener Kreissägen ließ ihre Trommelfelle beben. Sie zählte vier Saloons und einige Läden, konnte jedoch weder eine Kirche noch ein Schulhaus entdecken.

Die Straße war nicht befestigt, doch hatte man sich hier zumindest die Mühe gemacht, die Schlaglöcher mit Sägespänen und kleinen Steinen aufzufüllen. Dennoch würde Christy sich vorsehen müssen, wollte sie nicht mit dem Saum in eine Schlammpfütze geraten oder in einen Haufen Pferdeäpfel treten. Mit entschlossen vorgeschobenem Kinn ging sie auf den *General Store* zu, ein zweistöckiges Gebäude mit einer falschen Fassade und deutlichem Schlag zur linken Seite. Die Bretterwände waren mit einer Mischung aus Lehm und Gips verfugt, und vor der Tür lag ein riesiger, unglaublich hässlicher schwarzer Hund.

Christy blieb zögernd am Rand des mit Bohlen ausgelegten Bürgersteigs stehen und betrachtete das Tier.

»Er dient nur zur Täuschung«, ertönte eine bekannte Stimme hinter ihr. Marshal Zachary Shaw, wie sie bereits wusste, bevor sie sich noch zu ihm umgedreht hatte. »Der alte Rufus ist zahnlos und lammfromm.«

Christy bemühte sich, ein höfliches Gesicht zu machen. »Guten Morgen, Marshal«, grüßte sie und bemerkte, dass er frisch rasiert war und saubere Kleidung trug. Der Stern funkelte auf dem abgeschabten Leder seiner Weste. Sie warf einen Blick auf den Hund, der noch immer vor der Tür döste. Sie hätte wissen sollen, dass er harmlos war, hatte er sich doch nicht einmal die Mühe gemacht, sie anzubellen. »Wie beruhigend zu wissen, dass Sie da sind, um uns vor allem Übel zu bewahren.«

Angesichts dieser sanften Stichelei lächelte Zachary nur und hakte die Daumen in seinen Revolvergürtel. Welch ein Pech, dass er so gut aussah, und welch Unglück, dass Christy sich so unwiderstehlich zu ihm hingezogen fühlte. »Sie können sich auf mich verlassen, Ma'am.«

Christy erinnerte sich wieder der Brosche in ihrer Tasche und der unangenehmen Aufgabe, die sie zu erledigen hatte. Langes Zaudern würde die Sache nur verschlimmern. »Wenn Sie mich jetzt entschuldigen würden ...«

Als Christy sich umdrehte, um den Laden zu betreten, in Gedanken bereits bei dem Gespräch mit dem Händler, stieß sie mit einem wahren Baum von einem Mann zusammen. Als sie aufblickte, sah Christy ein freundliches Gesicht, einen braunen Lockenschopf und zwei besorgt dreinblickende haselnussbraune Augen. Mit seinen großen Händen umfasste der Fremde ihre Schultern, um ihr Halt zu geben.

»Ist alles in Ordnung?«, fragte er. »Haben Sie sich verletzt?«

Christy schwieg, noch immer ein wenig verblüfft.

»Ich glaube kaum, dass sie von eurer Begegnung Narben davontragen wird, Jake«, warf Mr. Shaw ein. Er hatte ebenfalls den Bürgersteig aus Brettern betreten, und zu ihrem großen Erstaunen war Christy sich seiner Anwesenheit viel deutlicher bewusst als der körperlichen Nähe zu dem Mann, den der Marshal Jake genannt hatte. »Christy McQuarry, darf ich Ihnen Jake Vigil vorstellen, den Besitzer der Sägemühle? Jake, dies ist Miss McQuarry.«

»Mr. Vigil«, sagte Christy mit einem schüchternen Kopfnicken.

Diesem fiel endlich auf, dass er noch immer die Schultern der jungen Dame umfasst hielt, und er ließ sofort die Hände sinken. Mr. Vigil war von Kopf bis Fuß in Wildleder gekleidet, wie Christy feststellte, und wirke so stämmig wie ein Bär. »Miss McQuarry«, erwiderte er höflich und schluckte schwer.

»Jake ist der ansässige Holzbaron«, bemerkte Zachary leichthin.

Mr. Vigil schüttelte den Kopf und errötete. Christy empfand es als überaus liebenswert, dass ein so kräftiger Mann derart bescheiden, ja sogar schüchtern sein konnte. »Schätze, ich werde in der Mühle gebraucht«, murmelte er und hob vor lauter Verwirrung die Hand zum Gruß an einen nicht vorhandenen Hut. Mit noch immer vor Verlegenheit brennenden Wangen trat er den Rückzug an und stolperte dabei beinahe über den Hund, der sich in den Schatten der Pferdetränke vor dem *General Store* zurückgezogen hatte.

Zachary verfolgte den Weg seines Freundes mit einem Ausdruck mitfühlender Belustigung in den Augen. Er selbst schien sich dagegen überaus wohl zu fühlen, wie er da an dem Holzpfosten lehnte, der das kleine Vordach des Ladens stützte. »Armer Jake«, meinte er, »in der Gesellschaft einer schönen Frau möchte er immer am liebsten im Erdboden versinken.«

Christy senkte den Kopf, um zu verbergen, dass dieses Kompliment nun wiederum sie erröten ließ, und schalt sich dafür, Mr. Shaws jungenhaftem Charme so sehr zu erliegen. »Anders als so mancher andere Mann«, erwiderte sie, »dem jederzeit eine schmeichlerische Bemerkung auf der Zunge zu liegen scheint.«

Zachary grinste unbeirrt. »Jake ist ein reicher Mann. Sehen Sie das große Haus gegenüber der Mühle? Dort wohnt er. Ganz allein.«

Christys Herzschlag beschleunigte sich, doch gleichzeitig plagte sie ein ungutes Gefühl. Hatte sie ihre Pläne Zachary Shaw gegenüber erwähnt? Nein, keinesfalls, das hätte sie schwören können.

»Tatsächlich?«, fragte sie gespielt gleichgültig. »Und was sollte mich wohl Mr. Vigils finanzielle Lage kümmern?«

Der Marshal beugte sich vor und antwortete in einem verschwörerischen Flüsterton, der nur dazu gedacht war, Christy zu ärgern. »Es war nur so ein Gedanke.« Die Frechheit dieses Mannes schien keine Grenzen zu kennen. »Selbst eine unscheinbare Dame kann hier eine recht gute Partie machen. Doch eine Frau, die so schön ist wie Sie, dürfte förmlich ihren Preis diktieren.«

Christy war sich nicht sicher, ob er ihr soeben ein Kompliment gezollt oder sie beleidigt hatte – ein wenig von beidem vermutlich. Sie war so verärgert, dass sie all ihre Willenskraft aufbieten musste, um ihm nicht an Ort und Stelle eine Standpauke zu halten, die er nie vergessen würde. »Ich hoffe, Mr. Shaw, dass Sie damit nicht andeuten wollen, dass …«

Zachary zog sich den Hut in die Stirn, sodass seine Augen im Schatten der Krempe lagen. »Ich will überhaupt nichts andeuten, sondern es freiheraus sagen. Sie könnten jeden Mann in dieser Stadt haben, und Jake Vigil wäre wohl ein geeigneter Kandidat für Ihre Zwecke. Er besitzt Geld und ein großes Haus, und Sie hätten von ihm wohl kaum je Widerworte zu erwarten.« Damit löste sich der Marshal von Primrose Creek von dem Stützpfeiler und ging davon. Christy blickte ihm zornig nach.

»Kann ich Ihnen helfen, Miss?«

Christy drehte sich um und erblickte an der Ladentür einen Mann, der mindestens Jake Vigils Statur besaß. Offensichtlich handelte es sich um den Besitzer, denn er trug eine weiße Schürze und wirkte überaus verbindlich.

»Ich bin Gus«, stellte er sich vor.

Christy hatte sich inzwischen beruhigt und erinnerte sich wieder an den Grund ihres Besuchs in Primrose Creek. Sie nannte ihren Namen und folgte Gus, der sie einlud, sein Geschäft zu betreten. Das Innere des Ladens war zwar einfach, jedoch sauber und mit einer ansehnlichen Auswahl an Waren versehen. Der Duft von Kaffeebohnen, Holzrauch und neuem Leder stieg Christy in die Nase, und sie schnupperte genießerisch.

Es wäre allerdings nicht recht gewesen, so zu tun, als könnte sie irgendwelche Einkäufe tätigen, also ging Christy geradewegs auf den Tresen zu, der aus mehreren Brettern bestand, die auf zwei riesigen Fässern ruhten. Sie holte die Kamee hervor und legte sie Gus ohne Umschweife vor.

»Ich bin in finanziellen Schwierigkeiten, Mr. ... Gus«, begann sie tapfer und um eine unerschrockene Haltung bemüht. »Ich hatte gehofft, Sie würden möglicherweise diese Brosche für mich verkaufen können.« Letztlich brachte sie es doch nicht über sich, diesen freundlichen Mann darum zu bitten, ihr die Brosche abzukaufen.

Gus betrachtete das Schmuckstück eingehend. »Ein schönes Stück, nicht wahr?«

»Ja«, stimmte Christy ihm leise zu.

»Die Goldgräber und Holzfäller fragen immer wieder nach hübschen Geschenken für die Damen. Ich könnte die Brosche aber auch meiner Schwester Bertha schenken, damit sie wieder einmal lächelt.«

Tränen brannten in Christys Augen. Ihre Mutter hatte die Brosche immer in Ehren gehalten, da sie ein Geschenk von Christys und Megans Vater am Tage der Hochzeit gewesen war. Jenny McQuarry hatte die Kamee oft getragen, und viele, viele Erinnerungen hingen daran. »Sie ist sehr alt und wertvoll.«

Gus betrachtete das Schmuckstück eine Weile und schlug dann plötzlich mit seiner riesigen Pranke so heftig auf den Ladentisch, dass Christy erschrocken zusammenzuckte. »Ich kaufe sie!«, rief er. »Fünfzig Dollar!«

Fünfzig Dollar! Christy erschien diese Summe wie ein Vermögen, zumindest war es genug, um das Dach der Hütte neu zu decken und vielleicht eine richtige Tür anzuschaffen. »Da … Danke«, flüsterte sie und errötete. Trotz der beinahe überwältigenden Erleichterung hatte sie doch auch das Gefühl, mit der Kamee ein Stück ihrer Seele verkauft zu haben.

Gus ließ die Brosche in seine Schürzentasche gleiten und zählte Christy sorgfältig den vereinbarten Betrag in Gold- und Silbermünzen vor. Sie dankte ihm noch einmal, nahm ihr kleines Vermögen an sich und verließ schnell das Geschäft, damit Gus es sich nicht noch einmal anders überlegen konnte.

»Miss?«, rief er ihr nach, als sie gerade die Ladentür erreicht hatte.

Christy drehte sich vor Schreck förmlich der Magen um. Sie musste all ihre Willenskraft aufbieten, um sich umzudrehen und den freundlichen Kaufmann anzublicken, statt einfach wie eine Diebin die Flucht zu ergreifen. »Ja?«

»Wenn Sie die Brosche zurückhaben möchten, kommen Sie zu Gus. Ich werde das schöne Stück für Sie aufheben.«

»Aber Ihre Schwester …«

Er zuckte die breiten Schultern. »Bertha ist eine einfache Frau, ihr gefallen einfache Dinge am besten.«

Christy verschlug es die Sprache. Schon lange war sie keinem so großzügigen Menschen mehr begegnet. Daher nickte sie nur schnell und eilte hinaus, um nicht in Tränen auszubrechen. Der schwarze Hund saß an der Türschwelle und jaulte kummervoll auf, als sie an ihm vorbeiging.

Fünf Minuten später stand Christy staunend vor Jake Vigils Haus. Das weiße, holzverkleidete Gebäude war doppelt so groß wie das Farmhaus in Virginia und hatte Giebelfenster mit blauen Fensterläden. Eine Veranda zog sich um das ganze Haus herum wie das Außendeck eines Raddampfers auf dem Mississippi. Ein weiß gestrichener Zaun begrenzte den Garten, und zu beiden Seiten der Steintreppe waren Rosenbüsche gepflanzt worden.

Christy wagte es nicht, das Haus allzu lange zu betrachten, und ging eilig zur Mühle hinüber, um geschäftlich mit Mr. Vigil zu sprechen. Sie wollte Baumaterial für ein neues Dach kaufen, und nicht einmal Marshal Shaw hätte daran etwas auszusetzen haben können. Nicht dass sie ihn nach seiner Meinung fragen würde.

Jake Vigil begrüßte sie freudig überrascht. Hier, auf seinem eigenen Grundstück, im Büro seines florierenden Bauholzgeschäftes wirkte er gleich viel ruhiger. Er bot Christy einen Platz und eine Tasse Kaffee an, die sie höflich ablehnte.

»Ich möchte etwas bei Ihnen bestellen«, verkündete Christy. Sie hatte sich zwar nur schweren Herzens von der Brosche ihrer Mutter getrennt, dennoch verschaffte es ihr eine gewisse Befriedigung, das Ziel erreicht zu haben, das sie sich gesetzt hatte. »Ich brauche ein neues Dach und würde bei Ihnen gern Teerpappe kaufen, wenn Sie sie beschaffen können.«

Mr. Vigil saß auf der Kante seines großen Schreibtischs, auf dem ein heilloses Durcheinander herrschte, und sah Christy nachdenklich an. »Ein Dach?« Zweifellos hatte er den Namen McQuarry erkannt und glaubte, sie wohne bei Bridget und Trace.

»Für die alte Indianerhütte am Primrose Creek«, erklärte Christy und wand sich kaum merklich unter seinem prüfenden Blick.

»Die Indianerhütte?«

Christy unterdrückte ein Seufzen. Musste dieser Mann denn jedes ihrer Worte wiederholen? Möglicherweise war Mr. Vigil kein allzu heller Kopf. Doch das konnte nicht stimmen, denn schließlich hatte er allein dieses Imperium aufgebaut. »Meine Schwester Megan und ich sind Cousinen von Mrs. Qualtrough und ihrer Schwester Skye. Wir haben die Hälfte des Besitzes am Primrose Creek geerbt, genauer gesagt, die zwölfhundertfünfzig Morgen auf dieser Seite des Flusses. Da Trace und Bridget wahrhaftig schon genügend Hausbewohner zu versorgen haben, erschien es uns klüger, die alte Hütte herzurichten und dort zu wohnen, bis sich eine andere Lösung findet.« Bei ihren letzten Worten musste Christy rasch den Blick senken.

»Bei Zeus!«, rief Mr. Vigil in einem Tonfall, der vermutlich selbst den Olymp erschüttert hätte. »Sie können doch nicht in dieser ... Ruine leben!«

Christy beugte sich ein wenig vor. Sie klammerte sich an ihren Stolz wie eine Ertrinkende an ein Stück Treibholz. »Ich versichere Ihnen, Mr. Vigil, dass wir eben dies tun werden. Zumindest für den Augenblick.«

Verblüfft schüttelte er den Kopf. »Hol mich der Teufel«, murmelte er. »Was hat denn Trace zu diesen Plänen zu sagen?«

»Einiges, da bin ich mir sicher«, erwiderte Christy und stand so anmutig und würdevoll auf, wie sie es nur vermochte. »Doch er ist Bridgets Ehemann, nicht der meine. Ich bin ihm keinerlei Gehorsam schuldig. Also, Mr. Vigil, werden Sie mir das Baumaterial verkaufen, das ich benötige, oder nicht?«

Er brummte etwas Unverständliches, nickte dann jedoch. »Ich kann Ihnen die Bestellung morgen früh ausliefern lassen.«

»Danke«, erwiderte Christy knapp. Sie einigten sich auf einen Preis, der ihr immerhin noch etwas Geld übrig ließ, und verabschiedeten sich dann voneinander.

Wie sie es Caney versprochen hatte, kehrte Christy noch vor dem Mittag nach Hause zurück. Megan stand am Flussufer und angelte. Sie hielt eine erkleckliche Anzahl an Forellen hoch, als sie Christy sah. Ein üppiges Abendessen schien gesichert zu sein. Caney stand ein Stück weiter flussabwärts und schlug Wäsche gegen einen flachen Stein. Beide freuten sich sehr, Christy zu sehen, doch während Megan weiter angelte, wrang Caney den Unterrock aus, den sie gerade gewaschen hatte, breitete ihn über einem Busch aus und stieg die Uferböschung hinauf.

»Nun?«, fragte sie ohne Umschweife.

»Ich habe die Brosche für fünfzig Dollar verkauft«, flüsterte Christy. »Und morgen bekommen wir alles Notwendige, um das Dach zu reparieren.«

Caney musterte Christy prüfend und stemmte die Hände auf die Hüften. »Du scheinst mir noch nicht alles erzählt zu haben, junge Dame. Was verschweigst du mir?«

Christy atmete tief durch. »Heute bin ich dem Mann begegnet, den ich heiraten werde«, erklärte sie und bemühte sich nach Kräften um ein Lächeln.

Gegen acht Uhr am nächsten Morgen näherten sich zwei Planwagen der Hütte, beladen mit Holz und Teerpappe.

Christy, Caney und Megan bereiteten gerade den Boden vor, um einen Gemüsegarten anzulegen. Obwohl Trace ihnen einen Pflug geliehen und sogar eines seiner Zugpferde davor gespannt hatte, erwies sich die Arbeit als äußerst mühsam, und alle drei Frauen waren erhitzt und schmutzig.

Erschrocken stellte Christy fest, dass Marshal Shaw einen der Wagen lenkte. Er musterte sie von den Spitzen ihrer zerzausten Haare bis zum lehmbefleckten Saum ihres Kleides und lächelte. Auf dem Kutschbock des anderen Wagens saß ein großer, kräftiger Schwarzer, der vermutlich für Mr. Vigil arbeitete. Einige weitere Arbeiter folgten den Planwagen zu Pferd.

»Was wollen Sie denn hier?«, fragte Christy ungnädig und verscheuchte eine Fliege, die sie hartnäckig umschwirrte. Aus den Augenwinkeln sah sie, dass Caney und Megan einander bedeutungsvoll anblickten.

»Ich helfe aus, wo immer ich kann«, antwortete Shaw gelassen. »Dies ist Malcolm Hicks«, fügte er hinzu und deutete auf seinen schweigsamen Begleiter, der vom Wagen sprang, Christy stumm zunickte und ein Paar lederne Arbeitshandschuhe anzog. »Er ist der Vormann der Mühle, und ich dachte, er könnte vielleicht ein wenig Unterstützung beim Abladen brauchen. Die Reiter saßen ab und ließen die Pferde im Schatten grasen.

»Und warum schwingst du dich dann nicht vom Bock und hilfst mir?«, meinte Hicks grimmig, löste die Ladeklappe am hinteren Ende des Wagens und griff nach einem Stapel Bretter, »statt dazusitzen und Maulaffen feilzuhalten?«

Zachary lachte, zog die Bremse an und tat, wie ihm geheißen. »Kümmern Sie sich nicht um Malcolm«, flüsterte er Christy zu, als er kurz darauf mit drei schweren Brettern auf der Schulter an ihr vorbeiging. »Er ist kein besonders geselliger Mann.«

Sie schwieg. Um nichts auf der Welt wollte sie ihm die Genugtuung gönnen zu wissen, dass es ihm einmal mehr gelungen war, sie aus dem Gleichgewicht zu bringen.

»Glaubst du, er ist verheiratet?«, erkundigte sich Caney etwas später, als das Bauholz in ordentlichen Stapeln neben der Hütte aufgeschichtet war. Ein dritter Wagen war gekommen, beladen mit Werkzeug, Nägeln und anderen Kleinigkeiten, die die Männer nun unter der Aufsicht Malcolms und des Marshals abluden und verstauten.

»Meinst du Mr. Hicks?«, fragte Christy gedankenverloren und wischte sich mit einer zusammengefalteten Sonnenhaube über den Nacken. Sie war müde und verschwitzt und beinahe verzweifelt genug, um Bridget darum zu bitten, einmal ihre Badewanne benutzen zu dürfen.

»Natürlich spreche ich von Mr. Hicks«, antwortete Caney ungeduldig. »Schließlich werde ich wohl kaum ein Auge auf den Marshal geworfen haben. Ich wäre alt genug, um seine Mutter zu sein. Außerdem mag ich Männer, die dunkelhäutig und schweigsam sind.«

Christy seufzte. Mr. Hicks erfüllte zweifellos beide Voraussetzungen. Seit der Aufforderung an Zachary, beim Abladen der Wagen zu helfen, hatte er kein Wort mehr von sich gegeben und nicht einmal gelächelt. »Lieber Himmel«, wandte sie ein, »du kennst den Mann doch überhaupt nicht.«

Noch immer beobachtete Caney Mr. Hicks unverhohlen. »Ich weiß alles, was ich wissen muss – bis auf eines: ob er eine Frau zu Hause hat oder nicht. Und das werde ich jetzt gleich herausfinden.«

»Wie?«

»Ich gehe zu Bridget hinüber und frage sie«, erklärte Caney. Sie wischte sich die Hände am Rock ab, rückte den alten, breitkrempigen Hut zurecht, den sie trug, um sich vor der Sonne zu schützen, und marschierte auf das Haus der Qualtroughs zu.

Megan hatte wieder damit begonnen, Steine vom Boden des zukünftigen Gartens zu sammeln und sie auf den Haufen an der Südwand der Hütte zu legen. Skye und Noah waren herübergekommen und halfen ihr. Bei der Geschwindigkeit, mit der die drei arbeiteten, würden sie noch vor Sonnenuntergang genügend Steine gesammelt haben, um einen Kamin zu bauen, der mindestens so groß war wie der in Bridgets Haus, obwohl ihre Mundwerke keine Sekunde stillstanden.

Schon immer hatte Megan über ein außergewöhnlich scharfes Gehör verfügt und neigte trotz all ihrer guten Eigenschaften dazu, Gespräche anderer Leute zu belauschen. Sie richtete sich auf, stemmte die Hände in die Hüften und lächelte. »Wäre es nicht großartig«, fragte sie, »wenn sich unsere Caney einen Ehemann angeln würde?«

Christy atmete tief aus, sodass einige feine Haarsträhnen auf ihrer Stirn tanzten. Ohne zu antworten, nahm sie die Zügel des Arbeitspferdes und setzte den Pflug in Bewegung.

Bei Einbruch der Dunkelheit war Christy so schmutzig, dass sie befürchtete, ihre Haut würde nie wieder die ursprüngliche Farbe annehmen. Ihre Arme und Beine schmerzten, und auf den Handflächen hatten sich Blasen gebildet. Sie hatte das Abendessen kaum angerührt – Brathähnchen, die Bridget herübergeschickt hatte – und verspürte nur noch den Wunsch, den Kopf auf die Arme zu legen und zu schluchzen. Christy fühlte sich zu müde, um ein Bad zu nehmen, und zu unwohl, um darauf zu verzichten, konnte es jedoch nicht über sich bringen, Bridget um einen weiteren Gefallen zu bitten. Schlimm genug, dass die Cousine glaubte, ihren armen Verwandten Essen schicken zu müssen. Sicher saß sie dort drüben in ihrem warmen, gemütlichen Haus und schüttelte den Kopf. *Christy*, würde sie zu Trace sagen, *ist noch genauso dickköpfig wie früher*.

Trotz aller Müdigkeit konnte Christy den Gedanken nicht ertragen, in ihrem derzeitigen Zustand ins Bett zu gehen. Also nahm sie ihr Nachthemd, einen alten Mehlsack, der als Handtuch diente, und die Seife, die Skye Megan zur Begrüßung geschenkt hatte. Sie ging hinunter zum Fluss, fand eine von Bäumen geschützte Stelle und zog sich aus.

Das Wasser war eisig kalt, doch es betäubte den Schmerz in Christys Gliedern und kühlte die Insektenstiche. Sie wusch sich gründlich das Haar, obwohl sie wusste, dass es später kaum zu bändigen sein würde, und badete dann. Gerade als sie den Mut gefasst hatte, aus dem Wasser zu steigen und sich der kühlen Nachtluft auszusetzen, entdeckte sie den Lichtschein einer Laterne und hörte ein Rascheln im Gebüsch.

»Wer ist da?«, rief Christy. Sie bemühte sich um einen strengen Tonfall, der jedoch selbst in ihren eigenen Ohren wenig überzeugend klang.

»Schon gut«, antwortete Megan, kämpfte sich durch das Unterholz und ließ sich dankbar auf einen Stein am Ufer sinken. »Ich bin es nur. Willst du dir unbedingt eine Lungenentzündung holen? Der Fluss wird von der Schneeschmelze in den Bergen gespeist.« Sie warf Christy den Mehlsack zu und senkte den Blick, während die Schwester sich abtrocknete und das Nachthemd anzog.

Christy zitterte. »Es geht mir gut.«

Seufzend erwiderte Megan: »Das stimmt nicht. Du bist überarbeitet. Caney und ich sind der Meinung, dass du es ein wenig langsamer angehen lassen solltest. Ruh dich aus. Lies. Reite aus, wie du es früher getan hast. Christy, ich kann mich nicht daran erinnern, wann ich dich zuletzt habe lächeln sehen.«

Christy nickte erschöpft. »Ich werde all diese Dinge tun, wenn die Arbeit erledigt ist.«

Megan blickte sie eindringlich an, und selbst im schwachen Schein der Laterne konnte Christy sehen, dass ihre Augen funkelten. »Ich weiß genau, was du vorhast«, fuhr Megan fort, »und ich will nichts damit zu tun haben. Gewiss werde ich nicht mit ansehen, wie sich meine einzige Schwester meinetwegen zu Grunde richtet.«

»Wer sagt denn, dass es dabei um dich geht?«, wandte Christy ein wenig unsicher ein. Täuschungsmanöver machten nicht immer Eindruck auf Megan. »Ich möchte in einem schönen Haus leben und hübsche Kleider tragen ...«

»Und deshalb hast du ein Auge auf Jake Vigil geworfen?«

»Woher weißt du das?«

»Das spielt überhaupt keine Rolle. Doch wirf dein Leben nicht um meinetwillen weg, Christy. Ich würde es dir nie verzeihen.«

»Aber Megan, was wird dann aus all deinen Begabungen? Du sollst aufs College gehen, die Welt bereisen und ...«

»Bist du sicher, dass es sich dabei nicht um *deine* Träume handelt?«, unterbrach Megan sie. »Denn meine sind es ganz gewiss nicht.«

Verblüfft und gekränkt schwieg Christy.

Megan stand auf und wandte sich zum Gehen. »Ich werde heiraten und eine Familie gründen«, erklärte sie. »Das ist es, was ich möchte: einen Ehemann, ein Heim und Kinder.« Mit diesen Worten ging sie davon.

Christy zog sich langsam an und stieg dann selbst im Mondlicht den Hügel hinauf. Als sie die Hütte erreichte, die ihr Zuhause sein würde, bis Mr. Vigil sie zur Frau nahm, war Megan bereits zu Bett gegangen. Falls sie noch nicht fest schlief, gab sie es zumindest vor.

Caney saß am Feuer und trank eine letzte Tasse Kaffee. Sie wirkte nachdenklich.

»Mr. Malcolm Hicks war einmal verheiratet«, erzählte sie, ohne Christy anzusehen. »Der Name seiner Frau war Polly. Sie starb vor drei Jahren an der Schwindsucht.«

Christy nahm ihren Kamm und bemühte sich, die nassen Haarsträhnen zu entwirren. Sie war so müde, dass sie im Stehen hätte einschlafen können wie ein betagtes Pferd auf der Weide, und die Unterhaltung mit Megan am Flussufer hatte in ihrem Herzen einen schmerzlichen Widerhall hinterlassen. »Nun, du hast wirklich keine Zeit verschwendet, um herauszufinden, was du wissen wolltest.«

»Nein, das tue ich nie«, antwortete Caney und schob sich ein Stück Kautabak in den Mund. »Ich wollte Bridget fragen, aber sie fühlte sich nicht wohl. Das Mädchen bekommt übrigens Zwillinge, gleichgültig, was alle anderen denken. Also fragte ich Trace. Er meinte, dass Mr. Hicks in der Stadt großes Ansehen genießt.«

Geduldig kämmte Christy eine besonders widerspenstige

Strähne aus und verzog vor Schmerz das Gesicht. »Der Himmel steh uns bei«, neckte sie die Freundin.

Zachary machte seine übliche Runde durch die Stadt. Er nahm zwei betrunkene Cowboys fest, bevor sie eine Schießerei anzetteln konnten, und sperrte sie in den kleinen, fensterlosen Raum ein, der als einzige Gefängniszelle diente. Von der Schmach der Verhaftung gänzlich unbeeindruckt, begannen die beiden Trunkenbolde zu singen, und bald schon stimmten alle Hunde in Primrose Creek jaulend in den Gesang ein. Doch bei dem Lärm, der aus den Saloons drang, war die zusätzliche Geräuschkulisse kaum zu hören.

Der Marshal schenkte sich eine Tasse Kaffee ein, spielte mit dem Gedanken, einen Schuss Whiskey hineinzugeben, entschied sich jedoch dagegen. Nach einigen Drinks würde er vermutlich in den Chor seiner Gefangenen einstimmen.

Er stellte die Tasse auf den Schreibtisch und löste die Lederbänder, mit denen das Holster an seinem Oberschenkel befestigt war, nahm den Revolvergurt ab und hängte ihn an einen Haken in der Nähe seines Stuhls. Miss Nelly würde verärgert sein, wenn er nicht nach Hause käme, bevor sie die Lichter löschte und die Katze hinausließ. Sie hatte es gern, wenn all ihre Mieter nachts sicher in ihren Zimmern waren, doch Zachary wollte die singenden Cowboys nur ungern sich selbst überlassen. Zwar rechnete er keineswegs mit einem Ausbruchsversuch – beide waren zu betrunken, um auch nur an Flucht zu denken –, doch Primrose Creek war eine Stadt, die aus Leinwand und trockenem Holz bestand, und durch eine achtlos weggeworfene Zigarette konnte leicht ein Brand entstehen. Zachary durfte nicht riskieren, dass seine Logiergäste bei lebendigem Leibe geröstet wurden, also würde er in seinem Stuhl übernachten.

Nicht, dass er in den Nächten zuvor viel Schlaf bekommen hatte. Kaum ein Auge hatte er zugetan, seit ihm Miss Christy McQuarry begegnet war, und dieser Zustand schien sich einfach nicht bessern zu wollen. Im Stillen schalt Zachary sich einen Narren, weil er nach Wegen suchte, sie wiederzusehen. Schließlich hatte sie ihm bereits bedeutet, dass sie sich ein gänzlich anderes Leben wünschte als die bescheidene Existenz, die er ihr bieten konnte. Es wäre wesentlich klüger und sicherer gewesen, einige brennende Holzscheite aus dem Ofen zu holen und damit zu jonglieren, als Miss McQuarry weiterhin zu treffen.

Zachary blies die Laterne auf seinem Schreibtisch aus, lehnte sich in seinem Stuhl zurück und legte die Beine hoch. Einen erstaunlichen Anblick hatte sie am Morgen geboten, als Hicks und er das Bauholz geliefert hatten. Lächelnd verschränkte Zachary die Hände hinter dem Kopf. Ihre Frisur und ihr Kleid hatten ausgesehen, als hätte sie Feuer gefangen und wäre die Uferböschung hinuntergerollt, um es zu löschen. Für einige Augenblicke hatte es ihm tatsächlich den Atem verschlagen. Wahrscheinlich würde er noch immer auf diesem vermaledeiten Kutschbock sitzen und Miss McQuarry anstarren, wenn Malcolm den Bann nicht gebrochen hätte.

Seufzend schloss Zachary die Augen, als die Cowboys in neuerlichen Gesang ausbrachen. Es handelte sich um eine rührselige Weise über eine Mutter, die am Fenster saß und darauf wartete, dass ihr »lieber Junge« aus dem Krieg zurückkehrte. Die beiden Kerle sangen hoffnungslos falsch, aber wenigstens trafen die Hunde manchmal die richtigen Töne.

Sie wird Jake Vigil heiraten – wegen seiner Sägemühle und seines großen Hauses, dachte Zachary, doch es half nicht viel, obgleich er wusste, dass jedes Wort der Wahrheit entsprach. Er musste einen Weg finden, sich Christy McQuarry aus dem

Kopf zu schlagen, sonst würde er noch den Verstand verlieren.

Einer der Sänger schlug mit der Faust an die hölzerne Zellentür. »Marshal!«, schrie er. »He, Marshal, sind Sie da draußen?«

»Was ist?«, rief Zachary zurück.

»Können Sie diesen verdammten Kötern nicht den Hals umdrehen?«

Zachary lachte. Was auch immer mit Miss McQuarry geschehen mochte, ihm blieben wenigstens die einzigartigen Freuden seiner Arbeit.

3

Als Jake Vigil kam, um beim Bau des Dachs zu helfen, brachte er ein Dutzend Arbeiter mit und einen Strauß blauer und gelber Wildblumen. Während sich die Männer gleich an die Arbeit machten, ging Mr. Vigil mit hochroten Wangen auf Christy zu.

»Die sind für Sie«, sagte er. »Ich vermute, Sie kennen meine Absichten.«

Christy fühlte sich geschmeichelt, hatte aber auch ein schlechtes Gewissen. Die Ehe mit Jake Vigil würde zwar die Erfüllung all ihrer Wünsche bedeuten, doch er verdiente eine Frau, die ihn von ganzem Herzen liebte. Sie fühlte sich nicht zu ihm hingezogen und befürchtete, dass sie ihm niemals zärtliche Gefühle würde entgegenbringen können, gleichgültig, wie lange sie lebte, wie freundlich und großzügig er sich ihr gegenüber zeigen oder wie viele Kinder sie ihm gebären würde. Wieder dachte Christy an die zornigen Worte ihrer Schwester: *Bist du sicher, dass es sich dabei nicht um deine Träume handelt?*

Nun, dachte Christy, Megan weiß eben nicht, auf welch große Chancen sie verzichten würde, das ist alles. Ich muss dafür sorgen, dass es nicht dazu kommt. Schließlich will ich für alle nur das Beste.

Aber vielleicht nicht für Jake Vigil.

Gerade als sich Christy verzweifelt fragte, ob es ihr wohl je gelingen würde, Marshal Zachary Shaw endlich zu vergessen, erhaschte sie einen Blick auf einen schokoladenbraunen Wallach am Rande einer kleinen Lichtung. Bislang waren ihre Bemühungen jedenfalls noch nicht von Erfolg gekrönt.

»Guten Morgen, Miss McQuarry«, begann er und legte zum Gruß die Hand an den Hut, als wäre er allein von der Macht ihrer Gedanken an ihre Seite gerufen worden. Dann nickte er Mr. Vigil zu, der noch immer wie angewurzelt dastand, während der Blumenstrauß in seiner Hand zusehends litt. »Jake.«

Jake Vigil erwiderte den Gruß, schien jedoch nicht eben erfreut zu sein, Zachary zu sehen. »Ich schätze, in der Stadt muss es ungewöhnlich friedlich zugehen, Marshal, da du die Zeit findest, Miss McQuarry einen Höflichkeitsbesuch abzustatten.«

Mit leicht zitternden Händen befreite Christy die Blumen aus Jakes Fingern. »Ich will den Strauß schnell ins Wasser stellen«, meinte sie und wandte sich eilig zum Gehen.

Jake hielt sie sanft am Arm fest. Er räusperte sich und errötete einmal mehr. »Ich gebe am Samstagabend ein Fest, um sie und die anderen Damen in Primrose Creek willkommen zu heißen. Ich hoffe, Sie nehmen die Einladung an.«

Zachary beobachtete sie mit gutmütigem Interesse. Christy tat ihr Bestes, um ihn zu ignorieren, doch wie üblich fiel es ihr schwer. Wäre sie auch nur ein wenig abergläubisch gewesen, hätte sie glauben können, Zachary habe sie mit einem Zauberbann belegt.

Christy richtete den Blick auf Jakes Gesicht. Sie würde eines der Ballkleider ihrer Mutter tragen und ihre Chance nutzen – zum Teufel mit Zachary Shaw! »Das ist eine große Ehre, Mr. Vigil. Wir kommen gern.« Mit diesen Worten drehte sie sich um und eilte auf den Eingang der Hütte zu.

Dort benutzte sie einen Emaillebecher als Blumenvase, versorgte die Glocken- und Butterblumen mit dem letzten Trinkwasser und nahm den Eimer mit der vertrauten Blechkelle mit an den Fluss. Als sie den Eimer mit frischem Trinkwasser gefüllt hatte, stellte sie ihn auf der Ladefläche eines der Planwagen ab, in denen Mr. Vigils Arbeiter gekommen waren.

Zachary und Mr. Hicks maßen bereits einen Balken für den Dachfirst ab, während die anderen Männer Sägeböcke aufstellten und begannen, Kiefernholzbretter zuzusägen. Kurze Zeit später gesellte sich Trace zu ihnen, krempelte die Ärmel hoch und half. Bridget hatte ihren Mann begleitet, ließ sich jedoch auf seinen Wunsch hin im Schatten auf einem großen, moosbewachsenen Stein nieder. Die fortgeschrittene Schwangerschaft ließ sie schwerfällig und erhitzt wirken; sie lächelte jedoch so selig wie eine Madonna auf einem Renaissancegemälde und schien vor Freude von innen heraus zu leuchten.

Christy betrachtete ihre Cousine nachdenklich und nicht ohne Neid. So sah also eine Frau aus, die das Kind des Mannes unter dem Herzen trug, den sie wirklich liebte. Schnell gewann sie jedoch die Fassung zurück. Sie hatte sich dazu entschlossen, aus Vernunftgründen zu heiraten, in der Hoffnung, Liebe und Leidenschaft würden sich mit der Zeit einstellen. Und sie musste an diesem Entschluss festhalten, also hatte es keinen Sinn, ihr Schicksal zu beklagen. Lieber wollte sie sich auf den Lohn für ihre Mühen konzentrieren oder sich daran erinnern, wie es gewesen war, erst in England auf dieses schreckliche Internat zu gehen und dann nach Virginia zurückzukehren, nur um dort alles verändert vorzufinden. Obwohl es ihr gelungen war, das Ausmaß ihrer Verzweiflung vor Megan zu verbergen, hatte Caney sie nur allzu gut verstanden. Sie war es gewesen, die Christy und Megan eine Unterkunft in ihrem bescheidenen Haus gewährt, ihnen etwas zu essen gegeben und schließlich vorgeschlagen hatte, sich dem Treck nach Westen anzuschließen, um das Erbe Gideon McQuarrys anzutreten und ein neues Leben zu beginnen.

Was hätten sie nur ohne Caney getan? Kopfschüttelnd füllte Christy etwas Wasser in einen sauberen Becher und trug ihn über die Wiese zu der Stelle, an der Bridget saß. »Es tut mir Leid«, sagte sie mit einem leichten, aber von Herzen kommenden Lächeln, »doch ich habe leider keine Möglichkeit, dir eine Tasse Tee zu kochen.«

Bridget nahm den Becher mit einem dankbaren Nicken an. »Das tut gut«, seufzte sie. Dann neigte sie den Kopf in Richtung der Hütte, wo sich die Arbeiter tummelten und die Geräusche von Hämmern und Sägen die Frühlingsluft erfüllten. »Es scheint, als würdest du noch heute Nachmittag unter einem neuen Dach wohnen«, bemerkte sie und rückte zur Seite, um für Christy Platz zu machen.

Der Stein erwies sich als sehr hart, und Christy versuchte vergeblich, eine bequeme Sitzhaltung zu finden.

In Bridgets blauen Augen funkelte freundliche Belustigung. »Vielleicht solltest du dich lieber ins Gras setzen«, schlug sie vor. »Es ist weicher. Ich bin schließlich viel besser gepolstert als du.«

Christy lachte und hielt nach Megan Ausschau. Sie entdeckte die Schwester, die gerade einem gut aussehenden jungen Burschen mit dunklen Haaren und verwegen funkelnden Augen Nägel anreichte. Ihre Miene verfinsterte sich.

Bridget folgte ihrem Blick. »Das ist Caleb Strand«, erklärte sie. »Er ist ein netter, fleißiger junger Mann und völlig harmlos.«

Ihre Cousine seufzte. Mr. Strand mochte ihr zwar warm empfohlen werden, doch sie würde trotzdem ein Auge auf Megan haben. Sie wusste, was das Beste für ihre Schwester war, und eine Ehe mit einem Holzfäller kam nicht infrage. Megan würde die besten Schulen besuchen, vielleicht sogar in San Francisco oder Denver, sobald die notwendigen finanziellen

Mittel zur Verfügung standen. Eines Tages würde sie dann einen Mann heiraten, den sie liebte, der jedoch außerdem einer vornehmen Familie entstammen sollte, damit sie niemals wieder etwas entbehren musste.

»Megan«, erklärte sie schließlich, »wird nicht in Primrose Creek bleiben. Jedenfalls nicht lange.«

»Warum nicht?«, fragte Bridget überrascht. »Hier ist schließlich ihr Zuhause, ebenso wie deines.«

Nein, Bridget, berichtigte Christy sie im Stillen, es ist dein Zuhause. Ich werde immer nur deine Cousine sein, die aus der Fremde zurückkehrte.

»Primrose Creek hat Megan nichts zu bieten«, erklärte Christy mit fester Stimme, gerade als ihr Blick wieder auf Marshal Shaw fiel. Auch wenn er nicht zu ihr herübersah, konnte sie einfach nicht aufhören, ihn zu betrachten. »Es ist ein wunderschönes Fleckchen Erde, nur leider ein wenig … abseits.«

Bridget wirkte leicht verärgert. »Meinst du nicht viel eher hinterwäldlerisch?«

»Das habe ich nicht gesagt«, protestierte Christy. Zachary hatte den Hut abgenommen, und sein Haar leuchtete golden im Sonnenlicht. Selbst aus der Entfernung konnte sich Christy nicht der Anziehungskraft seines Lächelns und seiner weiß blitzenden Zähne im sonnengebräunten Gesicht entziehen. Endlich gelang es ihr, den Blick abzuwenden und Bridget anzusehen. »Aber du musst doch zugeben, dass Primrose Creek nicht der geeignete Ort ist für eine junge Dame von gesellschaftlichem Schliff.«

Bridget seufzte. »Bei Zeus, Christy, du bist unmöglich!«

Christy richtete sich ein wenig mehr auf und antwortete, gerade als einer der Arbeiter in Hörweite war, der nach dem Wassereimer mit der Kelle suchte. »Ich habe die so genannte Stadt

Primrose Creek selbst in Augenschein genommen, Bridget. An diesen Ort gehören nur Männer und Maultiere.«

Der Mann hielt inne, warf Christy einen verächtlichen Blick zu und ging davon, ohne Wasser getrunken zu haben.

Ärgerlich blickte Bridget ihre Cousine an. »Willst du unbedingt, dass die Leute dich ablehnen, Christy – geht es dir darum? Auf diese Weise musst du nämlich nicht das Risiko eingehen, jemanden zu mögen, nicht wahr?«

Christy spürte Zorn in sich aufflammen, beherrschte sich jedoch und betrachtete ihre verschränkten Finger. »Was würdest du mir denn raten? Soll ich meine Schwester mit dem Meistbietenden verheiraten, nur um zu beweisen, dass ich nicht glaube, sie sei zu gut für die Menschen hier?«

»Warum nicht?«, flüsterte Bridget aufgebracht. »Willst du denn nicht eben dies mit deinem eigenen Leben anfangen? Dich mit dem Meistbietenden verheiraten?«

Christy war gleichzeitig wütend und zutiefst getroffen. In einem Augenblick der Schwäche hatte sie Bridget am ersten Tag in Primrose Creek ihr Geheimnis anvertraut und wünschte nun, ihre Gedanken für sich behalten zu haben. »Meine Pläne«, erklärte sie, als sie schließlich die Sprache wiederfand, »gehen nur mich etwas an, Bridget Qualtrough. Und ich wäre dir dankbar, wenn du dich da heraushalten würdest.«

Plötzlich schien Bridget einiges von ihrer Streitlust zu verlieren. Sie stützte das Kinn in die Hände und seufzte. »Nun streiten wir uns schon wieder«, klagte sie und blickte Christy ernst und freimütig an. »Ich möchte nur, dass du glücklich bist. Mehr nicht.«

Christy schluckte. Außer ihrem Großvater hatte noch nie ein Mensch diese Worte zu ihr gesagt. »Jeder ist seines Glückes Schmied«, erwiderte sie zögernd.

Besorgt ergriff Bridget ihre Hand. »Christy, hör mich an …«

Doch Christy durfte es sich nicht gestatten, irgendwelchen romantischen Träumen zum Opfer zu fallen. Ihr Leben verlief nicht wie das ihrer Cousine und würde auch nie so verlaufen. Sie sprang auf und zog die Hand weg. »Du hast Trace«, entgegnete sie, während sie Bridgets Sohn beobachtete, der einem Schmetterling nachjagte und dabei wiederum von Skye verfolgt wurde. »Du hast den kleinen Noah, das neue Baby und ein schönes Haus, in dem du lebst. Was weißt du schon von der Lage, in der ich mich befinde?«

»Christy, es ging mir einst genau wie dir. Und ich war auch ebenso dickköpfig und stolz. Und eine Närrin. Daher weiß ich auch, dass du einen furchtbaren Fehler machst, wenn du nicht aus Liebe heiratest.« Sie schwieg, wohlwissend, dass ihre Worte zwar unwillkommen waren, aber dennoch ihre Wirkung nicht verfehlten. »Es wäre auch nicht gerecht gegen Jake«, fügte sie erbarmungslos hinzu. »Er ist ein anständiger Mann und verdient eine Frau, die ihn von Herzen um seiner selbst willen liebt.«

»Ich werde ihn mit der Zeit bestimmt gern haben«, versicherte Christy, schob trotzig das Kinn vor und verschränkte die Arme vor der Brust. Sie würde Jake Vigil niemals Grund geben zu bereuen, dass er sie zur Frau genommen hatte. Nicht absichtlich jedenfalls. Sie würde kochen, putzen, nähen und … nun, über alles andere würde sie später nachdenken.

»Gern haben?«, wiederholte Bridget herausfordernd. »Du wirst dein Leben mit ihm teilen. Und das Bett. Es wird nicht genügen, ihn gern zu haben …«

Christy hielt sich die Ohren zu. »Hör auf.«

Doch Bridget dachte nicht daran. »Hast du jemals Leidenschaft empfunden, Christy? Hast du jemals geglaubt, den Verstand zu verlieren, wenn dich ein bestimmter Mann geküsst oder berührt hat?«

»Nicht!«, flehte Christy. Sie hatte von solchen Küssen und Zärtlichkeiten bislang nur geträumt, und in letzter Zeit war der Mann in diesen Träumen immer Zachary Shaw gewesen.

»Ich denke nicht daran aufzuhören«, erwiderte Bridget. »Wenn ich mit Trace allein bin, dann … es ist wie ein Zauber. Ich hätte mir nie träumen lassen, dass … « Sie errötete. »Ich habe Mitch McQuarry geheiratet, weil ich ihn gern hatte und glaubte, eine Ehefrau und eine eigene Familie würden ihn davon abhalten, in den Krieg zu ziehen. Ich will damit sagen, dass das Zusammensein mit Mitch anders war, sanft und verhalten. Aber da ich nun weiß, was wahre Liebe zwischen einem Mann und einer Frau bedeuten kann … «

Den Tränen nahe wandte Christy den Blick ab und schlang die Arme um ihren Körper. Noch nie hatte ein Mann sie berührt, doch trotzdem wusste sie genau, wovon Bridget gesprochen hatte. »Ich sollte Megan wohl besser zum Wasserholen schicken«, erwiderte sie aus bloßer Verzweiflung. »Die Männer werden viel trinken müssen, wenn sie in dieser Hitze arbeiten müssen.«

»Du wirst nicht auf mich hören, nicht wahr?«, fragte Bridget leise und resigniert. »Du wirst auf dein Ziel lossteuern und nicht nur dein Leben zerstören, sondern Jakes dazu. Und vermutlich Megans, darauf soll es nicht ankommen. Aber glaube nicht, dass du dich an meiner Schulter ausweinen kannst, wenn du in einer lieblosen Ehe gefangen bist und dich Tag und Nacht nach Zachary verzehrst.«

Christy blickte ihre Cousine verblüfft an. »Wie … woher … ?«

»Woher ich weiß, dass du in Zachary verliebt bist? Schließlich habe ich Augen im Kopf, Christy. Ich habe beobachtet, wie du ihn ansiehst, und darf vielleicht hinzufügen, dass er dich genauso ansieht.«

Christys verräterisches und ungebärdiges Herz begann schneller zu klopfen. Sie konnte sich nicht beherrschen, sondern suchte Zachary mit ihrem Blick. Er stand in der Sonne und beobachtete sie, die Hände in die Hüften gestemmt, mit ernster Miene. Er sah beinahe traurig aus.

»Ich mache mich jetzt auf den Heimweg«, entschied Bridget und stand mühsam von ihrem Platz auf dem Stein auf. »Noah stellt vermutlich nichts als Dummheiten an, und die arme Skye ist so vernarrt in den Burschen, dass sie ihm alles durchgehen lässt.« Sie zögerte. »Denke über meine Worte nach, Christy«, bat sie dann. »Denke gründlich darüber nach.«

Christy vermochte nicht zu antworten. Es schien, als wäre sie durch ein starkes, feuriges Band an Zachary gefesselt. Obwohl er sich außer ihrer Reichweite befand, sie nicht einmal hören konnte, war ihr, als würde er sie zärtlich berühren, ihr mit den Daumen über die Wangen streichen, sich zu ihr hinunterbeugen, um sie zu küssen …

Mit letzter Kraft wandte sie den Blick ab, drehte sich um und ging zum Fluss, um Wasser zu holen. Sie hatte völlig vergessen, dass sie Megan darum hatte bitten wollen.

Lieber Himmel, dachte Zachary, warum lasse ich mich nur immer wieder auf die Schwierigkeiten ein, die mir Christy McQuarry bereitet? Ihm war bewusst, dass er sich von ihr fern halten musste, wenn er nicht eine große Dummheit begehen wollte, wie sie in die Arme zu nehmen und so zu küssen, wie sie es verdiente. Vermutlich würde sie ihn dafür erschießen, sobald sie sich von dem Schrecken erholt hatte, doch es wäre das Risiko beinahe wert.

Nachdenklich rieb er sich über den Nacken, bevor er sich wieder seiner Arbeit zuwandte. Außerdem würde er durch eine solche Tat auch noch einen seiner besten Freunde verlieren – Jake Vigil. Es war mehr als deutlich, dass Jake von Miss McQuarry ebenso angetan war wie er selbst.

Für die Dauer dieses langen Tages ging er Christy aus dem Weg. Er arbeitete hoch oben auf dem Dach, nachdem man das Gebälk gezimmert hatte, und hämmerte die Nägel mit deutlich mehr Kraft ins Holz, als es erforderlich gewesen wäre.

Doch all seine Mühe erwies sich als vergebens, denn als er schließlich die Leiter hinunterstieg, mit schmerzenden Gliedern und dem Wunsch nach einem heißen Bad und einem doppelten Whiskey, stand sie vor ihm. Schweigend hielt sie ihm die Wasserkelle hin, und in ihrem Blick schien unendlicher Kummer zu liegen. Zachary nahm die Kelle und trank.

Dankbar nickte er ihr zu, und eine Weile blickten sie einander nur schweigend an. Plötzlich verstand Zachary, wie tief seine Gefühle für diese Frau waren. Sie schienen fest in seiner Seele verwurzelt zu sein.

»Mr. Shaw ...«

Er wartete ab. Einerseits wollte er hören, was sie ihm zu sagen hatte, andererseits war er so erschüttert von der Erkenntnis, die soeben über ihn gekommen war, dass er seiner eigenen Stimme nicht traute.

Ihre Wangen hatten den zarten Ton eines Pfirsichs angenommen, und ihre Augen hatten die Farbe des wolkenverhangenen Himmels. »Ich wollte Ihnen nur mitteilen, dass ... nun ... drüben bei Trace und Bridget dreht sich ein ganzes Schwein am Spieß.« Hilflos verstummte sie und errötete nur noch stärker. Zachary hätte am liebsten gelächelt, wagte es jedoch nicht. »Es gibt ein großes Abendessen, draußen am Feuer. Für alle, die beim Bau des Dachs geholfen haben.«

Er nickte. Ein Gentleman hätte es ihr leichter gemacht, doch Zachary hatte nie behauptet, ein Gentleman zu sein.

»Sie sind eingeladen«, stieß Christy ungnädig hervor und fügte schnell hinzu: »Genau wie alle anderen.«

Zachary lachte und fuhr sich mit der Hand durchs Haar. »Nun, ich habe schon freundlichere Einladungen erhalten, bin aber hungrig und wüsste einen guten Schweinebraten schon zu schätzen.« Er verneigte sich auf eine Weise, die in den feinen Salons des Ostens und Englands niemals akzeptabel gewesen wäre. »Vielen Dank, Miss McQuarry, es wird mir eine Ehre sein.«

Ohne ein weiteres Wort drehte sie sich um und ging davon.

Verdammt, dachte Zachary, während er ihr nachblickte und ihre sanft geschwungenen Hüften bewunderte und das Licht der Abendsonne, das sich in ihren dunklen, glänzenden Haaren fing. Er hatte eine vernünftige Entscheidung getroffen – nämlich die, sich von Christy fern zu halten –, und kaum stand er ihr Auge in Auge gegenüber, schienen ihn jede Vernunft und aller Verstand zu verlassen. Doch seine Gefühle für sie, die ihn immer wieder beinahe dazu brachten, vor ihr auf die Knie zu fallen und ihr einen Heiratsantrag zu machen, waren dafür noch so stark wie immer.

Während er Miss McQuarry noch beobachtete und dabei über seine widersprüchlichen und fehlgeleiteten Gefühle sinnierte, riss ihn ein freundschaftlicher Schlag auf die Schulter aus seinen Gedanken.

Jake Vigil lachte zwar gutmütig, doch seine Züge verrieten nur wenig Belustigung. Tatsächlich wirkte sein Blick so eisig wie das Flusswasser im Januar. »Es scheint, als hätten wir ein Auge auf dieselbe junge Dame geworfen, mein Freund«, bemerkte er.

In diesem Augenblick hätte Zachary beinahe aufgegeben, wusste er doch, dass er am Ende ohnehin der Verlierer sein würde, wenn es um Christy McQuarry ging. Doch etwas in seinem Innern sträubte sich dagegen. Er hatte schon einmal eine Frau verloren, die er geliebt hatte. Damals hatte er keine Chance gehabt, doch diesmal konnte er sein Glück versuchen, mochten die Aussichten auf Erfolg auch noch so gering sein. Denn es konnte kein Zweifel daran bestehen, dass sich Christy, wenn auch gegen ihren Willen, zu ihm hingezogen fühlte. »Es sieht ganz danach aus«, gab er grimmig zurück. »Aber ich wünschte, es wäre nicht so.«

Jakes Blick folgte Christy, die zu jedem der Arbeiter ging und sich mit einem Handschlag für die Hilfe bedankte. Zachary zog es schmerzhaft den Magen zusammen, als er sah, dass sie jeden Mann freundlich anlächelte, nur ihn nicht. Plötzlich fühlte er sich gereizt und hätte am liebsten mit irgendjemandem einen Streit angefangen.

»Du wirst schon noch eine Frau finden«, bemerkte Jake nicht ohne Mitgefühl. Der Westen war einsam, und die Gesellschaft einer Frau erschien vielen als kostbares Gut. Eine so schöne, kluge und temperamentvolle Frau wie Christy war von unschätzbarem Wert. »Miss McQuarry soll jedenfalls meinen Salon zieren, noch bevor der erste Schnee fällt.«

Auch Zachary hatte schon darüber nachgedacht, an welchen Orten er Christy gern gesehen hätte, nur war niemals ein Salon darunter gewesen – nicht dass ihm in Miss Nellies Pension einer zur Verfügung gestanden hätte. Er streckte dem Freund die Hand entgegen. »Ich wünsche dir alles Glück.«

Jake runzelte die Stirn und erwiderte den Händedruck ein wenig verwirrt. »Aber aufgeben wirst du nicht?«

»Es tut mir Leid, aber daran habe ich noch nie Gefallen gefunden«, antwortete Zachary lächelnd.

»Ich auch nicht. Und jetzt werde ich zu den Qualtroughs hinübergehen und mir ein Stück von dem Schweinebraten schmecken lassen.

Zachary nahm seinen Hut von dem niedrigen Ast, an den er ihn gehängt hatte, und setzte ihn auf. »Klingt gut«, antwortete er.

Nachdem man sich satt gegessen hatte, saßen alle Gäste um das große Lagerfeuer vor Traces und Bridgets Haus herum. Malcolm Hicks holte seine Geige hervor und begann zu spielen. Christy hatte noch nie eine solche Veränderung mit einem Menschen vorgehen sehen. Der einst so grimmige und schweigsame Mr. Hicks fiedelte mit großer Begeisterung und einem strahlenden Lächeln auf dem Gesicht.

Bald schon zog ein anderer Mann eine Mundharmonika aus der Tasche und stimmte in die Melodie ein. Die Arbeiter, müde nach dem schweren Tag und gesättigt von dem köstlichen Abendessen, klatschten in die Hände und klopften mit den Füßen den Takt. Trace nahm die lachende Caney in die Arme und wirbelte sie im Walzerschritt um das Feuer herum. Megan tat es ihr gleich – in den Armen des jungen Caleb. Christy machte einen Schritt auf sie zu, fand sich jedoch gleich darauf in der Umarmung Zachary Shaws wieder, der sogleich mit ihr davontanzte.

Christy hatte das Gefühl, als wäre sie heftig vom Pferd gestürzt. Sie bekam kaum noch Luft und fühlte sich obendrein schwindlig. Es blieb ihr keine Gelegenheit zu protestieren, obgleich sie sich auch nicht sicher war, dass sie es überhaupt getan hätte.

Kurze Zeit später befanden sie sich außerhalb des Feuerscheins in der Dunkelheit, und der Lärm und die Musik schienen weit entfernt zu sein. Ohne ein Wort der Warnung zog Zachary sie an sich, beugte sich zu ihr hinunter und küsste sie. Christy versuchte, ihn von sich zu stoßen, erwiderte den Kuss jedoch gleich darauf leidenschaftlich und von ganzem Herzen.

Endlich gab er ihren Mund frei, hielt sie aber noch immer an den Schultern fest. »Das war es, was ich wissen wollte«, sagte er rau. »Christy?«

Sie atmete tief durch, um Fassung bemüht, doch der Tanz und der Kuss hatten sie gänzlich durcheinander gebracht. »Ja?«

»Vergiss das nicht.« Und als hätte er sich nicht schon unmöglich genug aufgeführt, küsste er sie wieder, so feurig wie zuvor. »Und das auch nicht«, fügte er dann ein wenig atemlos hinzu. Dann ging er ohne ein weiteres Wort davon und ließ sie im hohen Gras stehen, während sie noch immer von einer tiefen Sehnsucht gepeinigt wurde, die auf ewig unerfüllt bleiben musste. Und endlich, endlich gab Christy McQuarry nach und begann zu weinen.

»Schön, endlich wieder ein richtiges Dach über dem Kopf zu haben«, bemerkte Caney, als Christy, Megan und sie in die Hütte zurückgekehrt waren. Allerdings betrachteten alle drei die Betten im Heu wenig begeistert, und Christy musste unwillkürlich an die Leinenlaken und Federmatratzen in Virginia denken. Das Feuer war heruntergebrannt und warf flackernde Schatten an die Wände der Hütte, und in der Ferne heulte ein einsamer Kojote den Mond an.

»Ja«, antwortete Christy, der nicht nach einer Unterhaltung zu Mute war. Ihre Augen waren noch immer rot und geschwollen, trotz des eisigen Flusswassers, mit dem sie ihr Gesicht gekühlt hatte, und sie fürchtete, sich durch den Klang ihrer Stimme zu verraten, wenn sie zu viel sprach. Sie zog sich bis auf Kamisol und Unterrock aus und legte sich seufzend nieder.«

»Nun haben wir sogar eine Tür«, fuhr Caney fort. »Stell sich das einer vor. Bisher hätten jederzeit ein Indianer oder ein Bär einfach ins Haus marschieren und Guten Tag sagen können.«

»Ja«, erwiderte Christy.

Auch Megan hatte sich eilig ausgezogen und ins Bett gelegt. Sie schlief bereits tief und fest, erschöpft von Arbeit und Tanz.

»Er wird dir ein guter Ehemann sein.«

Wenn man Caney keine Antwort gab, hörte sie schlichtweg nicht auf zu plappern. »Jake?«, fragte Christy schläfrig.

»Zachary«, lautete die Antwort.

Weit öffnete Christy die Augen. »Unsinn. Du weißt genau, wie ich für ihn empfinde.«

»Eben«, erwiderte Caney zufrieden. »Ich habe dich mit dem Marshal davongehen sehen. Schätze, allen anderen ist es auch aufgefallen. Hat er sich einen Kuss gestohlen?«

Zwei, dachte Christy, und wieder stieg ein unbändiges Verlangen in ihr auf, als sie sich an seine Umarmung erinnerte. *Das war es, was ich wissen wollte*, hatte er gesagt.

»Selbstverständlich nicht«, log sie.

Caney kicherte. »Nun, er hätte es ebenso gut tun können, denn jedermann denkt, dass es geschehen ist. Jake Vigil schnaubte wie ein gereizter Bulle, und auch einige der anderen Burschen sahen sehr unglücklich aus.«

Christy spürte, wie sie in der Dunkelheit errötete. Es war ihr mehr als peinlich zu wissen, dass sich die Leute die Mäuler über sie zerrissen hatten, obgleich die Gerüchte der Wahrheit entsprachen. Falls sie damit ihre Chancen auf eine Ehe mit Mr. Vigil verdorben hatte, würde sie es sich niemals verzeihen.

Bis zum Samstag schien eine Ewigkeit zu vergehen, doch endlich war es so weit. Christy hatte sich für das Fest umgezogen, lange bevor es Zeit war, in die Stadt zu fahren. Caney und Megan waren den ganzen Nachmittag mit ihrer Frisur beschäftigt gewesen, und Christy hatte das gelbe Seidenkleid mit dem gewagten Ausschnitt und dem Spitzenbesatz geändert, sodass es nun ihre schlanke Figur betonte. Caney trug dagegen ihr »Kirchenkleid« aus schwarzem Bombazine, dessen Strenge ein wenig abgemildert wurde durch die Kette, die ihr verstorbener Mann Titus ihr einst geschenkt hatte. Mit ihrem roten Haar, der milchweißen Haut und den grünen Augen wirkte Megan bezaubernd in dem weinroten Samtkleid, das sie ebenfalls aus den Beständen der Mutter gerettet hatten.

»Skye und ich brennen darauf, endlich Mr. Vigils Haus von innen zu sehen«, gestand Megan voller Vorfreude auf den Abend. Es war lange her, dass Christy und sie die Gelegenheit gehabt hatten, eine Party zu besuchen. »Es sieht von außen so vornehm aus.«

»Ja, so ist es wohl«, erwiderte Caney nachdenklich, sah jedoch Christy an, während sie sprach, nicht Megan. »Ich vermute, das feine Bett in Mr. Vigils Haus ist nachts mächtig kalt, wenn es nicht von Liebe gewärmt wird.«

Christy blickte sie warnend an.

»Wie meinst du das?«, fragte Megan verblüfft. Als sie jedoch keine Antwort bekam, fuhr sie fort: »Skye ist bis über beide Ohren in Mr. Vigil verliebt. Eigentlich sollte ich es niemandem erzählen, aber nun wisst ihr es.«

»Das wird vorübergehen«, meinte Caney, »und Miss Skye wird ihr Herz an einen anderen Mann verlieren.« Ihre Stimme klang fest, und noch immer blickte sie Christy durchdringend an. »Warum siehst du nicht einmal nach, wo Trace mit dem Wagen bleibt, Miss Megan? Ich will gewiss nicht zu Fuß in die Stadt laufen.«

Megan warf Christy einen Blick zu, legte sich dann ihre Stola um und ging hinaus, um nach Trace, Bridget, Skye und dem kleinen Noah Ausschau zu halten.

»Wenn du mir jetzt eine Predigt halten willst, Caney Blue«, warnte Christy die Freundin flüsternd, »überlege es dir besser noch einmal. Ich habe die Angelegenheit bereits mit Bridget erörtert und werde es mit dir gewiss nicht ein zweites Mal tun.«

Auf Caneys Zügen spiegelten sich Ärger und Resignation wider. »Du bist eine halsstarrige McQuarry, das bist du!«

»Nun, darüber sind wir uns doch schon längst einig geworden.«

Caney drohte ihr mit dem Finger. »Wage es ja nicht, so mit mir zu sprechen, junge Dame. Du willst nicht mit mir darüber reden, das ist dein gutes Recht. Aber du wirst mir zuhören!«

Gerade als sie mit einem lautstarken, wortreichen und überdies allzu bekannten Vortrag beginnen wollte, drangen von draußen die Geräusche von Pferden und einem Wagen herein. Megan eilte in die Hütte, und ihre Augen glänzten vor Aufregung. »Sie sind da!«, rief sie.

Christy hoffte, dass die überschwängliche Freude ihrer Schwester nichts mit Mr. Caleb Strand zu tun hatte, vermutete jedoch, dass der junge Mann tatsächlich der Grund dafür war, dass Megan an diesem Abend so besonders strahlend schön wirkte. »Dem Himmel sei Dank«, bemerkte Christy.

»Du brauchst nicht zu denken, dass diese Sache schon vergessen ist«, warnte Caney sie grimmig. »Das ist sie ganz und gar nicht.«

Auch Christy griff nach ihrer Stola, einer zarten Kreation aus antiker Spitze, die zwar sehr hübsch war, aber nur wenig Schutz vor der Nachtluft bot. Dann nahm sie die Laterne und ging zur Tür. »Wir wollen die Qualtroughs nicht warten lassen«, erwiderte sie fröhlich.

Die Ladefläche des Wagens war geräumig und mit frischem Stroh ausgelegt. Skye und Noah hatten sich bereits auf der duftenden Polsterung niedergelassen und strahlten vor Vorfreude auf den schönen Abend. Bridget saß neben Trace, und wieder schien es Christy, als ginge ein inneres Leuchten von ihrer Cousine aus.

Trace tippte sich zur Begrüßung lächelnd an den Hut und sprang vom Kutschbock, um den drei Frauen auf den Wagen zu helfen. Bridget hielt geschickt die Zügel, während ihr Mann erst Caney, dann Megan und schließlich Christy in das duftende Stroh hob. Noah richtete sich ungeduldig auf. »Wir kommen noch zu spät!«, rief er.

»Du liebe Güte«, bemerkte Christy und ließ sich neben Skye in der Mitte des Wagens nieder, »wir brauchen bestimmt eine halbe Stunde, um uns die Strohhalme aus dem Haar zu klauben.«

Bridget lachte leise, sagte jedoch nichts. Caney und Megan setzten sich an den Rand der Ladefläche und ließen übermütig die Beine baumeln.

»Schätze, Mr. Hicks wird auch auf dem Fest sein«, stellte Caney fest und versuchte nicht einmal, ihre Begeisterung für einen Mann zu verbergen, den sie kaum kannte. Sie würde noch in Verruf geraten, wenn sie nicht aufpasste.

Sei du nur still, schalt sich Christy im Stillen, du selbst denkst doch an einen Mann und willst einen anderen heiraten. »Wen werden wir denn auf der Party antreffen?«, fragte sie.

»Jedermann«, antwortete Skye. Sie sah in ihrem hellblauen Taftkleid sehr erwachsen aus und hatte sich das Haar zu einem weichen Knoten aufgesteckt. Ihre braunen Augen glänzten vor Freude. Christy fragte sich, ob ihre junge Cousine wohl wirklich in Jake Vigil verliebt war und ob es sie verletzen würde, wenn er eine andere heiratete.

»Das schließt wohl auch Marshal Shaw ein«, bemerkte Caney ungefragt.

Christy bemühte sich, sie nicht zu beachten, doch das war bei einer Frau wie Caney Blue kein leichtes Unterfangen. Wenn sie sich in den Kopf gesetzt hatte aufzufallen, gab es kein Entrinnen.

»Es stimmt, dass wohl die ganze Stadt dort sein wird«, erklärte Bridget, als Trace wieder auf den Kutschbock gestiegen war und die Bremse löste. »Wenn hier draußen ein Fest veranstaltet wird, sind für gewöhnlich alle Nachbarn willkommen, der Gouverneur ebenso wie die Damen aus dem *Golden Garter Saloon*.«

Nach einer halben Stunde Fahrt durch die mondbeschienenen Berge fand der Wagen der Qualtroughs seinen Platz neben etwa einem Dutzend anderer vor Jake Vigils prächtigem Haus. Selbst in Virginia hätte das Gebäude mit seinen großen Fenstern, der großzügigen Veranda und der riesigen Eingangstür Aufsehen erregt. Licht schimmerte durch die Scheiben, und Musik und die Stimmen fröhlicher Menschen drangen in die Nacht hinaus.

Christy atmete tief durch und versuchte, ihr inneres Gleichgewicht wiederherzustellen. Doch Caneys Bemerkung ließ ihr keine Ruhe. *Ich vermute, das feine Bett in Mr. Vigils Haus ist nachts mächtig kalt, wenn es nicht von Liebe gewärmt wird.*

Liebe, dachte Christy geringschätzig und strich ihren Rock glatt, nachdem Trace ihr vom Wagen heruntergeholfen hatte. Ein überaus kapriziöses Gefühl bestenfalls, von den Göttern willkürlich wenigen Auserwählten verliehen. Was hatte es ihrer Mutter eingebracht, zwei Männer zu lieben, die sie schließlich beide auf verschieden Weise betrogen hatten? Nein, es hatte wirklich keinen Sinn, Hoffnungen in etwas so Zerbrechliches und Flüchtiges zu setzen.

Mit stolz erhobenem Kopf ging Christy auf das Licht und die Musik zu. Sie befand sich auf dem Weg in die strahlende Zukunft, die sie sich in den langen einsamen Nächten im Schlafsaal von St. Martha's für Megan und sich selbst erträumt hatte.

Das Innere des Hauses wirkte mehr als beeindruckend mit dem vergoldeten Stuck, den Marmorkaminen, erlesenen Möbeln und Spiegeln, die dem Schloss von Versailles alle Ehre gemacht hätten. Von der Decke hingen kristallene Kronleuchter, deren Kerzen mit jedem Luftzug sanft flackerten.

Jake Vigil begrüßte alle seine Gäste persönlich und hielt Christys Hand nur einen Augenblick länger als die ihrer Cousine Bridget fest. In seinen braunen Augen lag ein Ausdruck der Bewunderung und des Erstaunens, als hätte er keinerlei Sinn für die Pracht um sich herum, sondern würde sich nur auf Christys Anblick konzentrieren.

Für die Musik sorgten Malcolm Hicks und einige seiner Freunde. Offenbar spürte Mr. Hicks Caneys Blicke auf sich ruhen, denn er sah von seinem Instrument auf und schenkte ihr ein schüchternes Lächeln. Caney nahm dies als ein Zeichen und schickte sich sogleich an, Malcolm Hicks zu umgarnen.

Christy schreckte aus ihren Gedanken auf, als Mr. Vigil ihre Hand ergriff und sie sich auf den Arm legte.

»Sie möchten doch sicher eine Kleinigkeit essen«, sagte er. »Das Speisezimmer ist gleich hier.«

Eigentlich war Christy überhaupt nicht nach Essen zu Mute, zu sehr fürchtete sie, einen Raum zu betreten und Zachary zu begegnen – wann hatte sie eigentlich damit begonnen, ihn in Gedanken beim Vornamen zu nennen? Doch sie war fest entschlossen, an diesem Abend Fortschritte bezüglich der Ehe mit Mr. Vigil zu machen. Und wenn es erforderlich war zu essen, ohne hungrig zu sein, dann würde sie es tun.

»Dies ist ein prächtiges Haus«, erklärte sie. »Ich muss zugeben, dass ich überrascht war, eine solche Einrichtung an einem so abgelegenen Ort wie Primrose Creek vorzufinden.«

Jake betrachtete sie nur wohlwollend und führte sie zu einem großen Türbogen. Im Speisezimmer hatten sich Gäste um einen Tisch versammelt, der sich unter der Last der dargebotenen Speisen eigentlich hätte biegen müssen. Es gab Schinken, eine ganze Rinderkeule und Berge von Brathühnern nebst einer erklecklichen Anzahl anderer Speisen und Desserts. »So abgeschnitten von aller Welt sind wir nicht«, antwortete Mr. Vigil freundlich. »San Francisco ist bei gutem Wetter nur wenige Tagesritte von hier entfernt, und es geht das Gerücht, dass wir nun bald an die Eisenbahnlinie angeschlossen werden sollen.«

Die Erwähnung San Franciscos genügte, um Christy an ihre Mission zu erinnern, ihre Schwester in dieser oder einer anderen großen Stadt auf die besten Schulen zu schicken. Das war auch gut so, denn kaum hatte sie an Jakes Seite den Raum betreten, als sie auch schon beinahe mit Zachary zusammenprallte.

Dieser stieß bei ihrem Anblick einen leisen Pfiff aus, und seine Augen funkelten schalkhaft. Gerade in diesem Augenblick wurde Mr. Vigil von einem der Gäste angesprochen, sodass Christy plötzlich allein war mit dem Mann, dessen Nähe sie unter allen Umständen hatte meiden wollen.

»Gehen Sie«, flüsterte sie, klappte ihren Fächer auf und fächelte sich unruhig Luft zu.

Zachary lächelte und musterte ihr Kleid, die aufwändige Frisur und den Hauch von Rouge auf ihren Lippen. »Selbstverständlich«, erwiderte er. »Ich möchte Sie schließlich nicht von Ihrer Arbeit abhalten.«

4

Ich möchte Sie schließlich nicht von Ihrer Arbeit abhalten.

Christy blickte Zachary entsetzt an. Mr. Vigils Party verschwamm um sie herum zu einem Wirbel von Farben und Geräuschen. Trotz ihrer tiefen Abneigung gegen jegliche körperliche Gewalt musste sie sich sehr bezähmen, um dem Marshal nicht eine schallende Ohrfeige zu versetzen. »Wie bitte?«, stieß sie schließlich hervor.

Er sah ein wenig betrübt aus und außerdem leider atemberaubend attraktiv in dem schlichten Anzug und dem weißen Baumwollhemd. Zachary berührte leicht Christys Ellenbogen und führte sie aus der Mitte des Speisezimmers in eine abgeschiedene Ecke.

»Es tut mir Leid«, begann er, »aber ...« Er verstummte, offenbar mit seinen Gefühlen ringend. »Christy, wenn Sie Ihre Pläne wirklich in die Tat umsetzen, dann heiraten Sie nur ein Haus, aber keinen Mann. Sie ruinieren dadurch nicht nur Ihr Leben, sondern auch Jakes.«

»Ich muss schon sagen«, erwiderte Christy, die sich noch immer verärgert Luft zufächelte, »Ihre Dreistigkeit ist kaum zu fassen. Wie können Sie es wagen?«

Er umfasste ihre Arme, fest, jedoch nicht unangenehm. »Sie wissen genau, wovon ich rede«, beharrte er leise. »Zwischen uns ist etwas geschehen, mag es Recht oder Unrecht sein. Und ich für mein Teil möchte herausfinden, was es ist, solange wir noch Zeit dazu haben.«

Christy wandte sich ab, unfähig, ihm in die Augen zu sehen oder sich aus seinen Armen zu lösen. Als sie schließlich wieder zu ihm aufblickte, standen Tränen in ihren Augen. »Nur Narren heiraten aus Leidenschaft«, erklärte sie traurig. »Oder aus Liebe.« Sie hatte es selbst zweimal mit ansehen müssen.

»Nein«, widersprach er aufgebracht. »Nur Narren heiraten aus anderen Gründen.«

Sie dachte an die Hütte mit dem Lehmboden und den Ritzen in den Wänden. Es hatte eine Zeit gegeben, da wäre sie mit so wenig zufrieden gewesen, wenn sie dafür wahre Liebe gekannt hätte. Doch inzwischen wusste sie, wie selten diese war. Dennoch wäre Christy lieber unverheiratet geblieben, wenn sie die Wahl gehabt hätte. Doch eine Frau ohne Ehemann befand sich in einer schwierigen Lage, nicht nur in gesellschaftlicher Hinsicht, sondern auch in finanzieller. Die Bordelle und Saloons waren voll von Frauen, die keinerlei Einkommen besaßen und keinen Mann hatten, der für ihren Unterhalt aufkam – sei es ein Vater, Bruder oder Gatte. Diesen Frauen blieb keine andere Wahl.

»Christy«, sagte Zachary und umfasste ihre Arme fester, »ich verlange ja nicht, dass Sie Jake nicht mehr treffen oder mit mir durchbrennen sollen, obwohl der Gedanken seinen Reiz hat. Aber bitte überstürzen Sie nicht eine Entscheidung, die so wichtig und endgültig ist.«

Christy richtete sich kerzengerade auf, streckte entschlossen das Kinn vor und trat einen Schritt zurück. »Sie verstehen das nicht«, entgegnete sie stolz und anklagend. »Und Sie werden es auch niemals begreifen, weil Sie ein Mann sind und alles im Leben erreichen können, wenn Sie es nur versuchen.«

»Nicht alles«, berichtigte er sie. Mit einem niedergeschlagenen Ausdruck in seinen sonst so schelmisch funkelnden Augen schenkte er ihr ein trauriges Lächeln und ließ sie allein in der stillen Ecke von Jake Vigils prächtigem Speisezimmer zurück. Sie blickte ihm nach und fühlte sich wie in dem Augenblick, als ihr bewusst geworden war, dass der Süden, ihre geliebte Heimat, auf immer in die Knie gezwungen war. Sie hatte beinahe alles verloren, an dem ihr Herz je gehangen hatte: den Großvater, ihre Mutter, ihren Vater und ihren Onkel. Und die Farm. Lieber Himmel, die Farm, der schönste Ort auf Gottes Erde, gelegen an einer besonders fruchtbaren Stelle im Shenandoah-Tal.

Seltsamerweise schien Christy in diesem Augenblick der Verlust Zachary Shaws der größte von allen zu sein.

»Christy?«

Sie drehte sich um und erblickte Bridget, die sie besorgt ansah.

»Ist alles in Ordnung?«, fragte die Cousine leise, als Christy schwieg.

Sie presste die Lippen zusammen und bemühte sich dann, ein Lächeln auf ihr Gesicht zu zaubern, eines aus dem geheimen und schwindenden Vorrat in ihrer Seele. Dabei hatte sie es so satt, ständig tapfer zu sein und aus allem das Beste zu machen. »In schönster Ordnung«, flunkerte sie.

Bridget blickte skeptisch und ein wenig verärgert drein, sagte jedoch nichts. Ihr Gesichtsausdruck machte deutlich, dass sie Wichtigeres zu tun hatte, als die Wahrheit aus jemandem herauszupressen, der sie verheimlichen wollte. »Die Brathühner sind ausgezeichnet«, erzählte sie und hob ihren Teller, um Christy die Auswahl köstlicher Speisen zu zeigen, die den Gästen zur Verfügung stand. Dann blickte sie über Christys Schulter und lächelte sanft. »Da kommt Jake mit deinem Abendessen«, bemerkte sie. »Ich werde nach Trace suchen und verhindern, dass er sich auf eine Diskussion über Politik einlässt.

Sie und Mr. Vigil wechselten einige höfliche Worte miteinander, dann verschwand Bridget in der Menge. Überrascht stellte Christy fest, dass sie die Cousine beinahe ebenso sehr vermisste wie Zachary zuvor.

»Die Nacht ist ausgesprochen mild«, bemerkte Mr. Vigil und errötete langsam, aber gründlich. Er ist wirklich bemerkenswert schüchtern, dachte Christy mit einer gewissen Zuneigung. »Möchten Sie Ihr Abendessen vielleicht draußen auf der Veranda einnehmen?«

Christy nahm allen Mut zusammen und lächelte ihn strahlend an. »Das wäre wunderbar«, sagte sie und widerstand der Versuchung, sich nach Zachary umzusehen. Stattdessen nahm sie Jake schnell den Teller aus der Hand, da zu befürchten stand, dass er ihn auf den Perserteppich fallen lassen würde.

Tatsächlich war sie sich Zacharys Blick bewusst, als sie in Jakes Begleitung durch den Salon ging. Keine Macht der Welt hätte sie in diesem Augenblick dazu bewegen können, seine Nähe zu suchen, obgleich sie sich von Herzen danach sehnte, es zu tun. Auch Skye beobachtete das Geschehen, den Blick auf Jake gerichtet.

Schon bei ihrem ersten Besuch hatte Christy entdeckt, dass das Haus von einer großzügigen Veranda umgeben war. Beleuchtet vom Mondschein und dem Kerzenlicht, das durch die hohen Fenster drang, schwang eine weiße Schaukelbank im sanften Nachtwind hin und her. Obgleich sie sehr angespannt war, wusste Christy, dass sie sich in Jakes Gegenwart sicher fühlen durfte, und nahm auf der Schaukel Platz, den Teller vorsichtig auf dem Schoß haltend.

Jake setzte sich neben sie, und sein Gewicht ließ die Ketten der Schaukel ächzen. Er suchte nicht Christys Blick, sondern betrachtete stattdessen den Sternenhimmel. Der Geruch von frisch geschnittenem Holz mischte sich aufs Angenehmste mit dem Duft von Jakes Rasierseife und dem Aroma des Festmahls.

»Es ist schon lange her, dass eine Frau nach Primrose Creek kam, die so schön war wie Sie«, begann Jake nach längerem Schweigen. Selbst jetzt sah er Christy nicht an, sondern konzentrierte sich ganz auf die Gestirne und die schwierige Aufgabe, eine Frau zu umwerben. »Es kann hier recht einsam werden für einen Mann, sodass er sich fragt, warum er eigentlich so schwer gearbeitet und sich ein schönes Haus gebaut hat ...«

Christy wartete, unfähig etwas zu sagen oder zu essen. Am liebsten wäre sie aufgesprungen und geflohen, doch sie blieb. Sie hatte ihren Vorsatz gefasst und würde nicht davon abweichen.

Jake räusperte sich. Im fahlen Mondlicht schien ein geradezu jammervoller Ausdruck auf seinen Zügen zu liegen. »Hier draußen geschehen die Dinge manchmal sehr schnell«, fuhr er fort. Seine Stimme klang rau und ein wenig grimmig, trotz seiner offenkundigen Anstrengungen, das Gegenteil zu erreichen. »Was in den großen Städten des Ostens vielleicht ein oder zwei Jahre dauern würde, nun ... was ich zum Ausdruck bringen will, ist ...«

Mochte Christy Jake Vigil auch nicht lieben, so empfand sie immerhin große Zuneigung zu ihm. Sie verfügte über eine gute Menschenkenntnis, und ihr Instinkt sagte ihr, dass dieser Mann gütig, ehrenhaft und großzügig war. Er wies all die Eigenschaften auf, die sie sich von ihrem künftigen Ehemann erhoffte – oder zumindest die meisten.

Sie balancierte ihren Teller auf dem Schoß und nahm Jakes Hand, die sie aufmunternd drückte.

»Was ich auszudrücken versuche, ist, dass ich ein häuslicher Mann bin, der sich eine Ehefrau wünscht. Ich trinke kaum, spiele nicht und lasse mich nicht auf Abenteuer ein. Ich würde

Sie niemals schlagen oder zwingen … mich Ihnen aufzwingen.« Es schien, als drohte er an diesen letzten Worten zu ersticken. Christys Herz, müde und verwundet, erwärmte sich einmal mehr für ihn. »Ich habe keine Schulden und genug Geld, um für Sie und unsere Kinder zu sorgen. Ich möchte …« Er schluckte schwer und begann aufs Neue. »Ich möchte Sie um die Erlaubnis bitten, Ihnen den Hof machen zu dürfen, mit dem Ziel, Sie zu heiraten, sobald es schicklich ist.«

Christy atmete tief durch. Ihr Wunsch hatte sich erfüllt. Dennoch wäre sie froh gewesen, wenn die Sache etwas mehr Zeit in Anspruch genommen hätte und vielleicht auch ein wenig schwieriger gewesen wäre. »Ihre Besuche sind mir jederzeit willkommen, Mr. Vigil.«

Jetzt nahm er ihre Hand. »Jake«, verbesserte er sie rau, »bitte nennen Sie mich Jake.«

Mit einiger Mühe vermochte Christy, ihn anzusehen. »Sie wissen kaum etwas über mich«, erwiderte sie. »Ich bin eine Fremde.«

Zu ihrer Überraschung hob Jake ihre Hand an seine Lippen und küsste sie sanft. Christy empfand nichts dabei, obgleich dieselbe Geste ein Feuer in ihrem Innern entfacht hätte, wäre Zachary an Jakes Stelle gewesen. »Ich bin ein ehrlicher Mann«, versicherte Jake. »In meinen dreißig Lebensjahren war ich nie verheiratet. Als ich dieses Haus baute und all die schönen Möbel aus San Francisco kommen ließ, dachte ich, es würde mein Zuhause werden. Doch inzwischen weiß ich, dass erst eine liebende Frau ein Haus in ein Heim voller Leben und Wärme verwandeln kann. Ich wünsche mir eine Familie.«

Christy sehnte sich nach einem Ehemann, einem schönen Zuhause und Kindern. Jake, ein freundlicher, anständiger Mann, hatte ihr soeben seine ernsten Absichten kundgetan, und trotzdem empfand Christy mehr Kummer als Freude. Zacharys Worte hallten in ihrem Innern wider. *Wenn Sie Ihre Pläne wirklich in die Tat umsetzen, dann heiraten Sie nur ein Haus, aber keinen Mann. Sie ruinieren dadurch nicht nur Ihr Leben, sondern auch Jakes …*

Sie würde Jakes Leben nicht zerstören, schwor sich Christy in diesem Augenblick. Ihre Hingabe würde vielleicht nicht ganz aus vollem Herzen kommen, aber dennoch niemals aufhören. Wie es in der Heiligen Schrift geschrieben stand, würde ihres Mannes Herz auf das ihre vertrauen können. »Ja«, antwortete sie, obgleich sie das Wort kaum über die Lippen brachte, »natürlich werden wir Kinder haben.«

Endlich lächelte er sie an. Christy wünschte sich von ganzem Herzen, ihn lieben zu können. Sie sehnte sich nach einer geheimnisvollen Macht, die sie dazu bringen würde, diesen sanften, schüchternen Mann so zu verehren, wie er es verdiente. »Dann sind wir uns einig?«, fragte er.

Christy nickte und senkte den Blick. Das Essen auf ihrem Teller war kalt geworden, und sie hatte nichts davon angerührt. Zwar hatte sie seit dem Frühstück nichts mehr zu sich genommen, wusste jedoch, dass schon ein Bissen sie dazu zwingen würde, dort drüben ins Gebüsch zu eilen.

Die Morgensonne entzündete ein silbriges Feuer auf dem Wasser des Primrose Creek. Caney hockte am Ufer und wusch einen abgetragenen Musselinunterrock. Der durchdringende Blick ihrer braunen Augen schien dazu gedacht zu sein, Christy an den Stamm der riesigen Ponderosa-Kiefer hinter ihr zu pressen. »Das ist nichts als Hurerei«, sagte sie freiheraus. »Ich will damit nichts zu tun haben, Christy McQuarry, dass du es nur weißt. Setze du nur deinen närrischen Plan in die Tat um, dann kehre ich dir auf ewig den Rücken und lasse dich in deinem Unglück schmoren. Ich werde es tun, glaub mir!«

Christy, die sich mit einem geflickten Leinenlaken beschäftigte, war es leid, ihren Entschluss zu verteidigen. »Du würdest Primrose Creek nicht verlassen«, entgegnete sie spitz. »Schließlich hast du es darauf abgesehen, Mr. Hicks zu heiraten, der bestimmt in der Stadt bleiben will.«

»Ich kann mit Mr. Malcolm Hicks verheiratet sein und mir trotzdem aussuchen, mit wem ich Umgang pflege, Miss Hochnäsig. Und bilde dir nicht ein, dass du mich dazu überreden kannst, dir den Haushalt zu führen. Das kommt nicht infrage. Da ziehe ich lieber auf die andere Seite des Flusses und helfe Miss Bridget und Trace und den Babys. Dir werde ich es schon zeigen.«

Insgeheim hatte Christy gehofft, dass Caney für sie arbeiten würde, wenn sie erst mit Jake Vigil verheiratet wäre. Der Gedanke, Caney könne Megan und sie um Bridgets willen im Stich lassen, trieb ihr die Zornesröte in die Wangen. »Warum gehst du dann nicht gleich zu ihnen, wenn es das ist, was du tun willst?«, fragte sie gespielt gleichgültig.

Nach kurzem, beredtem Schweigen war es Caney, die das Wort ergriff. »Miss Megan braucht mich hier, zumal ihr eigen Fleisch und Blut den Verstand verloren hat.«

Christy spülte einen Kissenbezug aus, vielleicht mit etwas mehr Eifer, als es nötig gewesen wäre. Nach ihrer Heirat mit Jake würden sie, Megan und Caney in einem schönen, großen Haus leben, an einem Ort, an dem sie gut versorgt und geborgen waren. Nie wieder würden sie Entbehrungen hinnehmen müssen. Warum konnten denn weder Caney noch Megan einsehen, dass es das Beste für alle war?

Es ärgerte Christy sehr, dass die Freundin, deren Meinung sie schätzte, ihren Plänen so ablehnend gegenüberstand. »Du bist eine unabhängige Frau«, erklärte sie knapp, »und kannst tun, was dir beliebt.«

Inzwischen wirkte Caney eher traurig als wütend. »Du wirst deine Meinung nicht ändern, nicht wahr? Bei Gott, ich habe schon Stiere gesehen, die weniger dickköpfig waren als du.«

Christy schüttelte nur den Kopf. Nein, sie würde an ihrem Vorhaben festhalten. Sie blickte sich nach ihrer Schwester um, die gerade zwei volle Wassereimer zur Hütte hinaufschleppte. Megan hatte bereits die Maultiere gefüttert und mehrere Stunden im Garten gearbeitet. Zwar schien sie nicht unzufrieden zu sein, doch Christy konnte sich nur allzu lebhaft vorstellen, wie die Jahre der Mühsal und Plage den Glanz aus Megans grünen Augen stehlen würden. Alt und gebrechlich würde sie werden, lange vor der Zeit.

Diesen Gedanken konnte Christy nicht ertragen, weder für sich, noch für ihre Schwester oder die Kinder, die sie in einem liebevollen und sicheren Zuhause aufzuziehen hoffte.

»Das Mädchen wird seinen eigenen Weg finden«, versicherte Caney leise, als sie Christys gedankenverlorenem Blick folgte. »Der Herr hat Pläne mit ihr, wie mit uns allen.«

Christy presste die Lippen zusammen. Sie hatte genug von den Plänen des Herrn – seinen Plänen für ihren Großvater, ihre Mutter, den Süden und die Farm, auf denen viele Generationen von McQuarrys glücklich gewesen waren. Sie würde nie wieder Gott etwas anvertrauen, das so wichtig war wie die Zukunft ihrer Schwester. Dennoch schwieg sie, da sie wusste, wie viel Caney Gott und seine Werke bedeuteten. Sie verwandelte sich in einen Feuer speienden Drachen, wenn sie sich gezwungen sah, ihren Glauben zu verteidigen.

Caney schien in diesem Augenblick ihre, Christys, Gedanken lesen zu können. Sie stand auf, wrang den Unterrock aus und legte ihn zum Trocknen über einen Busch. »Ich gehe in die

Stadt«, sagte sie steif, »warte nicht mit dem Abendessen auf mich.«

Christy erhob keine Einwände. Im Gegenteil, sie war froh, eine Weile mit ihren Gedanken allein sein zu können. Sie beendete die Wäsche und erhob sich dann langsam. Ihre Arme und Knie schmerzten von der harten Arbeit, ihr Rock war durchnässt, und ihre Frisur hatte sich praktisch aufgelöst.

Megan überquerte gerade die Brücke, vermutlich um Skye einen Besuch abzustatten, und Caney hatte eines der Maultiere gesattelt und war in einer Wolke aus Staub und Entrüstung davongeritten. Erschöpft machte sich Christy auf den Weg zur Hütte. In einigen Stunden würde sie die Wäsche hereinholen und in der Zwischenzeit den Wald und die Felder nach wilden Erdbeeren absuchen. Vielleicht fand sie sogar eine Honigwabe.

Die Bienen schwirrten emsig umher, und Christy entdeckte einen großen Bienenstock in einer Astgabel. Doch dann erspähte sie in weiter Ferne einen Bären und ließ von ihrem Vorhaben ab. Sie war schon ein gutes Stück von der Hütte entfernt, als sie eine Stelle mit Erdbeerpflanzen fand. Christy bückte sich und begann, die kleinen, aromatischen Beeren in ihrer Schürze zu sammeln. Sie lächelte, als sie sich daran erinnerte, wie ihr Großvater sie früher oft beschuldigt hatte, mehr Beeren zu essen, als sie nach Hause brachte. Dann hatte er gelacht, Christy hochgehoben und sich mit ihr um die eigene Achse gedreht, bis sie vor Vergnügen gekreischt hatte.

Das Schnauben eines Pferdes verriet Christy, dass sie nicht mehr allein war, obwohl sie weder Hufschläge noch das Klirren von Zaumzeug gehört hatte. Sie blickte auf und sah eine alte, weißhaarige, grimmig dreinblickende Indianerin, die sie vom Rücken einer hellbraunen Stute aus beobachtete. Die Frau war in Leder gekleidet und trug einen Speer in der Hand. Ihre Augen glänzten so schwarz wie Krähenflügel.

Christy war so verblüfft, dass ihr zunächst überhaupt nicht auffiel, dass die Alte außer dem Speer noch etwas anderes trug. Ihr erster Gedanke war, sich dafür zu entschuldigen, offenbar Indianergebiet betreten zu haben. Doch bevor sie noch etwas von sich geben konnte, beugte sich die Frau vor und hielt Christy ein strampelndes, wimmerndes Bündel hin.

»Mach gesund«, sagte sie in einem Tonfall, der keinen Widerspruch duldete. »Medizin des weißen Mannes. Mach gesund.«

Obwohl sie Angst hatte, brachte die Neugier Christy dazu, näher zu treten, die Arme auszustrecken und dabei ganz die Erdbeeren in ihrer Schürze zu vergessen. Plötzlich hielt sie einen Säugling, der in eine Pferdedecke gewickelt war. Das Kind war kaum noch bei Bewusstsein. Hitze strahlte von dem kleinen Körper aus, und auf der Stirn des Kindes standen Schweißperlen.

»Warten Sie«, bat Christy, als der Bann gebrochen war und sie den Blick vom Gesicht des Babys wenden konnte. »Ich kann nicht … Ich bin nicht …«

»Mach gesund«, wiederholte die Alte und drohte mit dem Finger. Ihre Hände waren so knotig und gekrümmt wie die Wurzeln eines uralten Baumes.

»Aber …«

Die Indianerin wendete ihr Pferd und trieb es mit den Fersen ihrer Mokassins an. Schon bald war sie zwischen den Bäumen verschwunden.

Christy schob die Decke zurück und betrachtete das kleine, schweißnasse Gesicht. Sie hatte Caney auf dem Weg nach Westen dabei geholfen, die Verletzten zu pflegen, hatte gebrochene Knochen gerichtet und sogar hin und wieder eine Kugel aus einem Bein oder einer Schulter entfernt. Dennoch hatte sie nicht die leiseste Ahnung, wie sie diesem Kind helfen sollte.

Nach einer Weile löste sie sich aus ihrer Erstarrung und ging nach Hause. Sie hatte die Hütte schon fast erreicht, als ihr bewusst wurde, dass der Säugling womöglich an Scharlach erkrankt war. Damit bedeutete das Kind eine große Gefahr für Megan, die diese gefürchtete Krankheit nie gehabt hatte, von Bridgets kleinem Sohn Noah und dem ungeborenen Baby ganz zu schweigen. Christy konnte sich nicht daran erinnern, ob sie selbst Scharlach gehabt hatte oder nicht. Möglicherweise war sie noch ein kleines Mädchen gewesen.

Sie blieb stehen. Was sollte sie nun tun? Das Kind einfach seinem Schicksal zu überlassen war unmöglich. Doch sie durfte auch nicht das Leben anderer Menschen aufs Spiel setzen. Wenn doch nur Caney nicht in die Stadt geritten wäre! Sie hätte sicher einen Rat gewusst.

Schließlich setzte Christy ihren Weg fort und ging durch das Unterholz auf die Straße zu, die nach Primrose Creek führte. Es gab zwar keinen Arzt in der näheren Umgebung, doch vielleicht würde sie Caney treffen, wenn diese von ihrem höchst unschicklichen Treffen mit Mr. Malcolm Hicks zurückkehrte.

Stattdessen begegnete sie Trace, der einen Wagen voller Baumaterial kutschierte. Als er Christy sah, zügelte er die Pferde und lächelte ihr zu. Mit dem Fuß zog er die Bremse des Wagens an. »Hallo«, begrüßte er Christy. Als er sah, dass sie etwas in den Armen trug, wurde er ernst und stieg vom Kutschbock. »Ein Soldat wird bald zu euch kommen, um die Armeepferde abzuholen«, berichtete er. »Er heißt Charlie Brimm und ist auf dem Weg nach Fort Grant. Er hat angeboten, die Pferde gleich mitzunehmen.«

Die beiden Pferde, die sie und Megan sich geliehen hatten, waren im Augenblick Christys geringste Sorge. »Halt, Trace«, erklärte sie laut und fest. »Komm nicht näher.«

Er sah sie erstaunt an und schob sich den Hut in den Nacken. »Was ...«

Sie schlug die Decke zurück, sodass er das Gesicht des Kindes sehen konnte. »Der oder die Kleine ist krank. Ich vermute, dass es sich um Scharlach handelt.«

Trace pfiff leise durch die Zähne. »Großer Gott«, murmelte er leise. »Wo hast du das Kind her?«

Christy erklärte es ihm hastig. »Gibt es hier irgendwo einen Arzt?«, fragte sie wider besseres Wissen.

Er schüttelte den Kopf. »Der nächste ist Doc Tatum in Fort Grant. Und der wird sich von einem Kind mit Scharlach fern halten, um keine Epidemie unter den Soldaten auszulösen. Du kannst es aber in der Mission bei den Arrons versuchen. Der Reverend verstand sich auf das Heilen von Kranken, bevor er sich entschloss, den Heiden das Heil zu predigen.«

»Doc Tatum würde sich von einem kranken Kind abwenden? Sicher nicht, wenn es sich um ein *weißes* Kind handeln würde«, bemerkte Christy knapp. Sie wusste, wie ungerecht sie war, doch Furcht und Verzweiflung hatten noch nie einen guten Einfluss auf ihren Charakter ausgeübt.

»Das kann schon sein«, gab Trace zu. Dieses Wissen schien ihn ebenso sehr zu bekümmern wie Christy. »Versuche es bei den Arrons. Vor einigen Jahren haben sie vielen Menschen geholfen, als die Diphtherie ausbrach. Vermutlich nehmen sie das Kind sogar ganz bei sich auf.«

Hoffentlich, dachte Christy. Vielleicht würde sie aber auch mit dem Kind durch unbekanntes, gefährliches Gebiet reiten, nur um schließlich abgewiesen zu werden. Sie hatte auf der Reise viele freundliche und aufopferungsvolle Missionare kennen gelernt, aber auch solche, die sie dazu gebracht hätten, ewige Verdammnis auf sich zu nehmen, statt sich im Himmel in deren Gesellschaft zu befinden.

»Du kannst nicht allein reiten«, mahnte Trace, als sie schwieg. »Ich sage Bridget Bescheid, dass wir einen oder zwei Tage unterwegs sein werden, und begleite dich.«

Christy schüttelte bereits den Kopf, ehe er den Satz zu Ende gesprochen hatte. »Damit riskieren wir, Noah und das Ungeborene anzustecken. Keinesfalls, Trace.«

»Was dann?«

»Caney wird mich begleiten. Sie muss ja bald zurückkehren.

»Darauf würde ich nicht wetten«, meinte Trace mit der leisesten Andeutung eines Lächelns. »Ich habe sie gerade gesehen, wie sie mit Malcolm im Buggy aus der Stadt gefahren ist. Ich vermute, sie planen ein Mondscheinpicknick irgendwo da draußen. Es wird schwer werden, sie zu finden.«

Mit bloßer Willenskraft hielt sich Christy aufrecht. Am liebsten hätte sie sich mit dem Baby auf dem Arm an den Wegesrand gesetzt und hemmungslos geweint. Wie gewöhnlich stand ihr jedoch diese Möglichkeit nicht offen. »Ich muss einen Weg finden«, sagte sie, zu sich selbst ebenso wie zu Trace. »Ich kann das Kind nicht so einfach aufgeben …«

Trace wendete den Wagen in einem großen Kreis. »Ich fahre zurück und versuche, Caney aufzutreiben. Megan kann bei uns bleiben, bis du zurückkommst.«

»Danke«, erwiderte Christy mit einem leisen Seufzer. Als Trace und der Wagen in einer riesigen Staubwolke verschwunden waren, ließ sich Christy auf einem umgefallenen Baumstamm nieder, wiegte das Kind in den Armen und summte ihm ein Schlaflied ohne Worte.

Sie wusste nicht, wie viel Zeit vergangen war, bis Trace zurückkehrte. Er wurde jedoch nicht von Caney begleitet, sondern von Marshal Zachary Shaw. Der Gesetzeshüter ritt seinen stattlichen braunen Hengst und führte eine graue Stute am Zügel, die er sich offenbar geliehen hatte.

»Wo ist Caney?«, wollte Christy wissen.

»Sie ist beschäftigt«, antwortete der Marshal mit einem höflichen Lächeln. »In Jakes Mühle hat sich ein Mann den Arm halb abgeschnitten. Caney flickt ihn gerade zusammen.« Er saß ab und ging auf Christy zu, offenbar unbesorgt. »Außerdem ist der Weg zur Mission ohnehin zu gefährlich für zwei Frauen allein.«

Trace nahm den Hut ab und wischte sich die Schweißperlen von der Stirn. Er beobachtete den Wortwechsel so aufmerksam wie ein Wachsoldat, der mit einem Überfall rechnet. »Bridget und ich werden uns um Megan und Caney kümmern«, versicherte er. »Ihr solltet besser aufbrechen und das Tageslicht ausnutzen.«

Wäre Christy nicht beinahe krank vor Sorge um das Kind gewesen, hätte sie sich bestimmt Gedanken darüber gemacht, dass sie vom Pech verfolgt zu sein schien. Zuerst hatte sie Zachary Shaws Gesellschaft auf dem Ritt von Fort Grant ertragen müssen, und nun würden sie sich wieder gemeinsam auf den Weg machen. Es war eine Reise ins Ungewisse mit einem fiebernden Säugling. Christy war der Meinung, schon genügend Schwierigkeiten zu haben, ohne sich auch noch mit diesem Mann auseinander setzen zu müssen.

»Lassen Sie mich sehen«, bat er, und nahm ihr das Baby so selbstverständlich aus den Armen, als hätte er selbst schon ein Dutzend Kinder aufgezogen. Er schlug die Satteldecke zurück und sprach leise mit dem Säugling. »Hallo, Kleines. Ich habe gehört, dass du uns einmal besuchen wolltest. Du fühlst dich nicht besonders wohl, habe ich Recht?«

Christy schien es den Hals zuzuschnüren. »Wir sollten uns wirklich auf den Weg machen«, bemerkte sie niedergeschlagen. Der Himmel allein wusste, welche Auswirkungen diese Reise auf ihre Heiratspläne haben würde. Ungeachtet ihrer Gründe wäre Jake sicher nicht damit einverstanden, doch sie hatte keine Wahl.

»Das Baby braucht etwas Wasser«, stellte sie leise fest.

Trace rief ihnen einen Gruß zu und machte sich auf den Heimweg.

»Ich habe eine Feldflasche dabei«, antwortete Zachary. »Steigen Sie nur auf, dann gebe ich Ihnen das Kind.«

Christy griff mit einer Hand nach den Zügeln und schwang sich leicht in den Sattel der Stute. Zachary legte ihr das Baby in den Arm und tränkte dann ein Taschentuch mit Wasser aus seiner Feldflasche. Auch das reichte er ihr.

Sanft legte Christy das Stück Stoff zwischen die Lippen des Babys. Es wimmerte leise und begann, schwach an dem Tuch zu saugen. Zachary gab Christy die Feldflasche und lenkte dann seinen Hengst in die Richtung der Berge im Westen.

»Wir könnten die Mission bis Mitternacht erreicht haben«, erklärte er. »Wenn Sie durchhalten.«

Christy hatte nicht die Absicht, sich von ihm ärgern zu lassen. Stattdessen ließ sie ihr Pferd neben seinem in einen leichten Trab fallen. »Wo haben Sie das gelernt?«, fragte sie.

»Was denn?« Seine Augen schimmerten so strahlend blau, dass es beinahe schmerzhaft war, seinem Blick zu begegnen.

Sie hatte das Baby fest im Arm und hielt die Zügel der Stute mit einer Hand. »Sie können mit Kleinkindern umgehen. Wie kommt das?«

Er rückte lächelnd seinen Hut zurecht. »Ich wuchs in einer großen Familie auf. Fünf jüngere und fünf ältere Geschwister. Wir haben alle mit angepackt.«

Dankbar griff Christy diesen Gesprächsfaden auf. »Wo? Ich meine, wo kommen Sie her?«

»Geboren wurde ich in Sioux City. Wir sind nach Denver gezogen, als ich vierzehn Jahre alt war. »Wir brauchten zwei Planwagen allein für die Familie. Mein Vater war Prediger, Beerdigungsunternehmer, Hufschmied und Zahnarzt, je nachdem, was gebraucht wurde. Wir hatten nicht viel Geld, litten aber niemals Not.«

»Und Ihre Mutter?«

»Sie lebt noch immer in Denver, bei meinem ältesten Bruder und seiner Frau. Wir anderen sind über das ganze Land verstreut.«

Christy fiel auf, mit wie viel Zuneigung Zachary von seiner Familie sprach. Mochte die Familie Shaw auch arm gewesen sein, offenbar hatte Zachary dennoch eine glückliche Jugend erlebt. Sie beneidete ihn darum. »Warum haben Sie Denver verlassen?«

Sie befanden sich auf einer ebenen Strecke, und die Pferde fielen wie von selbst in einen leichten Galopp. Zachary sah nachdenklich aus, ein wenig abweisend sogar, doch schließlich antwortete er: »Wegen einer Frau.«

Christy bereute ihre Frage. Hatte sie wirklich geglaubt, ein Mann wie Zachary wäre noch nie in seinem Leben in eine Frau verliebt gewesen? Dennoch erschien ihr der Gedanke an seine Bemühungen um eine andere beinahe unerträglich. Obwohl sie selbstverständlich nicht an ihm interessiert war. »Verzeihung«, sagte sie. »Ich wollte nicht neugierig sein.«

»Es macht mir nichts aus, Ihnen davon zu erzählen«, gab er ruhig zurück. »Ihr Name war Jessie St. Clair. Wir waren miteinander verlobt. Eines Tages ging sie zur Bank, um die Einnahmen aus dem Geschäft ihres Vaters einzuzahlen, und geriet in einen Überfall.« Er zögerte und senkte kurz den Blick. »Sie wurde erschossen.«

»Es tut mir Leid«, murmelte Christy, die sich schuldig fühlte, weil sie auf eine Frau eifersüchtig gewesen war, die so jung ums Leben gekommen war.

»Schon gut«, erwiderte Zachary knapp. »Können Sie das Baby halten, oder soll ich Ihnen eine Trageschlinge machen?«

»Ich kann es noch eine Weile halten«, antwortete Christy. »Haben Sie Jessie geliebt?« Was, um alles in der Welt, hatte sie zu *dieser* Frage veranlasst?

Zachary blickte sie durchdringend an. »Ja«, antwortete er. »Ich liebte sie. Und nun verraten Sie mir bitte, wie Sie eigentlich zu diesem Baby gekommen sind. Traces Schilderung war sehr kurz.«

Christy erzählte ihm von ihrer Begegnung mit der alten Indianerin. »Sie werden mich töten, falls das Kind stirbt, nicht wahr?« Die Erkenntnis traf sie ganz plötzlich, obwohl sie schon länger eine gewisse Unruhe verspürt hatte. »Die Indianer, meine ich.«

Zachary lächelte zwar nicht, wirkte jedoch auch nicht sonderlich besorgt. »Sie könnten es versuchen.«

Danach ritten sie schweigend weiter und machten einige Stunden später an einem Gebirgsbach Rast, um die Pferde zu tränken. Christy zog ihren Unterrock aus, und Zachary machte daraus eine Schlinge, in der sie das Baby sicher tragen konnte, ohne dass ihr die Arme schmerzten. Inzwischen hatten sie herausgefunden, dass es sich bei dem Kind um ein Mädchen handelte.

»Ich möchte Sie etwas fragen«, begann Zachary, als sie aufbrachen. Er hatte sich die Trageschlinge umgelegt, in der die Kleine sicher ruhte, und saß auf.

Christy seufzte. »Was denn?« Sie war müde und machte sich Sorgen um das Kind, für dessen Wohl sie nun durch eine Fügung des Schicksals verantwortlich war. Sie stieg in den Sattel und nahm die Zügel der Stute auf.

»Wo haben Sie gelernt, so zu reiten? Sie sind auf dem Pferd so sicher wie ein Indianer.«

Christy lächelte trotz der körperlichen und seelischen Erschöpfung. Sie hatte Hunger, doch es würde noch Stunden dauern, bis sie ihr Ziel erreichten. »Ich wuchs auf einer Farm in Virginia auf«, antwortete sie, »und kann mich nicht daran erinnern, jemals nicht mit Pferden umgegangen zu sein. Vermutlich saß ich schon im Sattel, ehe ich laufen konnte, dafür hat mein Vater bestimmt gesorgt.«

»Erzählen Sie mir von ihm.«

Es war nur gerecht. Zachary hatte über seine Familie gesprochen, also gab es für sie keinen Grund, ihm nicht auch von ihrer zu berichten. »Der Name meines Vaters war Eli McQuarry. Er war ein Tunichtgut seit dem Tag seiner Geburt, trank mehr als die übrige Gemeinde zusammen und ritt wie der Teufel. Er und Onkel J.R. duellierten sich eines Tages wegen einer Frau, und kurz darauf ging meine Mutter nach England – mit einem Mann, den sie in Richmond kennen gelernt hatte. Megan und mich nahm sie mit.« Eigentlich hatte sie schon mehr preisgegeben, als es ihre Absicht gewesen war, doch es war nun nicht mehr zu ändern.

»Hat es Ihnen in England gefallen?«

Sie schüttelte den Kopf. »Nein, ich hatte Heimweh nach Virginia und meinem Großvater. Manchmal war es so schlimm, dass ich glaubte, daran sterben zu müssen.«

Zacharys Haar schimmerte golden im Licht der Nachmittagssonne. Mit einem Arm stützte er das kleine Mädchen in der Trageschlinge. »Haben Sie noch immer Heimweh?«

Christy prüfte ihr Herz gründlich. »Nein«, antwortete sie schließlich. »Es hat sich etwas verändert.«

Er nickte und drehte sich zu ihr um. Doch sie konnte seinen Gesichtsausdruck nicht erkennen, da seine Züge vom Schatten der Hutkrempe verdunkelt wurden. »Also ist Primrose Creek jetzt Ihr Zuhause?«

Christy wich seinem Blick nicht aus, obwohl die Versuchung groß war. »Ja«, erwiderte sie, »so ist es.«

5

Der Anblick des Sees, der sich wie ein funkelnder Saphir ausnahm in einer Fassung aus Bäumen, Bergen und Himmel, raubte ihr schier den Atem. Lange Zeit vermochte sie nicht zu sprechen, sondern stand nur in den Steigbügeln und betrachtete die verblüffende Landschaft. Andächtig nahm sie das herrliche Bild in sich auf und fühlte sich den Tränen nahe, nicht aus Kummer, sondern aus reiner Freude.

Als die Sonne den Horizont entflammte, leuchtete das stille Wasser in Schattierungen von Gold, Silber und Purpur.

Zachary, der noch immer das Baby auf dem Arm trug, brachte sein Pferd neben Christy zum Stehen. »Die Einheimischen nennen den See Tahoe«, erklärte er. »Es ist die einfache Version eines Worts der Washoe-Indianer, das Weiße nicht aussprechen können. Viele Indianer nennen ihn jedoch einfach den ›Himmelssee‹.«

Langsam und zögernd atmete Christy aus. Tatsächlich schien diese Bezeichnung treffend zu sein, denn man hätte wirklich glauben können, ein Stück Himmel sei zur Erde herniedergeschwebt und habe sich sanft inmitten der prächtigen Landschaft niedergelassen. »Ich habe noch nie in meinem Leben etwas so Schönes gesehen«, bemerkte Christy leise. »Niemals.«

Sie spürte förmlich sein Lächeln, noch ehe sie einen Blick auf sein Gesicht erhaschte. »Es lässt einen Menschen an Gott glauben«, stimmte Zachary zu. »Es gibt keine andere Erklärung für einen Anblick wie diesen.«

»Ich möchte nie wieder von hier fort«, flüsterte Christy wie verzaubert. »Ich wünschte, einfach hier eine Hütte bauen zu können und den Rest meines Lebens damit zu verbringen, diesen See zu betrachten.«

Zachary lachte leise. Seine Stimme klang tief und männlich. Kein ungewöhnliches Lachen vielleicht, dennoch schien es nur ihm allein eigen zu sein. An seiner Brust begann das Baby wie ein kleines, verwundetes Waldtier zu wimmern, das aus seinem Versteck gejagt und in ein gefährliches Gebiet getrieben worden war.

»Es ist gut«, sagte er leise, und das Kind beruhigte sich auf wundersame Weise. Mit ernster Miene sah er Christy an. »Es scheint, als würde sich Ihr Wunsch für den Augenblick erfüllen«, fuhr er mit so viel Begeisterung in der Stimme fort, als liefe er Gefahr, inmitten einer Herde galoppierender Rinder vom Pferd geworfen zu werden. »Die kleine Lady hier muss sich ausruhen. Und Ihnen würde eine Pause sicher auch gut bekommen.«

Dem konnte Christy nicht widersprechen. Sie waren bereits seit Stunden unterwegs, und das Kind war mittlerweile sicher nicht nur schwer krank, sondern auch von der Reise erschöpft. Auch sie selbst fühlte sich müde, obwohl sie an harte Arbeit und beschwerliche Reisen gewöhnt war. »Ich werde der Kleinen noch ein wenig Wasser einflößen«, entschied sie, »wenn Sie inzwischen die Pferde versorgen und ein Feuer anzünden.«

Zachary grinste und tippte sich an den Hut. »Sehr wohl, Mylady.«

Sie blickte ihn ernst an. »Warum tun Sie das? Aus welchem Grund verspotten Sie mich immer wieder, als wäre ich eine alternde, herrische Lady, die Sie ständig herumkommandiert?«

Belustigt funkelten Zacharys Augen. »Ich liebe es, Ihre Reaktionen zu beobachten«, gestand er und saß elegant ab. »Außerdem neigen Sie tatsächlich dazu, überflüssige Anweisungen und ungebetene Ratschläge zu erteilen.«

Christy lehnte beim Absteigen seine Hilfe ab, nicht weil sie etwa zornig gewesen wäre, sondern weil sie es für notwendig hielt, Zachary auf Abstand zu halten. Als sie schließlich vor ihm stand, löste er vorsichtig das Tragetuch von seinem Nacken und legte Christy das Baby in den Arm.

»Ich schlage das Lager auf.«

Christy nickte nur, drehte sich um und ging davon. Sie schlenderte zu einer kleinen Lichtung in der Nähe, auf der hohes, weiches Gras und Wildblumen wuchsen. Dort kniete sie nieder, legte das Baby vorsichtig hin und befreite es sanft von den Überresten des Unterrocks und der Pferdedecke darunter.

Der Körper des Mädchens war über und über mit Pusteln bedeckt, und sein kleiner Körper gab so viel Hitze ab, dass Christy noch aus einiger Entfernung ihre Hände daran hätte wärmen können. Christy entschlüpfte ein Seufzer der Verzweiflung, und das Kind schlug die braunen Augen auf und blickte traurig zu ihr empor. Obwohl es erst acht oder neun Monate alt war, schien das Mädchen genau zu spüren, dass es dem Tode nahe war.

Tränen brannten in Christys Augen, während sie einen Streifen von dem Unterrock abriss, ihn mit etwas Wasser aus der Feldflasche benetzte und damit die heiße Haut des Babys abwusch. Sie hoffte, auf diese Weise nicht nur das Fieber zu lindern, sondern auch ihre Entschlossenheit auszudrücken, die Krankheit der Kleinen erbittert zu bekämpfen.

»Sie sollte einen Namen bekommen«, bemerkte Zachary hinter ihr. »Meinen Sie nicht?«

Christy hatte die Kleine gewaschen, aus einem weiteren Stück des Unterrocks eine Windel improvisiert und das Kind wieder in die Decke gewickelt. Danach hatte sie auf dem Boden gekniet, das Mädchen in den Armen, und hatte wie eine Gläubige, die zu einem Heiligen betete, auf den See geblickt. Ihr war nicht bewusst gewesen, wie viel Zeit vergangen war, doch nun hörte sie plötzlich das Knistern eines Lagerfeuers und roch den Rauch. »Ja«, antwortete sie, »einen Namen.«

Zachary half ihr auf. »Irgendwelche Vorschläge?«

Christy vermochte nicht, über den Sturm in ihrem Innern hinauszudenken. In ihr war die Hoffnung, dass die Kleine genesen möge, die Angst vor den Konsequenzen, wenn sie es nicht tat, Reue verschiedenster Natur und ihre Gefühle für Zachary Shaw, die auf ihre Weise ebenso heilig und Ehrfurcht gebietend zu sein schienen wie der See. »Jenny«, gab sie langsam zurück, »meine Mutter hieß Jenny.«

Er strich ihr eine Haarsträhne aus der Stirn, und seine Berührung erschien ihr wie eine sanfte Sommerbrise. »Dann soll sie Jenny heißen«, stimmte er zu. »Natürlich dürfen wir nicht vergessen, dass sie zu anderen Menschen gehört. Sobald sie wieder gesund ist, wird ihr Stamm sie sicher abholen.«

Es war ein Erlebnis von bitterer Süße, sich mit Zacharys Hilfe um dieses Kind zu kümmern und ihm einen Namen zu geben. Schon immer hatte Christy Kinder jeden Alters geliebt. Gleichzeitig schmerzte sie der Gedanke, dass sie niemals die Freuden der Mutterschaft mit diesem Mann an ihrer Seite genießen würde. »Ja«, sagte sie nach langem Schweigen, und ihre Kehle schien wie zugeschnürt zu sein.

Er strich ihr über die Wange. »Alles wird gut«, versicherte er leise, und Christy wusste, dass er über weitaus mehr sprach als die Genesung der kleinen Jenny. Dann zog er sein Gewehr aus der Satteltasche und legte seine Pistole auf einen Baumstumpf am Feuer. »Ich werde mich um das Abendessen kümmern. Sorgen Sie dafür, dass die Pistole immer in Ihrer Reichweite bleibt, für den Fall, dass sich ungebetene Gäste einstellen.«

Christy betrachtete die Waffe misstrauisch. »Ich habe noch nie …«

»Und das müssen Sie vermutlich auch nicht. Doch wenn jemand kommt, dann nehmen Sie die Pistole, zielen auf den Eindringling und schießen, wenn Ihnen nichts anderes übrig bleibt.«

Sie schauderte. »Gut. Aber beeilen Sie sich.«

Wieder grinste Zachary spitzbübisch. »Werden Sie mich vermissen?«

»Nein«, log Christy, »ich bin nur hungrig.«

Lachend ging Zachary in den Wald. Die Pferde hatte er am Seeufer angebunden, wo sie grasen und das klare Wasser trinken konnten.

Eine Weile ging Christy auf und ab, das unruhige Kind auf dem Arm, dann setzte sie sich auf den Baumstumpf, auf dem die Pistole lag, hielt jedoch Abstand davon. Sie flößte Jenny mehr Wasser ein, wiegte sie auf ihrem Schoß und sang ihr Schlaflieder vor, an die sie sich aus ihrer eigenen Kindheit erinnerte.

Kurze Zeit später hörte sie Schüsse in der Nähe und rückte näher an die Pistole heran, für den Fall, dass es nicht Zachary gewesen war, der gefeuert hatte. Zwanzig Minuten vergingen, dann kehrte er zurück, das Gewehr in der einen, zwei gehäutete Kaninchen in der anderen Hand.

Während er das Fleisch zum Braten aufspießte, gab sich Christy alle Mühe, nur an Jake Vigil zu denken. Doch es gelang ihr nicht, sich sein Gesicht ins Gedächtnis zu rufen, den Klang seiner Stimme oder die Berührung seiner Hände. Sie war erfüllt von Zachary, so, wie es der See von der Farbe des Himmels war, und sie fürchtete, diesen Mann niemals mehr aus ihrer Seele verbannen zu können.

Er beobachtete Christy unauffällig, während er am Lagerfeuer hockte und an einem Stock schnitzte. Sie sah wie ein Engel aus, wie sie so auf dem Baumstumpf saß und Jenny im Arm hielt, mit einem Ausdruck erschöpfter Entschlossenheit auf dem Gesicht, als wollte sie dem Universum mitteilen, dass sie nicht gedachte, ihren kleinen Schützling dem Tod auszuliefern. Sie hatte das Essen kaum angerührt, trotz der Behauptung, Hunger zu haben, und wirkte sehr jung und schutzbedürftig in ihrem zerknitterten Kleid und mit den glänzenden dunklen Locken, die ihr über die schmalen Schultern fielen.

Zachary empfand etwas Mächtiges für diese Frau, und wenn es sich nicht um Liebe handelte, dann um ein sehr ähnliches Gefühl, das in ihm gleichzeitig Freude und Verzweiflung wachrief und ihn zu Tode erschreckte. Dennoch verschloss er davor nicht die Augen. Als er in der Bank in Denver neben Jessie gekniet, und ihren leblosen Körper in den Armen gehalten hatte, bis sein Vater und zwei seiner älteren Brüder ihn schließlich mit sanfter Gewalt von ihr gelöst hatten, war er sich sicher gewesen, dass es nie wieder eine andere Frau für ihn geben würde.

Natürlich hatte er flüchtige Liebschaften gehabt – mit einigen Damen des leichten Gewerbes und der einen oder anderen Witwe. Doch es war ihm immer gelungen, unbeschwert weiterzuziehen, wenn die Affäre beendet gewesen war, ohne Zweifel oder einen Blick zurück. Diesmal jedoch würde es ihm das Herz brechen, gründlich und vermutlich für immer. Dabei zuzusehen, wie Christy Jake Vigil heiratete, würde ihn beinahe so schmerzlich treffen wie der Anblick von Jessies Blut, das sein Hemd und seine Hosenbeine durchtränkt hatte.

Er seufzte. Es würde dazu kommen, also konnte er sich auch ebenso gut gleich damit abfinden. Christy würde sich an Jake binden, obwohl sie ihn nicht liebte. Sie würde seine Frau werden, weil er Geld und ein schönes Haus besaß. Es wäre Zachary leichter gefallen, wenn er der Meinung gewesen wäre, dass sie aus bloßer Habgier und Eigensucht handelte. Doch er wusste es besser. Christy hatte mit ansehen müssen, wie ihre Welt in sich zusammengestürzt war, und war irgendwie auf den Gedanken verfallen, weitere Verluste und schmerzliche Erfahrungen vermeiden zu können, wenn sie nur genug Geld besaß.

Gedankenverloren setzte Zachary seine Schnitzerei fort. In Primrose Creek, auf dem Schreibtisch in seinem Büro, lag ein Stapel Steckbriefe. Als Trace ihn geholt hatte, war er gerade dabei gewesen, jeden Einzelnen gründlich zu studieren. Bei einigen der Belohnungen handelte es sich um kleine Vermögen. Mit ein wenig Geschick würde es ihm vielleicht gelingen, den Bürgermeister und den Stadtrat davon zu überzeugen, einen Vertreter einzustellen, der in der Stadt für Ordnung sorgte, während er selbst sich auf die Kopfgeldjagd machte …

»Glauben Sie, dass sie sterben wird?«

Zachary blickte auf, ein wenig verblüfft von der Frage. Erst nach einigen Augenblicken begriff er, dass Christy von dem Kind sprach, das sie Jenny getauft hatten. Er räusperte sich, bevor er antwortete. »Wir müssen uns wohl darauf gefasst machen«, sagte er. »Andererseits scheint sie eine hartnäckige junge Dame zu sein. Viele andere Babys hätten nicht einmal den Ritt hierher überlebt.«

»Ich kann mich des Gedankens nicht erwehren, dass es ein Fehler war, ihr eine so anstrengende Reise zuzumuten.«

»Welche andere Wahl wäre Ihnen schon geblieben?«

Zachary beobachtete Christy, während diese Jenny betrachtete. Ihre Gefühle standen ihr ins Gesicht geschrieben und zeigten sich in dem leichten Zittern ihrer Hand, mit der sie dem Kind sanft über die Stirn strich. In Zachary stieg der Wunsch auf, sie vor dem Kummer zu bewahren, der ihr bevorstand, er wusste jedoch, dass dies nicht in seiner Macht stand.

Christy wandte den Blick nicht von der Kleinen ab. »Ich weiß es nicht. Es gab keine Möglichkeit, sie in der Stadt unterzubringen, und wenn ich sie zu Hause gepflegt hätte, wäre Megan womöglich angesteckt worden.

»Was ist mit Ihnen?«

Erschöpft und verblüfft sah Christy ihn an. »Ich verstehe nicht.«

»Sind Sie gegen Scharlach immun, Christy?« Die Antwort auf diese Frage schien ihm wichtiger zu sein als sein nächster Herzschlag. Zachary fragte sich, warum er sich nicht schon vorher danach erkundigt hatte, kam jedoch sogleich zu dem Ergebnis, dass er sich schlichtweg vor der Antwort gefürchtet hatte.

Ihr Zögern und das unsichere Lächeln, das flüchtig auf ihren Zügen erschien, verrieten ihm die Wahrheit, dennoch hielt er den Atem an, bis Christy antwortete.

»Ich kann mich nicht daran erinnern, je Scharlach gehabt zu haben. Auf dem Treck gab es einige Fälle von Diphtherie und Cholera. Ich pflegte die Kranken zusammen mit Caney, wurde jedoch selbst nicht krank.« Sie schluckte schwer. »Und Sie, Zachary? Hatten Sie Scharlach?«

Er nickte. »Ja, als ich noch ein Kind war, gab es in Denver eine Scharlach-Epidemie. In meiner Familie hatten wir zwar keine Todesfälle zu beklagen, doch zwei meiner Schwestern sind schwerhörig, und mein jüngster Bruder hat seitdem ein schwaches Herz.« Er ließ Christy etwas Zeit, ihre Fassung wiederzugewinnen, denn es war offensichtlich, dass sie nahe daran war, in Panik zu geraten. Zachary legte sein Schnitzwerk zur Seite. »Kommen Sie«, bat er leise, »lassen Sie mich eine Weile auf Miss Jenny Acht geben. Sie brauchen Ruhe.«

Zögernd übergab Christy ihm das Baby und ging zum See hinunter, um sich Gesicht und Hände zu waschen und die Landschaft zu betrachten.

Zachary widerstand der Versuchung, ihr zu folgen und sie in

die Arme zu schließen, doch nur um Haaresbreite. Er holte seine Feldflasche und förderte einen leicht verbogenen Löffel aus den Tiefen seiner Satteltaschen zu Tage, hielt Jenny jedoch die ganze Zeit sanft in einem Arm.

Dann ließ Zachary sich unter einem Baum nieder, die Knie gebeugt, sodass die Kleine auf seinen Beinen ruhen konnte und flößte ihr tropfenweise Wasser ein. So sehr konzentrierte er sich auf diese Aufgabe, dass er Christy nicht einmal zurückkommen hörte.

»Sie sind ein gütiger Mann, Zachary«, bemerkte sie, als hätte es je einen Zweifel daran gegeben.

Er lächelte melancholisch. »Ja, meine Güte und ein Dollar sorgen dafür, dass ich im *Golden Garter* etwas zu trinken bekomme.« Er gab Jenny etwas mehr Wasser. »Ich habe nur eine Decke«, erklärte er und machte sich auf Christys Protest gefasst. »Wir müssen sie uns teilen.«

Einmal mehr überraschte sie ihn. »Nach diesem Abenteuer ist mein Ruf ohnehin ruiniert«, erwiderte sie. »Doch verstehen Sie mich nicht falsch, Marshal, ich habe noch immer die Absicht, Jake Vigil zu heiraten, wenn er mich will. Also werde ich keinerlei Zudringlichkeiten Ihrerseits dulden.«

Hätte Zachary sie nicht so sehr begehrt, wäre ihm sicher zum Lachen zu Mute gewesen. »Jake ist kein Narr«, sagte er. »Er würde Sie auch heiraten, wenn Ihnen ein zweiter Kopf wachsen würde. Natürlich könnte es geschehen, dass er mich erschießt, weil ich hier mit Ihnen allein in der Wildnis war. Doch ich glaube kaum, dass Sie sich von einer solchen Kleinigkeit Ihren Hochzeitstag verderben lassen würden.«

Christy machte alles nur noch schlimmer, indem sie ihn sanft anlächelte. »Danke«, gab sie leise zurück. »Ich danke Ihnen dafür, dass Sie Jenny und mich zur Mission begleiten. Viele andere Männer hätten es nicht getan.«

Ihre Dankbarkeit löste einen neuerlichen Wirbel von Gefühlen in ihm aus. Offenbar verfügte Christy über unerschöpfliche Möglichkeiten, ihn aus der Fassung zu bringen. »Viele Leute mögen die Indianer nicht besonders«, bemerkte er, betrachtete das Kind auf seinem Schoß und empfand Zorn und Trauer angesichts der Ungerechtigkeit.

Vermutlich war es das Beste, wenn Christy den guten Jake Vigil heiratete. Und schon in fünf Jahren – oder in hundert – würde er, Zachary, froh darüber sein, dass ihm das Schicksal ein Leben an der Seite Christy McQuarrys erspart hatte.

Zachary hatte eine Schlafstatt im weichen Gras vorbereitet und die Pferdedecken als Unterlage benutzt. Christy und das Baby hatten sich bereits unter seine Decke gekuschelt, als er sich hinsetzte, um sich die Stiefel auszuziehen. Es war eine klare Nacht, und die Sterne funkelten und blitzten wie Diamanten, die auf einem Stück dunkelblauem Samt verstreut waren. Das Licht des Vollmonds schimmerte auf dem Wasser des Sees.

Christy hatte nicht damit gerechnet, Schlaf finden zu können, doch schließlich tat ihre Erschöpfung ein Übriges. Das Wimmern des Babys weckte sie am frühen, taufrischen Morgen. Zachary war bereits aufgestanden. Sie hörte das Knistern eines Feuers, und ein köstlicher Duft erfüllte die Luft.

Die kleine Jenny war noch immer schwach und in Lebensgefahr. Doch immerhin lebte sie noch, das war förmlich ein Grund zum Feiern. Es musste ein gutes Zeichen sein, dass Jenny schon so lange erfolgreich gegen das Fieber kämpfte. Christy wickelte die Kleine und legte sie dann wieder unter die Decke, bis die Sonne höher stehen und die Luft sich erwärmen würde. Danach wusch sie sich Hände und Gesicht am See. Zachary stand am Feuer und beobachtete sie.

»Ich bedauere, Ihnen keinen Kaffee anbieten zu können.« Er hielt einen Spieß über die Flammen, auf dem ein Fisch steckte. »Doch immerhin gibt es Forelle zum Frühstück.«

Sie aßen mit den Fingern und genossen den Anblick des Sonnenlichts, das sich im Wasser des Sees spiegelte. Dann löschte Zachary das Feuer mit etwas Sand und sattelte die Pferde, während Christy sich das Tragetuch umband und Jenny vorsichtig hineinlegte. Sie spürte die Fieberhitze der Kleinen selbst durch die Stofflagen hindurch, und wieder stieg eine geradezu lähmende Furcht in ihr auf. Schon oft war sie ihren Ängsten begegnet und hatte sie besiegt, doch diesmal war es ein schwerer Kampf, der sie beinahe ein wenig schwindlig werden ließ.

Schon bald ritten sie am nördlichen Seeufer entlang. Die Schönheit der Landschaft spendete Christy einen gewissen Trost, und als schließlich die Mission in der Ferne zu sehen war, war sie wieder zuversichtlich.

Das Missionsgebäude war ein einfaches Blockhaus, auf dessen Dach ein Holzkreuz angebracht worden war. Zwar war niemand zu sehen, doch aus einem der Schornsteine stieg Rauch auf und die Tür stand offen, um die frische Morgenluft hineinzulassen.

Christy blickte zu Zachary hinüber und erwartete, in seinen Zügen die Erleichterung zu entdecken, die auch sie erfüllte. Doch stattdessen wirkte er ernst.

»Stimmt etwas nicht?«, fragte sie. Jenny bewegte sich und wimmerte leise.

Zachary nahm den Hut ab und setzte ihn wieder auf. »Das will ich nicht hoffen«, antwortete er, doch er betrachtete das Missionshaus angestrengt, und seine Haltung drückte eine Wachsamkeit aus, die Christy beunruhigte. Er zog sein Gewehr aus der Halterung am Sattel und entsicherte es. Dann reichte er Christy die Pistole.

»Bleiben Sie hinter mir«, sagte er.

Die Kehle schien sich Christy schmerzhaft zusammenzuschnüren, und ihre Hand zitterte, als sie die Waffe entgegennahm, aber sie nickte. »In Ordnung.« Sie zog Jenny ein wenig enger an sich.

Hintereinander ritten sie den Pfad entlang, der zur Mission führte. Christy rechnete jeden Augenblick mit dem Schlimmsten; ihr Herz klopfte zum Zerspringen, und sie vermochte kaum zu atmen. Dennoch hielt sie das Baby und die Pistole fest und blieb dicht hinter Zachary.

Auf dem Hof der Mission hob Zachary die Hand, um Christy zu bedeuten, sie möge stehen bleiben und sich ruhig verhalten. Dann stieg er so geräuschlos wie möglich ab und ging langsam auf die offene Tür zu. Inzwischen teilte Christy seine Besorgnis. Bestimmt verirrten sich nur selten Besucher an diesen zwar schönen, aber abgelegenen Ort. Es war ungewöhnlich, dass bislang noch niemand aus dem Haus gekommen war, um sie zu begrüßen.

Zachary blickte flüchtig zu ihr zurück und schritt dann über die Türschwelle. Mehrere Minuten vergingen, bis er das Haus wieder verließ, und seine Miene verhieß keine guten Nachrichten.

Ohne sich dessen bewusst zu sein, stellte sich Christy in den Steigbügeln auf und beugte sich vor, als könne sie so in das Missionshaus hineinsehen und einen Beweis dafür entdecken, dass er sich irrte.

»Es waren vermutlich die Paiutes«, erklärte er schließlich und brach damit das beängstigende Schweigen. »Dies ist ihr Gebiet. Mr. und Mrs. Arron sind tot.«

Christy hielt sich mit beiden Händen am Sattelholm fest und atmete tief durch. »Mein Gott«, flüsterte sie. »Sind Sie sicher?«

»O ja«, antwortete Zachary und stützte sich kurz auf den Türgriff. »Dem Reverend wurde ein Pfeil in den Hals geschossen, und Mrs. Arron hat man den Schädel mit einem Stein eingeschlagen.«

Einen Moment lang schloss Christy die Augen und kämpfte gegen die Übelkeit an, die in ihr aufstieg. »Was sollen wir nun tun?«

»Wir werden sie begraben«, entgegnete Zachary nur.

Erst jetzt wurde Christy bewusst, dass sich die Angreifer womöglich noch in der Nähe aufhielten, und sie sah sich hastig um. Die riesigen Ponderosa-Kiefern, die eben noch so majestätisch gewirkt hatten, machten jetzt einen finsteren Eindruck, als dienten sie ausschließlich neuen Gefahren als Versteck.

»Bleiben Sie hier«, wies Zachary sie an. »Es ist kein schöner Anblick. Ich werde mich um die Toten kümmern.«

Doch Christy stieg bereits ab, die kleine Jenny fest im Arm. »Ich habe schon oft Leichen gesehen«, erklärte sie tapfer. »Ich helfe Ihnen.«

Zunächst wollte Zachary ihr widersprechen, schüttelte dann jedoch nur den Kopf und ging ins Haus. Christy folgte ihm, und der Geruch des Todes drohte sie zu überwältigen. Der ganze Raum war voller Blut, und die Leichen sahen so aus, wie Zachary sie beschrieben hatte, nur viel schlimmer.

Christy hastete ins Freie, noch immer das Kind in der Schlinge tragend, und übergab sich. Doch sobald es ihr ein wenig besser ging, kehrte sie ins Haus zurück.

Indianerüberfälle gehörten zum bitteren Alltag hier im Westen. Sie hatte derlei Grausamkeiten schon früher gesehen, wann immer der Treck am Ort eines solchen Kampfes vorbeigezogen war. Doch ein Anblick wie dieser gehörte wohl zu den Dingen, an die sich ein Mensch niemals gewöhnen würde. Angesichts dieses Blutbads stellte sie sich vor, welch unbarmherzige Rache wohl die alte Indianerin an ihr, Caney und, um Himmels willen, Megan üben würde, falls es ihr nicht gelang, das Baby gesund zu pflegen.

Als sie sich wieder zu Zachary begab, hatte dieser bereits den Pfeil aus Reverend Arrons Hals entfernt und beide Leichen in Laken gehüllt. Schweigend legte Christy das Kind auf das Bett der Arrons – zur Sicherheit zwischen zwei Kissen – und füllte den Wasserkessel auf dem Herd. Als das Wasser heiß genug war, suchte Christy einige Putzlappen zusammen und begann damit, die Spuren der Morde zu beseitigen.

Lange Zeit blieb Zachary verschwunden, und als er mit einer Schaufel in der Hand zurückkehrte, hatte er die Hemdsärmel aufgerollt, und seine Kleidung war schmutzig. Seine Jacke schien er draußen gelassen zu haben, und er sah bleich und angestrengt aus. Erschöpft blickte er sich in der Hütte um.

»Danke«, sagte er. »Ich hätte diesen Anblick nicht länger ertragen können.«

Christy nickte, ging zum Herd hinüber und schenkte ihm eine Tasse Kaffee ein, den sie gekocht hatte, nachdem die Arbeit getan war. Etwas hatte sie die ganze Zeit über nicht losgelassen: Mrs. Arron hatte viel Blut verloren, doch die Stelle, an der der Reverend gelegen hatte, war beinahe sauber gewesen.

»Vermutlich ist der Reverend nicht hier getötet worden«, erklärte Zachary, als hätte er ihre Gedanken gelesen. »Sie haben ihn wohl nach Hause gebracht, bevor sie seine Frau töteten.«

»Wie entsetzlich!«, flüsterte Christy.

»Wie geht es der Kleinen?«

»Jenny hat noch immer Fieber«, antwortete sie. »Ich wollte sie gerade noch einmal mit kühlem Wasser abwaschen.«

»Ich suche gleich die Arzttasche des Reverends«, kündigte Zachary zwischen zwei Schlucken Kaffee an. »Irgendwo hier muss es Medikamente geben.« Er schwieg und deutete mit einem Kopfnicken zum Fenster hinaus. »Dort draußen grast eine Kuh. Ich werde sie melken, dann können wir versuchen, Jenny zu füttern.«

In Christy stieg die Erinnerung auf, wie Zachary unter dem Baum gesessen und dem Baby Wasser eingeflößt hatte. Sie presste die Lippen zusammen und nickte. Dann floh sie in den kleinen, angrenzenden Schlafraum, um nach dem Kind zu sehen. Jennys kleiner Körper war vom Fieber geschwächt, und als Christy sie in die Arme nahm, rollten die dunklen Augen des Mädchens nach oben, bis nur noch das Weiße zu sehen war.

Zachary brachte die Tasche des Reverends, in der sich auch eine kleine Flasche mit Chinin befand, doch Caney hatte Christy gelehrt, niemals einem bewusstlosen Menschen Wasser oder Medizin zu geben. Hastig zog sie Jenny das Hemd aus, das sie aus Mrs. Arrons bescheidenem Kleidervorrat genommen hatte, um es zum Nachthemd für das Baby umzufunktionieren, nahm die Waschschüssel vom Nachttisch und begann, die fieberheiße Haut des Kindes mit Wasser zu kühlen. Die Behandlung schien Jenny ein wenig zu beleben, sodass Christy ihr schließlich so viel Chinin einflößte, wie sie im Augenblick aushalten konnte. Dabei betete Christy um ein Wunder, obgleich sie sicher war, dass niemand ihre Gebete erhören würde, obwohl ihr Großvater gestorben und die Farm verloren war, obwohl man den Süden in die Knie gezwungen hatte und obwohl sie im Begriff war, einen Mann zu heiraten, den sie nicht liebte.

Christy hatte sich auf das Bett der Arrons gelegt und war eingeschlafen. Sie hielt Jenny im Arm, und die Kleine begann zu strampeln und die Arme auszustrecken. Ihre Augen waren klar, und es gelang ihr sogar zu lächeln, als sie vertrauensvoll zu Zachary aufblickte.

Dieser musste erst eine Vielzahl von Gefühlen niederringen, bevor er seiner Stimme traute. »Du fühlst dich also besser?«, fragte er leise. Als er Jenny die Hand hinstreckte und sie einen seiner Finger umklammerte, standen ihm Tränen in den Augen. Bis zum Sonnenuntergang würden noch viele Stunden vergehen, und dennoch war es bereits ein überaus anstrengender Tag gewesen.

Christy rührte sich, streckte sich aus und erwachte allmählich.

Zachary rang mit dem Wunsch, diese rätselhafte, dickköpfige Frau auszuziehen und leidenschaftlich zu lieben, sodass sie vielleicht selbst ein Kind empfing. Das erste von vielen.

Sie setzte sich auf und sah zerzaust und besorgt aus. Und überaus bezaubernd. »Wie spät ist es?«

»Etwa vier Uhr nachmittags«, antwortete er. »Es scheint, als wäre die junge Dame hier auf dem Wege der Besserung.«

Christy sah, dass Jennys Fieber gesunken zu sein schien, und ihr Lächeln war strahlender als der Sonnenschein. Sie berührte das Gesicht der Kleinen und blickte Zachary überglücklich an. »Tatsächlich! Es geht ihr wirklich besser!«

Er beugte sich vor und küsste Christy auf die Stirn. Vermutlich würde er diese Tat bald bereuen, doch im Augenblick schien dieser Kuss nicht zu viel verlangt zu sein, nicht einmal in ihrer derzeitigen hoffnungslosen Lage.

»Ich habe die Kuh eingefangen«, berichtete er und kam sich dabei wie ein Narr vor.

Christy lächelte über seinen Gesichtsausdruck. »Gut. Jenny braucht Milch, damit sie wieder zu Kräften kommt. Nicht wahr, meine Kleine?«

Kurze Zeit später beobachtete der Marshal Christy, die in Mrs. Arrons Schaukelstuhl saß und das Baby geduldig mit Milch fütterte, immer nur wenige Tropfen auf einmal. Als Jenny nach einer Weile sanft in einen gesunden Schlaf glitt, betrachtete Christy glücklich das friedliche Gesicht des Kindes und schaukelte im Stuhl sanft vor und zurück.

Etwas brannte in Zacharys Kehle, und er fragte sich, ob er sich wohl zum zweiten Mal in seinem Leben mit Scharlach angesteckt hatte. Doch er kam zu der Feststellung, dass kein Chinin der Welt das Fieber würde lindern können, das von ihm Besitz ergriffen hatte.

Christy brachte das Baby ins Schlafzimmer, kehrte gleich darauf zurück und blickte aus dem Fenster. »Glauben Sie, dass sie noch dort draußen sind?«

Natürlich sprach sie von den Mördern der Arrons. Er seufzte und schenkte sich Kaffee nach, der zwar vom langen Stehen bereits bitter geworden war, doch noch immer genügend belebende Wirkung entfaltete. »O ja«, antwortete er grimmig, »sie sind mit Sicherheit noch da.«

»Waren es wirklich Indianer?«

»Von ihrem Stamm Ausgestoßene vermutlich. Doch es handelte sich eindeutig um einen Pfeil der Paiutes.«

»Dann schweben wir also in Gefahr?«

Es hatte keinen Sinn, ihr die Wahrheit zu verschweigen. »Ja.«

»Sie hätten uns schon auf dem Weg hierher angreifen können. Oder gestern Abend am See.«

»Ja«, wiederholte er. »Doch sie haben es nicht getan. Wahrscheinlich waren sie mit etwas anderem beschäftigt.«

Christys Augen füllten sich mit Tränen, und sie wandte den Blick ab. »Es muss entsetzlich gewesen sein …«

Darauf gab es keine Erwiderung. Die Arrons hatten große Qualen erleiden müssen, die jedoch wenigstens nicht lange gewährt zu haben schienen. Die Grausamkeit eines solchen Überfalls war nur schwer zu vergessen. Zachary hatte zwar schon Schlimmeres gesehen, doch es gab Dinge, über die ein Mann nicht sprach.

»Sie könnten uns ebenso töten wie die Arrons«, bemerkte sie.

»Ich werde Sie beschützen.«

»Dasselbe Versprechen hat der Reverend bestimmt einst seiner Frau gegeben.«

»Christy, wir können nicht für immer hier bleiben, sondern müssen irgendwann nach Primrose Creek zurückkehren. Auch wenn das bedeutet, eine Horde Paiutes in die Flucht zu schlagen.«

Sie schauderte bei dem Gedanken und wurde blass, straffte jedoch die Schultern. Dann setzte sie sich wieder in den Schaukelstuhl und zog die Beine an. »Sie haben Recht, aber ich fürchte mich.«

»Mir geht es genauso, falls es Sie tröstet.«

Wieder lächelte Christy unsicher. »Das tut es nicht«, antwortete sie. »Wann brechen wir auf?«

Zachary dachte nach. »Morgen früh, falls es dem Baby dann besser geht.«

Sie nickte. »Und bis dahin …«

»Bis dahin bleiben wir hier. Sie und Jenny können im Bett schlafen, ich mache es mir auf einem Stuhl bequem.«

Christy senkte den Blick, begann einen Satz, verstummte jedoch wieder und sah Zachary in die Augen. »Was ist mit den Pferden?«, fragte sie schließlich. »Sind sie in Sicherheit?«

»Ich denke schon. Ich habe sie gefüttert und zusammen mit der Kuh in die Scheune gebracht. Der Reverend besaß, soviel ich weiß, zwei Stuten und einen Wallach, doch die sind natürlich nicht mehr da.«

Offenbar bemüht, ihre Furcht zu unterdrücken, schluckte Christy. »Es ist nicht gerecht, dass die Mörder ungestraft davonkommen werden.«

»Bei unserer Rückkehr werde ich den Vorfall der Armee melden. Man wird Patrouillen ausschicken, die jedoch vermutlich nichts erreichen werden. Und falls doch ...« Er verstummte. »Vor zwei Jahren haben Indianer in der Nähe von Denver eine Siedlerfamilie getötet. Die aufrechten weißen Bürger griffen zu den Waffen und zogen aus, um ihre Freunde und Nachbarn zu rächen. Sie vernichteten ein ganzes Dorf voller unschuldiger Frauen und Kinder. Kurz darauf gruben die Indianer das Kriegsbeil aus und verübten einen Gegenangriff. Sie hatten sich offenbar auf der Jagd befunden, als ihr Dorf angegriffen worden war. Weiß der Himmel, was geschehen wäre, wenn die Armee nicht eingegriffen hätte.«

»Ich habe von grauenvollen Dingen gelesen.« Christy blickte besorgt zum Fenster. »Von den Dingen, die Indianer mit ihren Opfern tun, meine ich.«

Zachary ging zu ihr und legte ihr die Hand auf die Schulter. »Ich bringe Sie morgen nach Hause, Christy«, versprach er ruhig. »Heil und gesund. Ich gebe Ihnen mein Wort.«

Sie berührte seine Hand mit der ihren, und Flammen schienen durch seinen Arm zu schießen.

»Ich glaube Ihnen«, sagte sie.

Christy bereitete ein Abendessen aus Kartoffeln und Zwiebeln zu, die sie im Vorratskeller der Arrons gefunden hatte, und kochte frischen Kaffee. Aus einem Bettlaken, das nun niemand mehr vermissen würde, waren einige Windeln geworden, und sie hatte Jenny zunächst mit Milch gefüttert und ihr später etwas von dem Wasser gegeben, in dem sie die Kartoffeln gekocht hatte.

Zachary und sie aßen an dem großen Tisch der Arrons, an dem sicher einst viele Tischgebete gesprochen worden waren.

Christy lauschte dem Heulen der Kojoten und fragte sich, ob es wirklich Tierstimmen waren oder die Rufe von Indianern.

»Christy«, begann Zachary.

Er hatte ihr Gesicht betrachtet. Sie sah ihn an und versuchte zu lächeln. »Was ist denn?«

»Lassen Sie sich nicht von Ihrer Fantasie ins Bockshorn jagen. Indianer greifen selten bei Nacht an. Es hat wohl etwas mit den Geistern ihrer Ahnen zu tun.«

»Warum brechen wir dann nicht jetzt gleich auf, statt bis Tagesanbruch zu warten?«

Zachary seufzte, und ihr wurde bewusst, wie erschöpft er sein musste, nachdem er die Leichen von Reverend und Mrs. Arron gefunden und ohne Hilfe begraben hatte. »Wir dürfen Jenny noch nicht dieser Anstrengung aussetzen. Es ist ohnehin ein Wunder, dass sie überlebt hat.«

Christy ließ seine Worte auf sich wirken. Sie dachte an die beiden gottesfürchtigen Menschen, die ihr Leben dem Dienst an anderen Menschen gewidmet hatten und schließlich von einigen Wilden ermordet worden waren. Zwei Leben ausgelöscht, eines gerettet. Die unglaublich schöne Landschaft und mitten darin eine Hütte voller Blut. Manchmal fiel es schwer zu entscheiden, ob man verzweifeln oder dankbar sein sollte – die Schöpfung schien ein einziges großes Rätsel zu sein.

Und die Wege des Herrn waren tatsächlich unerforschlich.

6

Die ganze Nacht hindurch lag Christy im Bett der Arrons, starrte an die dunkle Decke und lauschte auf jedes Geräusch, das von draußen hereindrang und neuen Schrecken bedeuten konnte. Hin und wieder hörte sie den Stuhl knarren, in dem Zachary saß, und seine Gegenwart tröstete sie. Obwohl sie große Angst hatte, fühlte sie sich unter seinem Schutz sicherer als in Begleitung einer ganzen Division aus Fort Grant.

Als der Morgen endlich anbrach, war Christy vor Erschöpfung völlig benommen, und es kam ihr wie ein Segen vor. Der Tag würde lang und schwierig werden, und die Auswirkungen der schlaflosen Nacht würden vielleicht ihre aufgewühlte Seele ein wenig abstumpfen lassen.

Zachary ließ die Kuh frei, bevor sie sich auf den Weg machten, und Christy hielt kurz am Grab der Arrons inne, die sie nun nie kennen lernen würde. Sie sprach kein Gebet und hätte wohl auch nicht die passenden Worte gefunden. Stattdessen stellte sie sich vor, wie das Ehepaar Hand in Hand auf ein helles, freundliches Licht zuging, und der Gedanke ließ sie einen gewissen inneren Frieden finden. Im Tragetuch hielt sie Jenny, die sich schnell erholte, und so kehrte Christy dem Tod den Rücken und verschrieb sich mit Herz und Seele dem Leben.

Sie übernachteten wieder am See. Zachary hielt Wache, während sich Christy und Jenny unter seiner Decke zur Ruhe legten. Die Nacht war kalt, und sie verzichteten auf das Abendessen, denn es wäre zu gefährlich gewesen, ein Feuer anzuzünden und damit vielleicht Aufmerksamkeit auf sich zu lenken. Am darauf folgenden Tag erreichten sie gegen Mittag die Stadt Primrose Creek.

»Glauben Sie, dass sie noch immer ansteckend ist?«, fragte Christy. Jenny lächelte aus dem Tragetuch zu ihr empor – selbst nach einer kühlen Nacht ohne Feuer und drei Tagen anstrengender Reise.

»Das bezweifle ich«, antwortete er. »Was wollen Sie mit der Kleinen tun?«

Christy hatte das Gefühl, ihr Herz würde jeden Augenblick entzweibrechen. »Ich vermute, dass die alte Frau bald kommen und sie abholen wird. Ich mag kaum daran denken, Jenny wieder hergeben zu müssen.«

»Sie gehört zu ihrem Volk, und das wissen Sie auch«, erwiderte Zachary vernünftig.

Christy nickte und blickte ihm dann in die Augen. »Etwas zu wissen, bedeutet noch lange nicht, es auch zu glauben«, sagte sie.

»Amen«, antwortete Zachary, und beide wussten, dass sie längst nicht mehr über die kleine Jenny sprachen.

Caney kam auf sie zu, als sie über die Wiese zur alten Indianerhütte ritten. Sie wischte sich die Hände an der Schürze ab und kniff die Augen zusammen. »Du bist mir ja ein reizender Anblick«, stellte sie in einem ärgerlichen Tonfall fest, der ihre große Erleichterung verriet. »Lass mich das Kind sehen.«

Christy gab der Freundin das Bündel und sah zu, wie Caney das Tragetuch zur Seite schob und Jenny betrachtete. Es dauerte eine Weile, bis sie sprach. »Tatsächlich, das ist der erste Fall von Scharlach, den ich seit langem gesehen habe. Aber es geht dem Kind besser, so viel ist sicher.«

Christy saß ab, während Zachary auf seinem Wallach blieb und schwieg. Die Krempe seines Hutes warf einen Schatten auf seine Züge, sodass Christy ihm nicht in die Augen sehen konnte. Dennoch war sie sich seiner Gegenwart bewusst, schien ihn in jeder Faser ihres Wesens spüren zu können. »Können wir es riskieren, sie in die Hütte zu bringen?«

Caney blickte sie ernst an. »Ich glaube schon, doch wahrscheinlich wird ihr Stamm sie bald abholen. Indianer lieben ihre Kinder sehr.«

Christy presste die Lippen zusammen und nickte. Sie hatte Jenny nur für kurze Zeit in ihrer Obhut gehabt, nicht länger als drei Tage, dennoch fühlte sie sich innig mit dem Kind verbunden. Sie wünschte sich, sie behalten und aufziehen zu können, wusste jedoch, dass es unmöglich war.

Caney blickte zu Zachary auf. »Ich weiß es zu schätzen, dass Sie auf mein Mädchen aufgepasst haben«, erklärte sie mit einem Kopfnicken in Christys Richtung. »Sie haben sie wohlbehalten nach Hause gebracht.«

»Ma'am«, erwiderte Zachary und tippte sich an den Hut. Das war alles, er richtete kein einziges Wort an Christy, sondern beugte sich nur vor, um die hängenden Zügel der Stute zu ergreifen, und ritt davon. Er befand sich bereits außer Sichtweite, als Christy einfiel, dass sie sich nicht bei ihm bedankt hatte.

»Komm ins Haus«, drängte Caney leise, nahm Christys Arm, hielt jedoch gleichzeitig das Baby sicher an ihrer Brust. »Du sollst mir erzählen, wie du das Kind gesund gepflegt hast. Außerdem schätze ich, dass du ein Bad, eine warme Mahlzeit und ein weiches Bett gebrauchen kannst.«

Christy vermochte nur zu nicken, und selbst als sie schon auf die Hütte zuging, blickte sie noch immer zum Pfad nach Primrose Creek hinüber, auf dem Zachary davongeritten war.

Caney umsorgte Christy, als wäre diese selbst ein kleines Kind, und schickte Megan und Skye über den Fluss, um Bridgets Badewanne auszuleihen. Als Christy gewaschen und in ein warmes Flanellnachthemd gekleidet war, aß sie einen Teller voll Eintopf und erzählte die Geschichte von Jennys Genesung zwischen den einzelnen Bissen. Danach kletterte sie in ihr Heubett und fiel in einen tiefen und glücklicherweise traumlosen Schlaf.

Als sie am nächsten Morgen erwachte, fütterte Caney gerade das Baby und sang der Kleinen ein Lied vor. Jenny lachte sie an, als wollte sie gleich mit einstimmen. Christys Herz schien sich zusammenzukrampfen, doch sie lächelte und war bemüht, ihrer Stimme einen fröhlichen Klang zu verleihen:

»Guten Morgen«, sagte sie.

Caney lächelte ein wenig traurig. »Guten Morgen, Miss«, antwortete sie. »Das süße Ding hier ist schon wieder ganz munter.« Sie nahm Jennys Zehe zwischen zwei Finger, und die Kleine lachte glucksend. »Nicht wahr, mein Mädchen?«

Selbstverständlich war Christy froh über Jennys Genesung, die beinahe ein Wunder war, da Scharlach so häufig tödlich endete. Dennoch hieß es, von Jenny Abschied zu nehmen, und Christy fürchtete diesen Augenblick. Schon zu oft hatte sie in ihrem Leben Abschied nehmen müssen – von Menschen, die sie liebte, und Orten, an denen sie glücklich war.

Nachdem Caney ihr eine Schüssel Maisbrei mit Melasse gereicht hatte, brachte sie die Sprache endlich auf die Ereignisse, über die die beiden Frauen bislang geschwiegen hatten. »Wirst du mir nun erzählen, was wirklich auf der Reise geschehen ist, oder soll ich raten?«

Christy senkte den Blick, blinzelte und sah Caney dann wieder an. Die Freundin wollte wissen, ob sich zwischen ihr und Zachary eine Romanze entsponnen hatte, doch sie tat, als hätte sie Caney missverstanden. »Nun, ich erzählte es dir bereits. Die Missionare – das Ehepaar Arron – waren tot, als wir die Mission erreichten. Zachary – Marshal Shaw – begrub sie, und wir verbrachten die Nacht in ihrer Hütte. Am nächsten Morgen brachen wir wieder auf.«

Caneys Lippen bewegten sich in einem stummen Gebet für die Arrons, doch der Ausdruck in ihren dunklen Augen war unbarmherzig. »Also ist nichts geschehen? Zwischen dir und dem Marshal?«

Christy spürte, wie ihr das Blut in die Wangen schoss. »Natürlich nicht!«, antwortete sie vielleicht eine Spur zu heftig.

»Es muss nicht unbedingt etwas Körperliches sein, das zwischen einem Mann und einer Frau geschieht. Es gibt andere Dinge, und ich vermute, du weißt davon, obwohl du behütet aufgewachsen bist. Dinge, die zwei Menschen für immer miteinander verbinden.«

Christy bewegte sich unruhig und verlor den Appetit auf ihr Frühstück. Selbst durch das Nachthemd und die Decke hindurch schienen die Heuhalme sie unangenehm zu piksen. »Ich habe meine Meinung nicht geändert und will Jake noch immer heiraten, falls du darauf hinauswillst.«

Caney wiegte das Baby seufzend in ihren Armen. »Vielleicht hat er aber seine Meinung über dich geändert. Die ganze Stadt weiß schließlich, dass du mit dem Marshal allein dort draußen warst. Die Leute zerreißen sich die Mäuler, Christy, auch wenn sie im Unrecht sind.«

Sie nickte. Was sollte sie nur tun, wenn sich Jake von ihr abwandte? Zu viel hing davon ab, dass sie eine gute Partie machte, und der Besitzer der Sägemühle war der einzige geeignete Kandidat, jedenfalls für ihre Zwecke.

Niedergeschlagen rieb sich Christy die Schläfen in dem Versuch, die Kopfschmerzen abzuwenden, die sich zu entwickeln drohten. »Siehst du bitte nach Jenny, Caney? Ich muss so schnell wie möglich mit Mr. Vigil sprechen.«

»Das will ich meinen«, stimmte Caney ein wenig ärgerlich

zu. Doch mit einem freundlichen Blick wandte sie sich dann wieder dem Baby zu. »So, du heißt also Jenny? Wenn das kein Zufall ist! Ich kannte schon einmal eine Jenny.«

Christy beachtete die Bemerkung ihrer Freundin nicht, sondern hüllte sich in ein Umschlagtuch und ging an den Fluss, um sich zu waschen. Als sie zurückkehrte, Hände und Gesicht von der Kälte des Wassers brennend, kleidete sie sich sorgfältig an. Christy entschied sich für ein apricotfarbenes Seidenkleid, das ihr schmeichelte, obgleich es an Saum und Ärmeln schon ein wenig abgestoßen war. Ihr dunkles Haar steckte sie zu einem weichen Knoten am Hinterkopf auf. Obwohl sie es nicht wagte, ihr Gesicht zu schminken, legte sie doch einen Hauch von Lippenrot auf.

»Lieber Himmel«, bemerkte Caney und musterte sie abschätzend, »wenn ich es nicht besser wüsste, würde ich glauben, ein leichtes Mädchen vor mir zu haben.«

Christy errötete – zweifellos eine Verbesserung zu der Blässe, die sie seit der grauenvollen Entdeckung in der Mission nicht mehr verlassen hatte –, gab jedoch keine Antwort, außer einem viel sagenden Blick in Caneys Richtung.

Auf dem Weg nach draußen begegnete sie Megan.

»Wo willst du hin?«, fragte diese verblüfft. »Du siehst ja aus, als wolltest du am frühen Morgen auf einen Ball gehen.«

Angesichts der Tatsache, dass sie ausschließlich versuchte, das Beste für ihre Familie zu tun, ärgerte sich Christy sehr über den streitlustigen Tonfall ihrer Schwester. »Ich habe in der Stadt etwas zu erledigen«, erklärte sie knapp.

Megan stemmte die Hände in die Hüften. Sie war eine McQuarry und konnte ebenso dickköpfig sein wie die anderen. »Was könntest du wohl zu erledigen haben – in deinem feinen Seidenkleid und mit Rouge auf den Lippen?«

»Das braucht dich nicht zu kümmern«, antwortete Christy.

»Und nun geh mir bitte aus dem Weg. Ich habe zwei Meilen zu gehen und würde gern aufbrechen.« Sie bemühte sich, nicht an die Bande ausgestoßener Paiutes zu denken, die die Arrons so grausam ermordet hatte und sich vielleicht hier in den Wäldern aufhielt. Doch sie durfte sich nicht von ihrer Furcht einschüchtern lassen. Der Vorfall in der Mission hatte sie nur einmal mehr davon überzeugt, dass Megan nach San Francisco oder in eine andere halbwegs zivilisierte Stadt gehörte.

Megan blieb jedoch vor ihr stehen. »Du willst dir Jake Vigil angeln«, stellte sie anklagend fest, als wäre dieses Vorhaben eine Sünde.

Christy hob trotzig das Kinn. »Und wenn es so wäre?«, fragte sie kühl.

»Er ist nicht der Richtige für dich«, beharrte Megan. In diesem Augenblick ähnelte sie mit den zornig funkelnden grünen Augen und dem strengen Gesichtsausdruck ihrem Großvater. »Und noch schlimmer ist, dass du es weißt!«

»Das genügt jetzt«, begehrte Christy auf und versuchte, um Megan herumzugehen.

Doch sogleich verstellte ihr die Schwester wieder den Weg. »Falls du es meinetwegen tun willst, Christy McQuarry, so begehst du einen schweren Fehler. Ich bin kein Kind mehr und habe eigene Pläne.«

Christy war gekränkt und verblüfft. »Was für Pläne?«, wollte sie leise wissen. Lieber Gott, lass sie nicht sagen, dass sie Caleb Strand oder einen der anderen Holzfäller heiraten will! Sie ist zu jung, unschuldig und zerbrechlich für ein solches Leben.

»Darum geht es jetzt nicht«, antwortete Megan. »Doch eines ist sicher – Lehrerin will ich nicht werden. Falls du dich also mit dem Gedanken tragen solltest, mich noch einmal in eine Schule wie St. Martha's zu stecken, vergiss ihn gleich wieder. Ich werde meine Zeit gewiss nicht damit verschwenden, mit all den eingebildeten Gänsen Latein und Stickerei zu lernen.«

Megans Worte trafen Christy wie ein Schlag ins Gesicht. Offensichtlich wusste ihre Schwester überhaupt nicht, was sie da sagte, worauf sie verzichten würde. Megan konnte sich einfach nicht vorstellen, was es bedeutete, dem Land und den Naturgewalten das tägliche Brot abzuringen und Tag und Nacht für Ehemann und Kinder zu sorgen.

»Entschuldige mich«, erklärte Christy und ging an Megan vorbei, um den langen Weg in die Stadt anzutreten. Megan wusste schlichtweg die Lage nicht einzuschätzen, das war alles. Mit sechzehn war sie noch mehr Kind als junge Frau. Mit der Zeit jedoch würde sie es der älteren Schwester danken, dass diese sich so sehr um das Wohl der Familie gesorgt hatte.

Als Christy eine Stunde später Jake Vigils Büro betrat, musterte dieser sie, ohne zu lächeln. Ihre Schuhe drückten und ihr Stolz war aus vielen verschiedenen Gründen verletzt, daher war sie nicht in der Stimmung, sich viel gefallen zu lassen.

»Werden Sie mir einen Sitzplatz anbieten, oder muss ich die ganze Zeit stehen?«, erkundigte sie sich.

»Setzen Sie sich«, antwortete Jake, noch immer ernst. Er trug Arbeitskleidung, ein blaues Baumwollhemd und Hosen aus Denim. Jake war ein gut aussehender Mann, und Christy fragte sich, warum sie keinerlei Begehren für ihn empfand.

Sie hatte die Hände im Schoß gefaltet und saß stocksteif da. Selbst nach dem langen Fußmarsch sah sie noch immer hübsch aus, wie sie wusste, doch das war kein Trost angesichts Jakes finsterer Miene. Sie hatte sich unterwegs eine kleine Rede zurechtgelegt, nicht zuletzt um sich von dem Gedanken an die Indianer abzulenken, konnte sich nun aber an kein Wort mehr erinnern. Zu schade, ihre Rechtfertigung wäre sicher sehr überzeugend gewesen.

»Nun?«, meinte Jake. Er zog den Stuhl hinter seinem Schreibtisch hervor und setzte sich. »Ich habe ein Geschäft zu führen, Miss McQuarry. Wenn Sie die Güte hätten, zur Sache zu kommen ...«

»Nichts ist geschehen«, erwiderte Christy und errötete sogleich.

»Sie verbrachten mehrere Tage allein mit einem anderen Mann in den Bergen, *das* ist geschehen.«

»Uns blieb nichts anderes übrig«, gab Christy ein wenig ungehalten zurück. Sie hatte nicht erwartet, dass Jake so uneinsichtig sein würde oder dass Megan sich in einer Weise verhielt, die nur als undankbar bezeichnet werden konnte. »Das Baby hatte Scharlach und brauchte einen Arzt. Ich wollte der Kleinen helfen, doch Zachary – Marshal Shaw – erlaubte mir nicht, allein zu reiten.«

Mit blitzenden Augen beugte Jake sich vor. In seinem Zorn wirkte er noch attraktiver als sonst, doch noch immer verspürte Christy nicht den geringsten Funken Leidenschaft. »*Ich* hätte Sie begleitet«, sagte er.

»Ich weiß«, gestand Christy und wurde unsicher. »Aber alles ging so schnell, und Mr. Shaw war da und hatte auch noch ein Pferd für mich dabei ...«

»Das kann ich mir lebhaft vorstellen«, entgegnete Jake grimmig, doch sie spürte, dass er allmählich nachgab. Er begehrte sie mit der gleichen Leidenschaft, mit der sie sich nach Zachary verzehrte. Christy hoffte, dass Jakes Leidenschaft für sie beide reichen würde – in den vielen Ehejahren, die vor ihnen lagen.

»Wir sind uns einig, Sie und ich«, erinnerte Christy ihn, »und ich würde niemals etwas tun, das Ihre oder meine Ehre infrage stellen würde.«

Jake seufzte und legte den Kopf in den Nacken, als wollte er sich strecken. Als er Christy wieder anblickte, lächelte er freundlich. »Ich glaube Ihnen«, gab er zurück und öffnete eine Schublade in seinem Schreibtisch.

Es gelang Christy, sein Lächeln zu erwidern, wenn auch ein wenig angestrengt. »Danke«, antwortete sie knapp.

Er legte einen Brillantring auf den Tisch, dessen zahlreiche Steine in dem schwachen Licht, das vom Fenster hereinfiel, funkelten und blitzten. »Ich besitze diesen Ring schon eine ganze Weile für den Fall, dass ich eines Tages die Richtige zum Heiraten finde.«

In diesem Augenblick klang und gebärdete sich Jake wie ein kleiner Junge, der seine Schätze herzeigt. Christy fühlte sich schuldig. »Er … ist wunderschön«, murmelte sie.

Mit dem Ring in der Hand ging Jake um den Tisch herum und nahm Christys Hand. Sie lächelte zwar, als er ihn ihr an den Finger steckte, doch das Metall schien auf ihrer Haut zu glühen wie ein Brandzeichen. Sie fühlte sich wie eine Hure, die den Lohn für geleistete Dienste in Empfang nimmt.

»Nun ist es offiziell«, erklärte Jake und strich ihr über die Hand. »Falls irgendjemand daran zweifeln sollte.«

»Ja«, wiederholte Christy, »es ist offiziell. Sie war froh darüber, noch auf ihrem Platz zu sitzen, denn plötzlich fühlte sie sich schwach. *Tu es nicht!*, rief eine Stimme in ihrem Kopf, und sie erkannte, dass es die ihre war.

Jake ließ sich auf ein Knie nieder und hielt Christys Hand fest. »Du wirst es nie bereuen, mich zu heiraten, Christy«, flüsterte er rau. »Das gelobe ich.«

Sie nickte nur. Tatsächlich hatte sie noch nicht einmal die Hochzeitsfeierlichkeiten hinter sich gebracht und bereute die ganze Angelegenheit bereits zutiefst. Unsicher stand sie auf.

»Ist alles in Ordnung?«, fragte Jake und blickte sie prüfend an.

»Ja, ich bin sehr … glücklich.«

Er strahlte. »Dann bin ich es auch. Ich lasse gleich den Buggy anspannen und bringe dich selbst nach Hause, wenn du hier nichts mehr zu erledigen hast.«

»Ich würde mir gern das Haus noch einmal ansehen«, bemerkte sie leise. In diesem Augenblick der Verzweiflung brauchte Christy etwas, das sie an ihrem Entschluss festhalten ließ. »Wenn es dir nichts ausmacht, meine ich.«

Jake sah mehr als erfreut aus. »Aber natürlich nicht. Du wirst selbstverständlich einige Dinge geändert haben wollen.«

Christy wandte den Blick ab und blickte aus dem Fenster über die Straße zu Marshal Shaws Büro hinüber. »Vielleicht«, stimmte sie zu. Es klang beinahe wie ein Seufzer.

Jake nahm ihre Zurückhaltung nicht wahr. Zweifellos sah er wie die meisten anderen Menschen nur das, was er sehen wollte. »Es schickt sich wohl nicht, wenn wir uns ohne Begleitung zusammen im Haus aufhalten, bevor wir verheiratet sind. Aber die Tür ist nicht abgeschlossen, also kannst du einfach hineingehen.«

Sie nickte und verließ das Büro. Der Weg zu Jakes Haus war nur kurz, doch es kam Christy vor wie eine Strecke von hundert oder gar tausend Meilen, so schwer war ihr das Herz.

Christy betrat das Haus durch die Küche, einem riesigen Raum mit einem Wassertank, einem glänzenden Herd, einem Kiefernholztisch mit acht Stühlen und einigen verschließbaren Schränken. Der Fußboden aus geöltem Holz war zwar staubig, würde jedoch nach einer gründlichen Reinigung glänzen und sehr hübsch aussehen.

Von dort aus ging Christy ins Esszimmer, das sie bereits am Abend der Party gesehen hatte. Der große Salon lag direkt nebenan und war mit einem Kamin aus weißem Marmor ausgestattet, der mit Sicherheit ein Vermögen gekostet hatte. Der Salon war nur spärlich möbliert, und Christy versuchte sich vorzustellen, wie sie an Winterabenden am Feuer sitzen und nähen würde, während Jake sich in die Zeitung vertieft hatte. Sie vermochte es nicht.

Jakes Arbeitszimmer lag dem Salon gegenüber, und an den Wänden standen hohe, gut gefüllte Bücherregale. Es war sehr aufschlussreich und tröstlich zu sehen, dass Jake ihre Liebe zur Literatur teilte. Wenigstens hatten sie etwas gemeinsam und würden sich bestimmt auf solche gemeinsame Freuden stützen können.

Die Treppe war weit und elegant geschwungen, und die Stufen bestanden aus poliertem Holz. Christy stieg sie so langsam empor, als befände sie sich auf dem Weg zum Schafott. Vielleicht hatte Megan trotz ihrer Jugend Recht. Möglicherweise lud sie, Christy, zu viel auf ihre Schultern und beging dabei auch noch einen großen Fehler.

Der Korridor im Obergeschoss war lang, mit drei Zimmertüren auf jeder Seite und einer Doppeltür am anderen Ende. Christy warf einen Blick in jeden der Räume, die alle leer standen, bis sie schließlich vor dem Eingang zu Jakes Schlafzimmer stand.

Mit klopfendem Herzen drehte sie den Messingknauf herum und öffnete die Tür einen Spalt. Sie schloss die Augen und überschritt die Türschwelle. Es hätte Jakes Duft sein sollen, der in der Luft lag, doch stattdessen war es Zacharys.

Eine Träne rann über Christys rechte Wange. Jakes Bett war mit Schnitzereien verziert und stand auf einem kleinen Podest. Der Kamin war aus grün und grau geädertem Marmor, und mindestes zwei der Gemälde an der Wand stammten von europäischen Künstlern. Spitzengardinen zierten die Fenster, und an einer Wand standen zwei geräumige Kleiderschränke. Hinter einer Tür machte Christy eine erstaunliche Entdeckung: eine Badewanne und ein Wasserklosett. Am Fuße der Wanne sorgte ein Reservoir für heißes Wasser, wie sie auf schmerzhafte Weise erfuhr, als sie das klappernde, glitzernde Behältnis berührte und sich die Finger verbrannte.

Als Christy sich umdrehte, erschrak sie. Plötzlich befand sie sich dem Mann gegenüber, den sie an diesem Ort keinesfalls erwartet hätte.

»Vielleicht sollten Sie sich einmal ins Bett legen, um zu überprüfen, ob die Matratze Ihnen behagt«, sagte Zachary, und seine Augen schienen blaue Funken zu sprühen.

Christy wäre am liebsten ohne ein Wort an ihm vorbeigegangen, doch das hätte zu sehr wie eine Flucht ausgesehen. »Gehen Sie oft unangemeldet im Haus anderer Leute ein und aus?«

»Nein, wie steht es mit Ihnen?«

»Es gibt einen Unterschied«, erklärte Christy so würdevoll wie möglich. »Ich werde schon bald hier wohnen.«

»Ja, das ist allerdings ein großer Unterschied«, gab er aufgebracht zurück. Sein Gesicht befand sich bedrohlich dicht vor dem ihren.

Christy bemühte sich, ihr Temperament in Schach zu halten und nicht in Tränen auszubrechen. »Was wollen Sie?«, fragte sie und bemerkte erst viel zu spät, dass sie sich äußerst ungeschickt ausgedrückt hatte.

»Dich«, antwortete Zachary. »Ich will dich, Christy, und du willst mich ebenso!«

»Sie irren sich!«

Er umfasste ihre Arme und zog Christy beinahe auf die Zehenspitzen. »Nein«, widersprach er rau, »*du* irrst dich. Herr im

Himmel, Christy, überlege es dir. Tu dir das nicht an, Jake nicht und mir auch nicht!«

Am ganzen Leibe zitternd, wusste Christy nicht, ob sie ihm in die Arme sinken oder ihm eine schallende Ohrfeige versetzen sollte. »Verschwinden Sie!«, zischte sie. »Auf der Stelle!«

Zachary stieß einen Seufzer aus und ließ seine breiten Schultern hängen. Seine Hände gaben Christy frei. »Schon gut«, meinte er, »wie du willst.« Doch ganz im Widerspruch zu seinen Worten zog er sie gleich darauf wieder an sich und küsste sie leidenschaftlich. Christy gab sich diesem verbotenen Kuss hin, erwiderte ihn mit Hingabe und stöhnte leise auf, da die Berührung seiner Lippen unbändiges Verlangen in ihr weckte.

Als er sie freigab, bemerkte Christy, dass sie weinte. Nur er konnte diese Reaktion in ihr hervorrufen. »Leb wohl, Zachary«, flüsterte sie. »Leb wohl.«

Ein letztes Mal betrachtete er sie, dann wandte Zachary sich um und verließ den Raum. Christy hörte seine Schritte auf der Treppe und wäre ihm beinahe nachgelaufen.

»Lieber Gott«, murmelte sie, »lass es jetzt endlich vorüber sein.«

»Er ist fort.« Bridget schien eine Art zorniger Genugtuung dabei zu empfinden, Christy am nächsten Morgen diese Nachricht zu überbringen. »Hoffentlich bist du jetzt zufrieden.«

»Wer ist fort?«, fragte Christy, fürchtete jedoch, die Antwort zu kennen.

»Zachary. Er hat gestern Nachmittag einen Deputy vereidigt und ist dann davongeritten, mit einem Stapel Steckbriefe in der Tasche. Gus erzählte es Trace gestern Abend auf der Sitzung des Stadtrats.«

Steckbriefe. Christy fühlte sich plötzlich einer Ohnmacht

nahe. Zachary hatte sich auf den Weg gemacht, um Banditen zu jagen, Männer, die schrecklicher Verbrechen beschuldigt wurden, und befand sich in Lebensgefahr. In diesem Augenblick hätte Christy alles dafür gegeben, ihn wohlbehalten zurückzubringen, doch das war unmöglich. Sie hatte keine andere Wahl, als ihre Pläne in die Tat umzusetzen. »Nun, das geht mich nichts an«, gab sie gespielt gleichgültig zurück. »Zachary ist ein erwachsener Mann, der seine eigenen Entscheidungen trifft.«

»Das ist richtig«, stimmte Bridget ihr aufgebracht zu, »nur wissen wir beide, warum er es getan hat, nicht wahr Christy?«

Diese drehte der Cousine den Rücken zu und bekämpfte den Wunsch, ihr jedes Haar einzeln auszureißen. »Ich weiß nicht, wovon du sprichst.«

»Mit dieser Antwort könnte ich mein Petunienbeet düngen«, beharrte Bridget. »So wahr mir Gott helfe, Christy, wenn er aufgrund deiner Träume von Reichtum und Luxus zu Tode kommt, wird keine Seele in Primrose Creek je wieder ein Wort mit dir wechseln!«

Erschüttert schloss Christy die Augen. Der Gedanke daran, von der Gemeinschaft ausgestoßen zu werden, schreckte sie nicht – schon in der Schule war ihr dergleichen widerfahren, und sie hatte es überlebt –, doch die Vorstellung, Zachary läge irgendwo auf einer einsamen Landstraße in seinem eigenen Blut, war unerträglich. Christy schauderte und schlang die Arme um ihren Oberkörper. Als sie keine Antwort gab, drehte Bridget sie zu sich herum.

Wäre die Cousine nicht hochschwanger gewesen, hätte Christy womöglich ihre Bedenken gegen jegliche Art von Gewaltanwendung vergessen und wäre auf sie losgegangen. »Wage es nie wieder, das zu tun!«, rief sie zornig. »Du wirst nicht für immer schwanger bleiben!«

Bridget ließ sich nicht beirren. »Du bist genau wie dein Vater!«, erklärte sie aufgebracht.

»Und du bist wie deiner!«

»Ihr benehmt euch wirklich wie erwachsene Damen«, erklang Caneys Stimme aus dem Hintergrund. »Vermutlich wollt ihr einander als Nächstes die Zungen herausstrecken.«

Die Zurechtweisung kühlte die erhitzten Gemüter ein wenig. Christy und Bridget gingen einige Schritte zurück, obwohl beide noch immer die Fäuste geballt hielten.

Caney trat zwischen sie. »Bridget, geh nach Hause, bevor du dich noch so sehr aufregst, dass die Wehen vor der Zeit einsetzen. Und du, Christy, hältst besser den Mund und tust deine Arbeit. Wenn ihr überhaupt jemandem aus der Familie nachschlagt, dann eurem Großvater. Und da liegt auch die Wurzel allen Übels: Ihr seid einander zu ähnlich.«

Ich soll Bridget ähneln? Christy unterdrückte den undamenhaften Wunsch, auf den Boden zu spucken, gehorchte jedoch Caneys Anordnung und fuhr damit fort, Jennys Windeln auszuwringen und sie zum Trocknen über die Büsche am Flussufer zu breiten.

Sie kamen am Nachmittag, mindestens zwanzig Paiute-Indianer in Kriegsbemalung, bewaffnet mit Speeren, Bogen und Gewehren. Ihr Anblick rief in Christy die Erinnerung an die Arrons wach, die in ihrem eigenen Haus ermordet worden waren.

Caney hielt immer eine Schrotflinte griffbereit, und auch dieser Tag bildete keine Ausnahme. Sie nahm die Waffe, entsicherte sie, und die Geste ließ in Verbindung mit Caneys grimmigem Gesichtsausdruck keinerlei Zweifel daran aufkommen, dass sie es ernst meinte. Megan starrte die Krieger verblüfft an, und als Christy endlich wieder mehr wahrnehmen konnte als ihren eigenen dröhnenden Herzschlag, hörte sie den begeisterten Ausruf ihrer Schwester.

»Indianer!«

Wir werden sterben, dachte Christy, und eine eigentümliche Gelassenheit ergriff von ihr Besitz. Keine von ihnen würde je wieder einen Sonnenaufgang sehen. Nie wieder lachen oder miteinander streiten. Nie wieder Brathähnchen oder frisches Quellwasser kosten.

Sie ging auf die Indianer zu, hörte Megans ängstlichen Seufzer und Caneys leisen Fluch und war nur wenig erleichtert, die alte Frau zu entdecken, die ihr Jenny gebracht hatte. Die Alte ritt an der Spitze der Gruppe, und ihr langer grauer Zopf hing ihr über die Schulter.

»Singendes Reh, geht es ihr gut?«

Singendes Reh, wiederholte Christy stumm. So lautete also Jennys wirklicher Name. »Ja«, antwortete sie. Ihre Kehle war wie zugeschnürt, und ihre Augen brannten, als hätten sie Feuer gefangen.

»Bring sie!«, befahl die Alte. Offenbar verfügte sie in ihrem Stamm über großen Einfluss, daran konnte kein Zweifel bestehen. Die Krieger waren nur gekommen, um die Forderungen der alten Frau durchzusetzen.

Christy nickte und ging zur Hütte. Jenny – Singendes Reh – lag zufrieden in einem Korb, der auf dem Bett stand. Sie war sauber, frisch gewickelt und offenbar überaus fasziniert von den Zehen an ihrem rechten Fuß. Christy hatte damit gerechnet, dass dieser Tag kommen würde, dennoch fühlte sie sich, als hätte sie einen heftigen Schlag in die Magengegend erhalten. In der kurzen Zeit, in der das Kind in ihrer Obhut gewesen war, hatte sie die Kleine lieb gewonnen und würde sie nun vermutlich nie wiedersehen.

Sanft hob sie Singendes Reh aus dem Korb, wickelte sie in

eine saubere Decke, die sie eigentlich nur schwerlich entbehren konnte, und trug die Kleine nach draußen.

Die alte Frau beugte sich vor, um das Kind in Empfang zu nehmen. Vielleicht handelte es sich um ihre Enkelin oder gar Urenkelin.

Christy übergab ihr die Kleine, ohne eine Miene zu verziehen. »Sie isst gern Kartoffelbrühe«, sagte sie, obwohl es sehr unwahrscheinlich war, dass ihre Besucher sie verstanden oder sich für ihre Ratschläge interessierten.

Die Frau nickte ruhig. Sie gab einige Befehle in der Sprache ihres Stammes, und einer der Krieger stieß einen mit Federn geschmückten Speer in die Erde unmittelbar vor Christys Füßen. Hinter sich nahm sie eine Bewegung wahr. Sie wusste, dass Caney die Flinte angelegt hatte und bereit war zu schießen.

»Nein!«, rief Christy mit einem Blick über die Schulter. »Nicht schießen, Caney!«

Zwischen der alten Frau und einigen der sehr grimmig dreinblickenden Krieger kam es zu einem kurzen Wortwechsel, dann wendeten die Indianer ihre Pferde und ritten zurück in die Wälder.

»Wenn ich das Skye erzähle«, rief Megan aufgeregt und wollte nach dem Schaft des Speers greifen, um die geschmückte Waffe aus dem Boden zu ziehen.

»Lass ihn stecken«, bat Christy.

Die Schwester blickte sie überrascht an. Caney war an Christys Seite. Eine Hand hatte sie auf deren Arm gelegt, in der anderen hielt sie die Schrotflinte.

»Aber es ist ein Indianerspeer«, sagte Megan so voller Bewunderung, als handelte es sich um den Heiligen Gral.

»Eben«, erwiderte Christy ein wenig atemlos. Dann sank sie im hohen Gras auf die Knie, schlug die Hände vors Gesicht und schluchzte vor Kummer, Erleichterung und noch einem Dutzend anderer Empfindungen.

Caney kniete sich neben sie und nahm sie in die Arme. »Schon gut, Miss Christy, weine dich nur aus. Der Himmel weiß, dass du allen Grund dazu hast.«

»Warum kann ich denn den Speer nicht mitnehmen?«, wollte Megan wissen.

»Er ist ein Zeichen für andere Indianer«, antwortete Caney. »Es bedeutet, dass sie uns in Ruhe lassen sollen. Und jetzt hol mir eine Schüssel mit Wasser und ein sauberes Tuch. Siehst du denn nicht, dass wir deiner Schwester helfen müssen?«

Christy begann, sich ein wenig zu beruhigen, ihre Schluchzer ebbten ab, und sie klammerte sich nicht mehr so verzweifelt an Caney fest.

»Aber Kind«, meinte Caney mit einer rauen Zärtlichkeit, die Christy erneut zu Tränen rührte, »du wusstest doch, dass du die Kleine nicht würdest behalten können.«

Christy nickte. Sie hatte damit gerechnet, Jenny hergeben zu müssen, doch das hatte es keinen Deut leichter gemacht. Nun hatte sie das Baby verloren, und Zachary war davongeritten und würde vermutlich erschossen werden. Die Zukunft erstreckte sich vor Christy als eine unendliche Kette trostloser Tage und Nächte.

7

Jake Vigil erwies sich als geduldiger Mann. Er wartete, bis der April und der Mai ins Land gezogen waren. In der Zwischenzeit brachte er Christy Blumen, unternahm mit ihr Mondscheinfahrten in seinem Buggy und ließ ihr Hochzeitsgeschenk, einen Flügel, eigens aus Chicago anliefern.

Für Christy war es eine Zeit der Seelenqualen, nicht allein auf Grund ihrer fruchtlosen Bemühungen, sich in ihren zukünftigen Ehemann zu verlieben. Zachary war seit Wochen verschwunden, und niemand hatte etwas von ihm gehört. Nacht für Nacht wurde Christy von Albträumen heimgesucht, in denen Zachary von einem der Verbrecher erschossen wurde, die er jagte.

Eines Abends, als Caney in die Stadt gegangen war, um Mr. Hicks zu umgarnen, kam Trace den Hügel zur Hütte hinaufgerannt und rief nach Christy.

Sie saß auf einem Stein am Fluss, bürstete ihr Haar und spielte mit dem Gedanken, sich früh ins Bett zu legen und sich dem Stapel Bücher zu widmen, den sie aus Jakes Bibliothek geliehen hatte. Manchmal hielt es die Albträume in Schach, wenn sie ihren Geist mit den Worten eines Schriftstellers beschäftigte.

»Was gibt es?«, fragte sie, obwohl sie bereits ahnte, was geschehen war.

Trace wartete nicht erst darauf, dass sie sich erhob, sondern griff ihren Arm und zog sie auf die Beine. »Bridget hat Wehen.

Sie kommen in kurzen Abständen, und sie glaubt, dass es so weit ist.«

Christy atmete tief durch.

Auf dem Treck hatte sie Caney bei einigen Entbindungen geholfen, war jedoch noch nie allein dafür verantwortlich gewesen. »Ich gehe gleich zu Bridget«, erklärte sie ruhig, obwohl sie innerlich weit aufgeregter war, als sie sich anmerken ließ. »Reite du in die Stadt und hole Caney zurück. Sie ist bei Mr. Hicks.«

Trace schüttelte den Kopf. »Ich lasse meine Frau nicht allein«, widersprach er, und der Klang seiner Stimme ließ keinen Zweifel daran aufkommen, dass er es ernst meinte. »Skye streunt mit Noah irgendwo in der Gegend herum. Ich schicke sie in die Stadt, sobald sie zurückkommen.«

Christy folgte ihm über den Fluss und ging mit ihm ins Haus. Bridget war noch angezogen und ging unruhig vor dem Kamin auf und ab.

Obwohl die Dinge zwischen den Cousinen nicht zum Besten standen, schob Christy alle Differenzen beiseite und nahm sanft Bridgets Arm. »Trace sagt, es ist Zeit?«

Bridget lächelte schwach und nickte. »Ja«, antwortete sie. »Es geht schneller als bei Noah. Die Wehen haben vor einer Stunde eingesetzt und kommen inzwischen schon sehr heftig und im Abstand von wenigen Sekunden.«

Christy erwiderte das Lächeln ihrer Cousine. »Dann wollen wir uns an die Arbeit machen«, meinte sie und wandte sich dann an Bridgets blassen Ehemann. Sie bewunderte ihn dafür, dass er darauf bestand zu bleiben, obwohl er ganz offensichtlich förmlich vor Angst umkam. »Trace, ich brauche viel heißes Wasser. Und du solltest Skye und Noah zur Hütte hinüberschicken, wenn sie nach Hause kommen. Es bleibt keine Zeit mehr, um Caney zu holen.«

Trace nickte, nahm zwei Eimer und verließ das Haus. Seine Bewegungen wirkten wie die eines Schlafwandlers.

Gleich darauf brachte Christy Bridget ins Schlafzimmer, half ihr beim Auskleiden, zog ihr ein weites Nachthemd über und legte sie ins Bett.

»Hast du Angst?«, fragte sie leise und krempelte die Ärmel ihres Kleids auf. Auf dem Waschtisch befand sich ein Krug mit Wasser. Sie goss etwas davon in die Porzellanschüssel, und begann, sich gründlich mit der gelblichen Seife, die Bridget vermutlich selbst hergestellt hatte, die Hände zu waschen.

Bridget nickte. »Ein wenig«, gestand sie.

»Ich weiß, was zu tun ist«, versicherte Christy ihr ruhig. »Caney hat es mir unterwegs beigebracht.«

Wieder nickte Bridget. Als die Schmerzen erneut stärker wurden, krümmte sie sich zusammen und stöhnte auf.

Christy untersuchte sie vorsichtig. Es würde allem Anschein nach nicht mehr lange dauern. Tatsächlich konnten sie sich glücklich schätzen, wenn Trace das heiße Wasser noch rechtzeitig bringen würde.

»Habt ihr schon einen Termin festgesetzt, du und Jake?«, fragte Bridget.

Es versetzte Christy einen Stich. Zachary, rief eine kummervolle Stimme in ihrem Innern. Zuerst hatte sie einen Handel mit sich selbst abgeschlossen. Wenn Zachary zurückkehrte, ob nun ohne einen Penny oder wohlhabend, und wenn er sie dann noch immer haben wollte, würde sie es als Zeichen des Himmels nehmen und ihn trotz aller Widrigkeiten heiraten. Doch er war nicht nach Primrose Creek zurückgekommen, und ihr lief allmählich die Zeit davon. Jake würde nicht ewig warten.

»Ja«, antwortete sie, ohne Bridget anzusehen. »Wir heiraten am kommenden Sonntag. Reverend Taylor hat schon eingewilligt, uns zu trauen.

Bridget schrie leise auf, als eine besonders heftige Wehe ihren Bauch mit solcher Kraft zusammenzog, dass die Muskelbewegung selbst durch das Nachthemd hindurch zu erkennen war. »Bist du dir … sicher?«

»Ja«, sagte Christy. Das entsprach zwar ganz und gar nicht der Wahrheit, doch sie konnte auch ebenso gut gleich mit der Scharade beginnen, nicht erst an ihrem Hochzeitstag. »Aber lass uns jetzt lieber von dir sprechen. Möchtest du etwas haben, an dem du dich festhalten kannst? Ich könnte ein Laken an die Bettpfosten knoten.«

Bridget schüttelte den Kopf. »Ich glaube kaum, dass es nötig sein wird. Dieses Baby scheint es eilig zu haben.«

Christy lächelte. Als sie Bridget erneut untersuchte, konnte sie bereits den Kopf des Babys sehen. »Du hast es wirklich eilig«, stellte sie fest.

Außer Atem lehnte sich Bridget in die Kissen zurück. »Trace … hat so große Angst …«

»Mach dir keine Sorgen um Trace«, erwiderte Christy. »Ich habe ihm etwas zu tun gegeben, damit er hier nicht im Weg steht. Ihm geht es gut.«

Bridget bog den Rücken durch und schrie auf.

»Pressen!«, rief Christy.

Bridget tat ihr Äußerstes.

»Noch einmal.« Ein kleiner, perfekt geformter Kopf mit blondem Haarflaum kam zum Vorschein. Trotz all der Aufregung lächelte Christy glücklich. »Du hast es fast geschafft, Bridget. Noch einmal!«

Mit der nächsten Wehe glitt das Baby heraus, doch Bridgets Bauch war noch immer sehr gedehnt. Also würde Caney doch Recht behalten. Bridget bekam tatsächlich Zwillinge.

»Es ist ein Junge«, erklärte Christy, vergewisserte sich, dass

Nase und Mund des Kleinen frei waren, und band dann die Nabelschnur ab.

Bridget blickte an sich hinunter. Schweißperlen standen ihr auf der Stirn. »Lieber Himmel«, stöhnte sie, »da kommt ja noch eins!«

»Es scheint so«, antwortete Christy, gerade als Trace ins Zimmer stolperte. »Das Wasser ist gleich fertig«, verkündete er.

Christy legte ihm seinen Sohn in den Arm, ungebadet und nur hastig in ein Tuch gewickelt. Dann wandte sie sich wieder Bridget zu, die vor Schmerzen aufschrie.

Traces Augen weiteten sich vor Verblüffung, als er erkannte, dass Bridget ein zweites Kind gebären würde. »Vielleicht liegt es nicht richtig.« Trace betrachtete seine Frau mit einer Mischung aus Freude, Verwirrung und Sorge, hielt jedoch die ganze Zeit seinen Sohn sicher im Arm.

Hätte sie Zeit dazu gehabt, wäre Christy bestimmt in Gelächter ausgebrochen. »Kümmere dich um deinen Sohn«, bat sie, »wir sind hier noch mit Nummer zwei beschäftigt.«

Das kleine Mädchen kam fünf Minuten später zur Welt, ebenso blond und vollkommen wie sein Bruder. Endlich durfte Bridget sich ausruhen. Sie war außer Atem, erschöpft und blutig, strahlte aber vor Glück.

Christy kümmerte sich um die notwendigen Handgriffe, wechselte die Laken, ohne die Wöchnerin zu bewegen, wie Caney es ihr gezeigt hatte, und verließ dann leise den Raum, um Bridget und Trace mit dem Familienzuwachs allein zu lassen.

In der Küche wusch sie sich gründlich, vermutete jedoch, dass ihr Kleid wohl nicht mehr zu retten war. Leise begann sie zu weinen, denn auch wenn sie Jake Vigil ein Dutzend Kinder schenken würde, niemals würden sie einen solchen Augenblick erleben, wie ihn Bridget und Trace gerade miteinander in dem Raum teilten, in dem einst ihre Kinder gezeugt worden waren.

Nach einer Weile entdeckte sie die Familienbibel der McQuarrys, die nun auf die Eintragung des Datums – 10. Juni – und die Namen der neuen Familienmitglieder wartete, deren kräftige Schreie inzwischen aus dem Schlafzimmer drangen. Mit einem nachdenklichen Lächeln nahm Christy die Bibel zur Hand, setzte sich und schlug die Seiten mit dem Familienstammbaum auf.

Die Bibel war zur Zeit der amerikanischen Revolution gedruckt worden und musste seinerzeit ein kleines Vermögen gekostet haben, da Bücher damals rar und kostbar gewesen waren.

Christy fuhr mit dem Finger die lange Namensliste entlang und dachte an Virginia und ihren Großvater. Geburten, Todestage, Eheschließungen – alle McQuarrys waren hier verzeichnet. Als Christy die Zeilen ihrer eigenen Generation erreichte, stockte ihr der Atem. Sie blinzelte. Sicherlich hatte sie die Eintragung, die in sorgfältiger Handschrift vorgenommen worden war, falsch gelesen.

Nein, offensichtlich nicht.

Mit einem leisen Knall klappte Christy die Bibel zu und schloss den Buchdeckel über einem Geheimnis, das all die Jahre hindurch deutlich sichtbar in großen Buchstaben da gestanden hatte. Während sie noch über die Folgen ihrer Entdeckung nachdachte, verließ ein strahlender Trace das Schlafzimmer und verkündete, Bridget und die Babys seien eingeschlafen.

»Habt ihr euch schon für Namen entschieden?«, fragte Christy.

Er nickte, wusch sich die Hände und schenkte ihnen beiden eine Tasse Kaffee ein. Dann setzte er sich neben Christy in den anderen Schaukelstuhl vor dem Kamin. »Der Junge heißt Gideon Mitchell, das Mädchen Rebecca Christina.«

Unter anderen Umständen wäre Christy sicher verärgert

darüber gewesen, dass Bridget gerade zwei der besten Familiennamen für sich beansprucht hatte. Doch dass die Cousine ihrer Tochter Christys Namen geben wollte, schien eine Geste der Versöhnung zu sein. Außerdem stand Christy noch immer unter dem Eindruck der Entdeckung, die sie soeben gemacht hatte.

Großvater, dachte sie und lächelte leise, du gerissener alter Schurke.

Der Sonntag kam viel zu schnell. Christy hatte das Geheimnis der Familienbibel für sich behalten und überlegte noch immer, ob sie ihr Wissen jemandem mitteilen sollte. Sie kleidete sich an ihrem Hochzeitsmorgen mit der Begeisterung an, die Marie Antoinette bei den Vorbereitungen auf ihrem Gang zum Schafott an den Tag gelegt haben musste.

»Du kannst noch immer zurück«, flüsterte Caney, als sie Christy in das hellblaue Seidenkleid half, das sie für die Hochzeit geändert hatten. Sie standen in einer Ecke des Kirchenzeltes hinter einem improvisierten Paravent. Die Gemeindemitglieder würden erst nach der Trauung zum regulären Gottesdienst in die Kirche kommen.

Christy seufzte. Zachary war nicht zurückgekehrt, also würde sie nun ihren Plan in die Tat umsetzen. »Wo ist Megan?«, fragte sie unruhig. »Wenn sie zu spät kommen sollte, drehe ich ihr den Hals um!«

»Mach dir keine Sorgen. Miss Skye wird sie schon mitbringen«, erwiderte Caney. »Zu schade, dass Miss Bridget nicht dabei sein kann.«

Es machte Christy nichts aus, keine große Hochzeit zu feiern. Megan und Caney, die beiden Menschen, die sie zu ihrer Unterstützung brauchte, würden bei ihr sein. Darüber hinaus wünschte sie keine weiteren Zeugen, da sie ohnehin das Gefühl hatte, ein Verbrechen zu begehen.

Auf der anderen Seite des Paravents nahm Christy Bewegungen wahr, also schien ihr Bräutigam angekommen zu sein. Sie spähte um die Ecke und schluckte schwer. In seinem neuen Anzug sah Jake wirklich hervorragend aus. Trace begleitete ihn und würde auch als Trauzeuge fungieren. Auch einige Arbeiter aus der Sägemühle waren gekommen.

Offenbar spürte Jake Christys Blick, denn er sah zu ihr hinüber und lächelte.

Christy zog sich wieder hinter die Wand aus Stoff zurück. Wie konnte sie nur? Wie? Jake war ein anständiger Mann, der eine Frau verdiente, die ihn wirklich liebte. »Caney …«, begann sie.

»Was ist denn, meine Kleine?«, fragte die Freundin eifrig.

Christy dachte an das große Haus, das Geld, die Möglichkeiten und die Sicherheit, die sie und Megan genießen würden. »Schon gut«, sagte sie seufzend.

Über ihren Köpfen prasselte Regen auf das Dach des großen Zeltes, der für die Jahreszeit überaus ungewöhnlich war. Jedenfalls passte das Wetter zu Christys Gemütszustand.

Der Klang einer Geige, auf der die ersten Takte des Hochzeitsmarsches gespielt wurden, verkündete den Beginn der Zeremonie. Caney zupfte noch ein wenig an Christys Frisur und schob sie dann sanft hinter dem Paravent hervor.

Megan stand neben dem Altar und sah wie eine der drei Grazien aus. Sie hielt einen Strauß aus gelben und rosafarbenen Wildrosen in den Händen. Reverend Taylor hatte sich mit der Bibel in der Hand in Positur gestellt, und Jake stand zu seiner Linken und sah Christy ermutigend an.

Sie schluckte schwer, machte einen zaghaften Schritt vorwärts, dann noch einen. Schließlich erreichte sie Jake, obwohl sie nicht einmal wahrnahm, dass ihre Füße den mit Sägespänen bedeckten Boden berührten. Sie spürte nichts außer ihrem schweren Herzen.

Der Regen trommelte auf das Zeltdach, und aus der Ferne erklang Donnergrollen. Jake stand dicht neben Christy und roch nach einer vornehmen Herrenseife. Schnell schloss sie die Augen, öffnete sie gleich darauf wieder und hoffte inständig, Jake und sich selbst nicht dadurch zu blamieren, dass sie hier vor Gott und der Welt in Ohnmacht fiel.

»Liebe Anwesende«, begann Reverend Taylor feierlich, »wir sind hier zusammengekommen ...«

Christy presste die Lippen zusammen.

»... im Angesicht Gottes ...«

»Nein!«, rief sie plötzlich aus und blickte in Jakes verblüfftes Gesicht. »Es tut mir Leid«, flüsterte sie, »bitte verzeih mir, doch ich kann es nicht tun. Ich kann es nicht!« Mit diesen Worten raffte sie ihre Röcke und floh durch den Gang zwischen den Sitzbänken zum offenen Zelteingang. Sie rannte hinaus in den Regen, lief durch Schlamm und Pfützen, nichts anderes im Sinn als ihre Flucht. Wohin sie fliehen sollte, wusste sie nicht.

Er war müde, bis auf die Haut durchnässt und litt offenbar an Wahnvorstellungen. Christy rannte gesenkten Hauptes und in einem hellblauen Hochzeitskleid auf ihn zu. Er zügelte seinen Hengst, wartete und beobachtete sie. Offenbar hatte sie ihn noch nicht entdeckt, mehr konnte er im Augenblick nicht mit Sicherheit sagen.

Als sie näher kam, saß er ab und legte die Zügel locker über das Geländer vor *Diamond Lil's Saloon*. Wochenlang war er unterwegs gewesen, hatte im Freien übernachtet und sich systematisch durch den Stapel von Steckbriefen gearbeitet, die er von den Wänden seines Büros genommen hatte. Zachary hatte eine stattliche Summe Geldes verdient, doch in der Zeit, die er unterwegs mit sich allein verbracht hatte, war er gezwungen gewesen, sich über einige Dinge klar zu werden.

Zunächst musste er sich der unangenehmen Tatsache stellen, dass er dazu bereit war, eine Frau zu heiraten, die nur in eine Ehe einwilligen würde, wenn er wohlhabend wäre. Schlimmer noch, die Sehnsucht nach dieser Frau brachte ihn beinahe um den Verstand. Die Frage, ob sie ihm wirklich so viel bedeutete, hatte er mit einem eindeutigen Ja beantwortet, aber dennoch eine Entscheidung getroffen: Er würde seine Seele nicht verkaufen, nicht einmal für Christy. Gleichgültig, wie schwer es ihm fallen würde, auf sie zu verzichten, sie mit Geld an sich zu binden, kam für ihn nicht infrage.

Verblüfft beobachtete er, wie sie nun geradewegs auf ihn zulief. Und auf Jack Findleys Heuwagen, mit dem sie zusammenstoßen und sich womöglich schwer verletzen würde.

Er stellte sich ihr in den Weg und umfasste ihre Schultern, um sie zu stützen. Der Regen peitschte ihnen ins Gesicht und trommelte heftig auf die Dächer der wenigen Gebäude von Primrose Creek.

Sie blickte ungläubig zu ihm auf. »Zachary?«

»Ja, ich bin es«, antwortete er lächelnd. »Ist dir jemand auf den Fersen?«

Ihr musste bewusst sein, dass er scherzte, doch in ihren Augen lag ein verletzter, vorsichtiger Ausdruck. Sie schüttelte den Kopf. »Ich liebe dich«, gestand sie.

Zachary war, als wäre er aus großer Höhe auf einen Amboss geprallt. »Wie bitte?«

»Ich liebe dich!«, rief Christy gegen das Getöse des Regens an.

Zachary konnte ein glückliches Lachen nicht zurückhalten,

zu groß war die Freude über ihre Worte. Schnell bemühte er sich jedoch um einen strengen Gesichtsausdruck. »Und was ist mit Jake?«

»Ich kann ihn nicht heiraten. Du hattest Recht, es wäre falsch. Grausam sogar.« Ihr Haar war tropfnass, und wenn er geduldig wartete, würde ihr durchnässtes Kleid sicher durchsichtig werden.

Eilig zog er sie von der Straße auf den Bürgersteig aus Holzbohlen, auf den der Stadtrat zu Recht stolz war. Zachary führte Christy in das Büro des Marshals. Glücklicherweise war sein Stellvertreter nirgends zu sehen.

Von einer der Pritschen nahm er eine Decke und legte sie Christy um die Schultern. Die Kaffeekanne stand zum Warmhalten auf dem Herd. Zachary schenkte ihr eine Tasse Kaffee ein und fügte einen großzügigen Schuss Bourbon hinzu. »Trink das«, ordnete er an.

Zu seiner großen Überraschung gehorchte Christy ihm ohne Widerrede. Ihre Hände zitterten, als sie sie um die Tasse legte und diese dann an die Lippen hob. Sie erinnerte an ein nasses Kätzchen, wie sie so dastand und den wohl schlechtesten Kaffee westlich des Missouri trank, doch Zachary wagte es nicht, sich von dem Anblick erweichen zu lassen. Nicht im Augenblick. Sie allein besaß die Macht, ihm ein für alle Mal das Herz zu brechen.

»Nun, erkläre mir, warum du in einem so feinen Kleid in strömendem Regen die Straße entlangläufst.«

Sie zitterte am ganzen Körper. »Heute hätte … mein Hochzeitstag sein sollen.«

»Aber du hast nicht geheiratet?«

Christy errötete und nickte schuldbewusst. »Nein. Ich konnte es einfach nicht über mich bringen, jemanden um seines Geldes willen zu heiraten.«

Zachary zog seinen durchnässten Leinenmantel aus und hängte ihn an einen Haken an der Wand. Er war lange unterwegs gewesen und brauchte ein Bad nebst Rasur, saubere Kleidung und eine warme Mahlzeit. Von zwölf Stunden Schlaf ganz zu schweigen. »Ich verstehe«, erwiderte er.

Sie stellte die Tasse ab, ging zu Zachary, legte ihm beide Hände auf die Brust und blickte zu ihm auf. »Ich habe Jakes Gefühle verletzt und deine, Zachary. Es tut mir Leid.«

Es kostete ihn all seine Willenskraft, sie nicht in die Arme zu ziehen und mit all der Leidenschaft zu küssen, die sich in den vielen Wochen in ihm aufgestaut hatte, als er gegen alle Wahrscheinlichkeit gehofft hatte, rechtzeitig nach Primrose Creek zurückkehren und Christy von ihrem Vorhaben abbringen zu können.

»Und nun?«, fragte er, aufs Äußerste gespannt.

»Das liegt in deiner Hand«, antwortete sie, und Zachary glaubte, all ihre Gefühle in ihren faszinierenden sturmgrauen Augen erkennen zu können. »Wenn du mir vergeben kannst, würde ich gern mit dir ganz von vorn beginnen. Es macht mir nichts aus, wenn wir für den Rest unseres Lebens sparen müssen, solange wir nur zusammen sind.«

Sie wusste nichts von dem Geld, sondern nahm vermutlich an, dass seine Kopfgeldjagd erfolglos geblieben war. Zachary fühlte sich beinahe schwindlig vor Glück und neuer Hoffnung.

»Ich liebe dich, Christy«, bekannte er. »Und ich will alles mit dir teilen, was ich besitze. Willst du meine Frau werden?«

Ein strahlendes Lächeln, das in Christys funkelnden Augen begann, breitete sich über ihr Gesicht aus und schien schließlich aus ihrem tiefsten Innern herauszuleuchten. Sie blinzelte einige Regentropfen – oder Tränen – fort und berührte mit den Fingerspitzen sanft seine Wange. »Ja«, antwortete sie, »ja, ich will deine Frau werden. Wann?«

»Wie wäre es jetzt gleich?«, hörte sich Zachary fragen. »Der Reverend hat sich ohnehin auf eine Trauung vorbereitet. Es kann ebenso gut die unsere sein.«

Sie nickte, doch ihre Augen hatten wieder einen traurigen Ausdruck angenommen. »Es erscheint mir nicht richtig, so glücklich zu sein, wo ich Jake so …«

»Hör mir zu«, bat Zachary beschwörend und hielt ihre Arme fest. Er wünschte sich nichts sehnlicher, als Christy von ihrer durchnässten Kleidung zu befreien und leidenschaftlich zu lieben, doch er *würde* warten, koste es, was es wolle. »Jake wird für eine Weile unglücklich sein, das ist wahr. Doch du hast dich richtig entschieden, Christy. Du hättest Jake keinen Gefallen damit getan, ihn zu heiraten, wenn ich der Mann bin, den du liebst.«

Sie stellte sich auf die Zehenspitzen und berührte mit den Lippen sanft sein Kinn. »Ja, ich liebe *dich*.«

Zachary küsste sie leidenschaftlich.

Am selben Abend wurden Zachary und Christy in Bridgets und Traces Haus am Primrose Creek getraut. Megan, Skye und Caney wohnten der Zeremonie bei und strahlten große Zufriedenheit aus. Die frisch Vermählten würden die Hochzeitsnacht in Skyes Zimmer verbringen, die mit Caney und Megan in der Hütte auf der anderen Seite des Flusses übernachten wollte.

Es freute Christy, dass auch Bridget anwesend sein konnte. Sie hatten noch immer einige Differenzen, und so würde es vermutlich auch bleiben, doch der Eintrag in der Familienbibel hatte für Christy alles verändert. Morgen oder übermorgen würde sie Bridget davon erzählen, doch im Augenblick zählten nur Zachary und das Versprechen, das sie einander gaben.

Das Bett war groß und verfügte über eine Federmatratze und frisch duftende Laken. Regentropfen klopften ans Fenster und zischten in dem kleinen Kamin, als Zachary die Tür schloss und sich Christy zuwandte.

Er zog die Jacke aus und legte sie achtlos beiseite. Dann zog er Christy in seine Arme und küsste sie, zuerst sanft, dann jedoch mit wachsender Leidenschaft, bis sie beide das Gefühl hatten, lichterloh in Flammen zu stehen.

»Tut es dir nicht Leid«, flüsterte er nach einer Weile, noch immer dicht an ihrem Mund, »dass du einen bettelarmen US-Marshal geheiratet hast?«

Sie schüttelte lächelnd den Kopf. »Nicht im Geringsten. Und jetzt küss mich, Zachary.«

Er lachte leise und gehorchte. Gleichzeitig begann er, Christys Kleid aufzuknöpfen, ein elfenbeinfarbenes Seidenkleid mit Spitzenbesatz, das Bridget ihr geliehen hatte. Er ließ es von ihren Schultern gleiten und schob es hinunter, bis es schließlich sanft raschelnd zu Boden fiel. Als sie nur noch in ihrem Unterkleid dastand, erschauerte Christy leicht. Sie war bereit, sich diesem Mann hinzugeben, verspürte jedoch auch Angst vor dieser gänzlich neuen Erfahrung.

»Du brauchst dich nicht zu fürchten«, versicherte Zachary rau. Der Schein des Feuers ließ sein blondes Haar aufleuchten. »Ich würde dir niemals wehtun.«

Sie neigte den Kopf zur geschlossenen Schlafzimmertür hin. »Meinst du, dass sie wissen …«

Wieder lachte er. »Ja, sie wissen Bescheid.«

Christy errötete vor Scham. Selbstverständlich wussten die anderen, was in diesem Raum geschehen würde. Welch eine dumme Frage. »Oh«, hauchte sie.

»Vergiss die anderen«, bat Zachary, strich mit den Fingerspitzen über ihre Wange und ihren Hals, fuhr entlang bis zum

Ansatz ihrer Brüste. »Tu einfach so, als gäbe es nur dich und mich auf der Welt.«

Es fiel Christy nicht schwer, zumal sie kaum bekleidet vor ihrem Ehemann stand, der so zärtlich ihre Brüste liebkoste, dass sich ihr ein leiser Lustschrei entrang. »Nur dich und mich«, wiederholte sie benommen.

Zachary löschte die Lampe, sodass das Zimmer nur noch vom flackernden Kaminfeuer erhellt wurde, und knöpfte sich das Hemd auf. Christy wurden plötzlich die Knie weich, sodass sie sich auf die Bettkante setzte und beobachtete, wie Zachary sich das Hemd und die Stiefel auszog und gleich darauf die Hose folgen ließ. Er war nackt, als er schließlich zu ihr kam und sie sanft auf die Beine zog, um sie von den letzten Kleidungsstücken zu befreien.

Lange Zeit hielt er zärtlich Christys Brüste umfasst, blickte ihr ins Gesicht und sagte: »Bei Gott, ich liebe dich, Christy. Und ich brauche dich so sehr.«

Sie war zu bewegt, um zu sprechen. Zu ängstlich, zu sehnsüchtig.

Wieder küsste er sie und ließ sie sanft aufs Bett sinken, gerade als sie glaubte, sich keine Sekunde länger auf den Beinen halten zu können.

Weitere Küsse folgten, jeder länger und leidenschaftlicher als der letzte. Zachary berührte mit den Lippen sanft die Stelle unter ihrem Ohr, ihren Hals, ihre Schultern und …

Christy schrie auf und zog Zacharys Kopf näher zu sich heran. Das Gefühl seiner Lippen und seiner Zunge auf ihrer Brust war überwältigend.

Nach einer Weile widmete er sich in aller Ruhe der anderen Brust. Christy bewegte sich unruhig unter ihm und spornte ihn mit leisen Seufzern und geflüsterten Worten an. Doch Zachary ließ sich Zeit.

»Bitte«, wisperte Christy flehentlich.

Er liebkoste mit der Zunge ihren Bauchnabel, und sie bog sich ihm unwillkürlich entgegen. »Noch nicht«, antwortete er. »Ich möchte, dass du bereit bist.«

Christy wusste nicht, was er damit meinte. Wenn ihr derzeitiger Zustand des brennenden Verlangens nicht genug war, hatte sie keine Ahnung, was sie noch erwartete.

Schon bald darauf fand sie es heraus, und das Gefühl der Lust war so stark, so feurig, dass sie das Gesicht in den Kissen barg, um den Schrei zu dämpfen, der sich ihr entrang und aus bislang ungekannten Tiefen ihrer Seele zu kommen schien. Zachary führte sie zu immer neuen Höhen der Ekstase, und fachte das Feuer des Verlangens noch weiter an, gerade wenn sie glaubte, die süße Anspannung nicht länger ertragen zu können.

In einem wahren Feuerwerk der Leidenschaft führte er sie schließlich zum Gipfel und zeigte ihr einen Teil ihres Selbst, von dessen Existenz sie keine Ahnung gehabt hatte. Nur langsam schwebte sie aus den Höhen der Lust wieder zur Erde zurück, mit den Händen fest die Bettrahmen umklammernd.

Eine Ewigkeit schien zu vergehen, bis sich Zachary schließlich über sie beugte, vorsichtig, um sie mit seinem Gewicht nicht zu erdrücken. Sein Blick suchte den ihren, und Christy las eine stumme Frage darin, die sie mit einem Nicken beantwortete.

Er drang sanft, aber kraftvoll in sie ein. Christy spürte einen kurzen Schmerz, wurde jedoch gleich darauf von einem neuen Sturm der Gefühle mitgerissen. Die Erfüllung ließ lange auf sich warten, doch dann erschütterte sie Zachary und Christy zutiefst, sodass sie einander ermattet und atemlos in die Arme sanken.

So müde sie auch waren, ging der Mond doch bereits unter, als sie endlich einschliefen.

Bridget stillte den kleinen Gideon, die Brust mit einer Babydecke verhüllt, während Rebecca in ihrem Arm so fest schlief, wie es nur ein Säugling vermochte. Sonnenstrahlen glitzerten auf dem Wasser des Flusses, und vom anderen Ufer drangen die Geräusche von Hämmern und Sägen herüber. Die alte Indianerhütte wurde zu einem richtigen Haus umgebaut, mit Zimmern, Fenstern und einem Fußboden.

Sie hatten die Schaukelstühle auf die Veranda hinausgetragen, und Christy hielt die Familienbibel auf dem Schoß. Die Kamee ihrer Mutter zierte das Oberteil ihres Kleides. Zachary hatte sie bei Gus, dem Ladenbesitzer, ausgelöst.

»Ich glaube dir kein Wort«, sagte Bridget ernst.

»Sieh selbst«, gab Christy zurück und schlug den schweren Buchdeckel auf.

Bridget beugte sich vor, und ihre blauen Augen weiteten sich, als sie die Zeilen las. »Heiliges Kanonenrohr«, flüsterte sie verblüfft. »Wir sind Schwestern? Alle vier?«

Mit einem Seufzer klappte Christy die Bibel zu. »Ja«, antwortete sie. »Aber wir müssen es doch niemandem erzählen.« Sie zögerte. »Nicht wahr?«

Schottland, 1746. Nach der Schlacht von Culloden schwört Keegan MacLeod dem Mann Rache, der den Tod seines Vaters auf dem Gewissen hat: Lord Foxworth Morgan. Er nimmt Lady Zoe, die Schwester des Lords, als Geisel. Doch schon bald bereut er diesen Entschluss bitter. Denn die Lady ist nicht nur wunderschön, sondern ebenso widerspenstig, und ihre Fluchtversuche bringen ihn in Teufels Küche. Aber schon bald wandelt sich die gegenseitige Abneigung in etwas ganz anderes …

›Christine Dorsey hat die wunderbare Gabe, historische Liebesromane zu schreiben, die nicht nur unvergesslich, sondern auch magisch sind!‹

LITERARY TIMES

ISBN 3-404-18296-0

BASTEI LÜBBE

Es ist ein Rennen gegen die Zeit, das Reese Starrett unbedingt gewinnen muss, wenn er die Verlobte seines besten Freundes retten will, die entführt worden ist und sich angeblich in den Händen des grausamen Graham Felton befindet. Reese ist auf alles gefasst, nur nicht darauf, dass er sich in die schöne Saber Vincente verlieben könnte, als er sie endlich gefunden hat.
Vergeblich versucht er, seine Gefühle für sie zu bekämpfen. Auf der Flucht vor den Kidnappern kommen Reese und Saber sich immer näher und müssen erkennen, dass Leidenschaft sich nicht verleugnen lässt …

ISBN 3-404-18295-2

BASTEI LÜBBE

Auf der Suche nach ihrem kleinen Sohn gerät Willa Peachwood in die Fänge eines legendären Piraten, dessen männlicher und erotischer Anziehungskraft sie sich kaum entziehen kann. Doch Raiden Montegomery zu erliegen ist Willa undenkbar – bis er ihr ein ungewöhnliches Angebot macht: Er hilft ihr bei ihrer Suche, wenn sie seine Geliebte wird …

›Die beste Piratengeschichte des Sommers!‹
ROMANTIC TIMES

ISBN 3-404-18294-4

BASTEI LÜBBE